再見村長

馬崙短篇小說集

馬崙 著

本書由「方北方出版基金」贊助

「馬華文學獎大系」總序

葉嘯（馬來西亞華文作家協會會長）

一九八九年，吉隆坡暨雪蘭莪中華工商總會創設了「馬華文學節」，馬來西亞華文作家協會倡議配合文學節，舉辦「馬華文學獎」，獎勵表現優秀的馬華作家。這個建議獲得多個團體回應支持，作為文學節的重點專案，每兩年主辦一次，至今已進入了第十一屆。每屆只頒發予一位得主，除獎狀外，獎金為馬幣一萬元，是為馬華文壇最高榮譽的文學獎。「馬華文學獎」的意義在於主辦單位為工商團體，首開風氣，體現了「儒」和「商」的結合，志在提高馬來西亞華文文學水準與作家社會地位，為馬華文學增添了實際的推動力。

「馬華文學獎」的評審除了評估候選人的文學創作成果和文學創作思想之外，也必須衡量候選人在推動及發揚馬來西亞華文文學方面的成績與貢獻。由此可見，「馬華文學獎」的得主不單具備顯著的創作成績，更需積極推動馬華文學的發展。

「馬華文學獎」的歷屆得主如下：

第一屆（一九八九）：方北方

第二屆（一九九一）：韋暈
第三屆（一九九三）：姚拓
第四屆（一九九五）：雲里風
第五屆（一九九八）：原上草
第六屆（二〇〇〇）：吳岸
第七屆（二〇〇二）：年紅
第八屆（二〇〇四）：馬崙
第九屆（二〇〇六）：小黑
第十屆（二〇〇八）：馬漢
第十一屆（二〇一〇）：傅承得

馬來西亞華文作家協會作為歷屆「馬華文學獎工委會」顧問，在評選過程中，提供了實際的諮詢，確保「馬華文學獎」評審公正及嚴謹，以致「馬華文學獎」成為最具代表性的文學獎項之一，而歷屆的得主，可說是實至名歸。

工委會於二〇一〇年籌辦第十一屆「馬華文學獎」，我代表馬來西亞華文作家協會提出有意為所有「馬華文學獎」得主出版選集，以表揚、肯定他們在馬華文壇的貢獻。這項提議獲得工委會一致通過，並且邀請作協成為應屆的協辦單位，進一步加深了作協和「馬華文學獎」的關係。

事實上，歷屆的得主幾乎都是作協的歷任會長或理事，因此，為歷屆得主出版選集，更是作協當仁不讓的使命。

在作協秘書長潘碧華博士的穿針引線下，我們獲得臺灣的秀威資訊股份有限公司支援，應允出版全部選集，並徵求「方北方出版基金」贊助部份經費。如此一來，解除了作協需動用龐大出版經費的顧慮，可以全力以赴。

秀威的挺身而出，讓「馬華文學獎大系」的出版更具意義，這亦可視作馬華文壇前輩作家在馬來西亞以外的國家，首次作大規模的作品展示。我們不敢奢望選集暢銷熱賣，卻極期盼能夠藉此向大家推介「馬華文學獎」諸位得主，尤其是前行代作家如方北方、韋暈、原上草、吳岸、姚拓、雲里風、馬漢，代表了馬華文壇早期的鮮明特色；而年紅、馬崙、小黑，以至傳承得的中生代，顯現的又是另一番景色了。

本大系由潘碧華（大馬）、楊宗翰（台灣）兩位負責主編，每部選集特邀一位評論作者為「馬華文學獎」得主撰寫評介，相信有助於讀者更深一層瞭解馬華作家。我也要在此向秀威同仁致謝，因為大家的努力，本大系才得以順利誕生。

【代序】我的文學情懷——駱駝竟然歡笑了

也許，我亦有資格被稱為所謂「資深寫作人」吧？

自從一九五六年五月二十二日在新加坡《南方晚報・綠洲》副刊發表第一個短篇小說《風雨之夜》（署名為乳名邱亞皎）之後，我算是正式走上馬華文藝這條漫長而艱辛的道路；個中的苦樂是參半的。跟我一同住在新山的好友馬漢兄，曾在二〇〇五年三月二十日的《南洋商報・商餘》副刊介紹我是馬華文壇上的「駱駝」，三毛也寫過名著《哭泣的駱駝》。——今天我僥倖獲得第八屆馬華文學獎，此刻我是一頭歡笑的「駱駝」！

到了今天，我依然覺得自己選擇文學之路是對的。我跟許許多多文學界的同好一樣，始終無怨無悔，因為創作就是收穫。在工作餘暇爭取時間寫下一些作品，我們的生命將不留白，個人的人生就更有意義而充實起來。這回，有機緣上臺得獎是我天大的福分，也是我畢生最大的榮耀！感謝吉隆坡暨雪蘭莪中華工商總會給我這份光彩，感謝眾多寫作界友好數十年來的關愛與指教，尤其是七位擔任評審的著名學者及作家們，您們的評審報告，日後我將盡可能讓它出現在我的專集裡頭。此刻，我也要趁機向我的內人李舒貞和兒女說聲謝謝，並對我因為搞些文藝史料而影響了住家的環境衛生致表歉意。

同時，小弟在此問候所有駕臨的嘉賓和文友們，致謝大家！

主辦當局囑咐我要發表一些文壇感言，而我有感要發。我總覺得最佳的文學作品，是不分什麼派別的。數千年來，古今中外的文學觀無不如此；只要您認真而真誠地創作，任何作家的心血都不至於白費。僅是某個時代的文學流派會在相關者的蓄意操縱下略佔優勢罷了。當今比較傳統與保守的老一輩作家，請勿自我邊緣化或矮化自己，因為惟有不斷地寫下去，我們才能保有自己的定位。縱使在最不利的寫作環境裡，也應當堅持下去，切莫放棄。

年輕作家的創作精神固然可喜，力求創新，尋求突破本是所有創作者共同抱負與理想，然而作者之間基本的互敬互重更為重要，犯不著由於自己的文學觀，隨意為文攻擊不同流派的作者。「創新」是正確的走向，若是刻意去「創心」，就會創傷了文友之心，那就大可不必。

請讓文藝園圃真正的百花齊放吧！能夠切實地實踐的文苑園丁，才是一流的編輯。幸而，本地有三幾位主編已可謂稱職。願我們繼續擁抱文學，推動馬華文學國際化。

臨末，我要再次感謝勞苦功高的主辦當局，感謝嘉賓們的光臨，並向所有出席者道謝——感謝大家，恭祝大夥兒家庭幸福、事業如意、心想事成、身體健康！

（本文為馬華文學獎的得獎感言）

【導讀】
他不是綠洲，他是尋找綠洲的駱駝——論馬崙短篇小說集

林德順
（馬來亞大學研究所講師）

一、馬崙其人

馬崙是二〇〇四年第八屆馬華文學獎得主。自一九五六年發表的第一篇作品算起，他經營的文學事業迄今已屆半百年華。他創作的作品文類多元，計有小說、散文、文學評論、文史傳記及兒童文學等。其中小說是為主力，目前他的小說集已超過二十五本之多，是公認的健筆。馬崙的筆名也很多，計有夢平、丘岷、龍琦、芭桐、金駝、帖木崙、晉遜、江汎、邱子浩……等。當中，夢平出現的頻率最高。在馬華文學獎之前，這些作品已經為他帶來無數獎譽。作為本尊的邱名崑，一九四〇年生於馬來亞柔佛州笨珍，五十年代刻苦向學考上師專，一九六一年投身教育

界，誨人不倦四十餘載，二〇〇六年以華小校長職榮休。他也兼任報館的通訊員，負責報導地方新聞。另外，自一九七七年起，馬崙也投入心力收集和整理馬華文學史料。這些嘸重資料經整合剪裁後，已結集多部本土作家簡傳、影集等。馬崙也活躍於多個文藝組織如南馬文藝研究會、馬來西亞作家協會、馬來西亞華文作家協會和馬來西亞儒商聯誼會等。在組織裡他多是擔任領導工作，為馬華文學的推廣作出不少貢獻。

二、馬崙的俠義書寫

走過五十年創作路，馬崙的作品至今碩果累累。在他的《自選集》裡，馬崙想與讀者分享的是這些成果中他個人偏愛的作品。被稱為處理過最多題材的馬華作家，馬崙的《自選集》正是最好的注腳。綜覽全書內容，可看到他的書寫領域橫跨了教育、新聞、農業、運輸等各行業，同時也跨越了族群、城鄉與年齡層的界限，不拘一格撰寫社會形形色色人士的故事，堪稱是他創作旅途中的探險。不過若凝聚全書的特點來看，馬崙更適合被形容為一位關懷弱勢、愛好自然和追求正義的社會主義者。最直接的證據，可從作家的選角看出端倪。在《自選集》裡，馬崙筆下的主人公幾乎都來自中下乃至下層收入階級，是社會弱勢群體的典型代表。這些人有：〈旱風〉裡的柯祥伯（橡膠園管理員）、〈鐵道上的火花〉的瑪里班（鐵道閘看守員）、〈街邊親人〉裡的卓汕婆（街邊攤販）和祝南郭（無業到羅里司機）等，再看下去，還有〈不碎的海浪〉黃海雄

（漁夫）、〈海鬥〉溫明助和沈海安（漁夫）、〈霸王載妖姬〉譚水勃（霸王車司機）、〈張開黑傘〉和〈終曲悠揚〉周史敦（無業）、〈無根的花木〉范崇裔（補習老師）、〈山鷹〉裡的「我」、〈打賭〉森叔（雜工）等等。

從馬崙的選角哲學可看出，他要揭露的社會現實，不是隨意拈來的社會片段。反之他自選角開始到最後完成整個故事的過程中，始終清醒地抱持一個意識，即他揭露的是資本主義社會裡被欺壓的群體面向。通過描繪這些群體的遭遇，馬崙再現他們面臨的磨難和奮鬥反抗。而這些磨難的施加者，除了以他們為芻狗的老天外，順位的即是資產階級者，通常是主人公的上司或老闆相關人等。小說〈旱風〉裡的柯祥伯即是被壓迫群體的典型人物。他在橡膠園裡工作，薪資微薄卻獲委重任，負責照看橡膠園。某晚野火燒芭，防不勝防的柯祥伯被老闆厲聲苛責，甚至威脅克扣部分薪水。面對老天和老闆的雙重欺淩，他勢單力薄無從反抗，最終還是靠老天巧妙地幫他完成對老闆的處罰。而〈不碎的海浪〉、〈海鬥〉和〈紫浪血花濺〉等漁民系列則點出他們除了面對風浪和海盜的威脅以外，還面對大資本拖網漁船業主的不公平競爭。窮漁夫們對抗方法紛陳，皆是面對磨難下的求生應對，讓人看盡社會的殘酷與不公。不過馬崙的重點不在於點破主人公困境的階級必然性，反之他把炮火集中在對資產階級的批判上。他努力刻劃這些人士的負面形象，揭發他們的假面具（如〈山鷹〉裡的丁遼叔和〈白鴿西飛〉裡的和平莊主）。因此，歷來稱許馬崙作品選材廣泛的論者都為馬崙在各領域作內行的描述所迷炫，實則他要訴求的卻是對普羅大眾在資本社會裡受到的不對等欺略與掠奪作出批判。

除了階級屬性以外，馬崙的小說世界裡還有幾個對立的意象和群體。其中一個作者常用的對立屬性即是華、英語教育源流的鴻溝。作為一位受中文教育背景出身者，馬崙對自己這個身分的認同有一股複雜情結。擁有英殖民地背景的馬來西亞社會，自十九世紀以來即已建構一個以英語精英為尊的傳統。而華語社群的既有印象是偏侷於自身群體，無法走出來進行跨語群交往，更遑論能在社會作觀念領航。因此面對口操英語者，說華語者有著先天的低勢視角。但回身自省之際，又以先人文化遺留而自雄。這股複雜心理狀態，被馬崙在小說〈娘惹妹〉、〈愁雨〉、〈西歸又南飛〉等篇章巧妙地詮釋出來。〈娘〉與〈愁〉二篇裡的英崇和永健二人都是受英文教育者，都被形容為道德墮落的反面人物。作者的文意突出說華語者為社會弱勢、祖先文化傳人而站在道德制高點，卻面對對立者數典忘祖，道德敗壞。如此趨同的描述也在小說裡城、鄉意象的對立中看到。例如〈海鬥〉裡的溫明助崇尚大自然而毅然到遠方小漁鎮工作。在他印象中，那裡鄉土氣息濃郁，漁民好客不帶有目的，談笑不含計謀詭譎，全然真摯坦誠。他的想法反襯出對城市的認知是全然相反。而〈霸王載妖姬〉的兩個主要人物，似乎在鄉村都是操務正業，但到了資本主義色彩濃厚的大都會討生活時，卻無奈地從事法律灰色，道德黑暗的行業。因此故事裡的「妖姬」安妮最後決定返鄉工作時，雖然收入少了很多，她反而從容自若，還勸諭「霸王」離開霸王車司機的行業，回歸家鄉進行合法的勞作。〈再見村長〉也是通過村長的問題帶出對鄉居生活的緬懷。那裡，不但人們安居樂業，族群相處也融洽和諧。反之當華人紛紛出走城市以後，好像那美好的族群關係也流失了。總的來說，這幾個對立面都由一個強勢與一個相對弱勢的群體組成。

宏觀來看似乎凡是負面的一方，都烙有資產階級的印記。這些都是現代資本主義社會裡普遍出現的現象，基本上是人類理性決策之下免不了而產生的不公情勢。面對這種「高牆與蛋」的處境，馬崙屢屢自覺地選擇站在「蛋」的那一邊，從他們的角度看待問題，為他們所遭受的困境和不公叫屈，也為他們之間的奮起拼鬥者打氣。馬崙這種俠義精神，是值得記書一筆，以存記資。

三、現實主義的映照與反映

談起現實主義，馬崙曾多次強調：「文學是反映現實的人生。小說，是對人的描繪，對現實生活的忠實刻劃……」（小說集《旱風・後記》），「大體上來說，這本集子中的小說是從平實、尋常事物中找題材，注重作品反映生活是否真實深刻，希望發揮文學的社會作用。」（小說集《黃梨成熟時・後記》）這裡，他的關鍵字是「反映」，這是現實主義常用的比喻，即希望文學作品可以像鏡子一般反映社會真相，引導讀者批判現實的不公義。針對這一點，一九九八年由陳應德編著的《夢平小說研究》一書裡已經有不少的論述。論者一般都肯定馬崙的現實主義表現，認為他對現實的反映和批判「突出社會的本質，從生活的廣角鏡中，透視時代性人物的內心底層。」（作家方北方語）而本文更感興趣的是，馬崙在小說中反映的上述宏觀的面向以外，同時也屢屢反映他本人的形象、思維與內涵。

馬崙是一名教育工作者兼新聞從業員。這兩份職業都讓他深感自豪。在他的多篇小說裡，主題就是敘述教師和記者生涯，而且他的敘述手法不但嫻熟信手拈來，個中的人物心聲更若夫子自道。如果有心把〈娘惹妹〉、〈抓一朵友誼〉、〈浮生三部曲〉和〈從木蔻山歸來〉裡的主人公經歷按照時序排列，在撇開各個主人公的姓名外表以後，內中趨同的，即是一位華裔青年教師的成長路線圖。在〈娘惹妹〉時「他」剛進入師訓，對未來和感情充滿憧憬；到了〈抓一朵友誼〉時「他」則已畢業，被派到鄉區初執教鞭，開始面對學生與社會。過後在〈從木蔻山歸來〉和〈浮生三部曲〉裡，「他」已是一名稍具執教經驗的教師了。「他」可以從學生班上的表現開始探索家庭的背景，進而領悟人生的無奈。這些不同時期的執教心情，自然有不少是擷自作者本身豐富的工作經歷。

而描述新聞從業員生活的小說，信手拈來的就有著名的〈不碎的海浪〉。故事裡的記者本身其實就是扮演著一面社會鏡子的角色。他每天走入漁村，跟蹤各種線索，把漁村裡有新聞性的事件報導出去，因此他引出黃海雄這個有血有肉的人物形象時，即彰示新聞從業員對社會反映現實的貢獻。在小說〈西歸又南飛〉裡，作者更是藉主人公傅友通的口，對自己的工作給予評價和闡述專業理念：

> 我寫新聞是娛樂，不是工作。我學你們去採訪，主要是為了興趣、增廣見聞和吸取生活經驗。在另一方面，我卻希望有充分的時間，充實自己，做個現時代有用的人，不但本身的生命充實，生活有意義，而且對社會、國家和人類，也有正確的信念。

作者這番的書寫努力，在間接的效果上已經在文本裡成功埋伏著另外一位潛主角，即他本人。這個潛角色造成的效果有幾個。首要是使小說具有半自傳的特點。其次讓讀者進一步更瞭解作者的背景，跟他拉近了距離，對他的作品更有共鳴感。其三則增進小說的現實意味。從更宏觀的層面來看，馬崙的自身代入小說的結果是連帶把時代和地點都代入。這使到他的小說形成一個馬華當代史的參考樣本。當美國當代史學家察覺各種史述都有撰史者的文學虛構時，同樣的是不是也可以說，文學家的作品當中其實也含有歷史的片段？證諸馬崙的作品，這樣的看法似乎不無道理。

四、馬崙的國民團結主題

馬崙不斷開發新的小說題材，除了探索不同的職業場域以外，身處於多元族群社會的他，自然也想涉足友族社群的中心，嘗試以熟悉的漢字，講述非諳華語社群的故事。針對此類別的作品，看來輯入《自選集》裡的〈歡聚時光〉、〈鐵道上的火花〉和〈再見村長〉是馬崙的偏愛。另外，尚不確定〈娘惹妹〉在作者心目中是否歸於此類，因此暫不提及。

此類題材的小說基本都被馬崙賦予一個使命：傳播國民團結的訊息。作為馬來西亞土地上的一分子，馬崙非常清楚這片土地上的和平圖景，必須由多元族群的友愛團結來支撐。因此，他想像中所要傳達的友族社群圖像，多少是依照自身的華人視角來投射的。無論如何，這樣的設想對作品的文學性的影響並不顯著，反之他還發掘出不少獨特的題材。

短篇〈歡聚時光〉基本上就呈現出如此的特色。小說題材顯示作者嘗試處理早期馬來西亞社會一個重要的異族領養課題，故事在女主人公莎伊娜赴華人生母家探親的路上不斷的回憶中展開。當中雖有她被告知養女身分後的震撼，同時也帶出養母家裡馬來親戚對華人棄養孩子的偏見，不過在種族親善的大主題下，這些故事裡的各個矛盾都不會爆發成不可收拾的衝突和高潮。反之當故事走到困境時，作者會帶出一個個馬來西亞社會典型的草根人物來化解僵局。當這些溫和寬厚的親友適時給予開解後，莎伊娜總是得以在關鍵時刻做出對的抉擇，最後如願享受骨肉團圓之樂。這篇小說出色的地方在於它平實的內容裡面其實隱釀著一種「濃郁深沉的抒情意味」（陳應德語）。即是說作者在敘述的過程中，本人並不是如客觀現實或鏡子一般毫無感情地呈現現實。反之他的平實書寫裡深埋著各個人物的深井心情。故事描述莎伊娜的生母乍見女兒，只能「哽咽著回答不出養媽瑣屑的詢問，神情黯然……」。她的哽咽，是糅合了當年送養孩子與如今重逢各種悲喜交加的複雜心情，作者以「瑣屑的詢問」為強烈反襯，需要讀者仔細品味，才能體會這個現實畫面中的深刻意涵。

同樣的短篇〈再見村長〉也是從作者注重描述早期馬來甘榜裡各族的親善生活展開。故事以第一人稱的「我」在遊玩時巧遇兒時居住的馬來甘榜村長（馬來語音譯為「彭古魯」）開始，回憶起往事裡的人與物。作者在行文中納入許多甘榜的生活境況，夾雜兒時與彭古魯相處的舊事，從中逐步塑造彭古魯個人性格。這篇小說的步伐平緩，再加上一些說教，有時像是忘了故事的推進，又像是顯示主人公在回憶庭院裡的信步漫遊。讀者必須不由自主地放慢閱讀時速，才能慢慢體會當中的況味。作者通過與老村長分享一大串早年在馬來甘榜生活的集體記憶以後，才藉著老彭古魯沉重的嗓調道出：「好幾年來，甘榜裡的華人越住越少了，為什麼許多人喜歡移居城鎮呢？」一語點出馬來西亞現代化發展中出現的兩個現象：現代化導致華人大量移居城鎮，種族分居越來越明顯；而這兩個現象裡帶著一個吊詭：越來越現代化的國家，為什麼族群的隔閡越來越明顯？這就是作者希望讀者深思的訊息，深埋在小說的字裡行間。

〈鐵道上的火花〉試圖講述一位印裔火車閘看守員瑪里班的失戀故事。自從他與異族（華裔）少女彩娜分手以後感到萬念俱灰，因為他認為分開的理由是女方家庭的族群成見所致。作者因此藉瑪里班和摯友阿魯牧甘的口對異族戀發表自己的理念和意見道：

> 我是失敗者；我不滿意彩娜的做法！不過，我還是認為：真正的愛情，是沒有種族，沒有國界，沒有貧富之分的，只要兩情相悅，情投意合，就可以結為理想的夫妻。
>
> 是啊，異族通婚所遭遇的困難比較多，因為雙方都必須要破除不同的風俗習慣，和不同的思想信仰所造成的種種障礙。要是缺少深厚的愛情，和諒解的心情，以及充分的瞭解作為基礎的話，異族男女的戀愛是很難成功的。

並以此點出瑪里班的困境。他面對的不是一個女孩的愛恨取捨，反之是整個社會不同文化之間的猜忌和成見。

故事的後續是瑪里班發現火車開始脫軌，大難當前，他忘了自身的苦境，盡力向火車駕駛示警，最終成功挽救整列火車搭客的性命。不過命運給他的回饋是讓他發現心愛的彩娜和夫婿也在車上。他再度面對挽不回的愛情，同時發現自己心裡還是為了摯愛安全獲救而鬆一口氣，心情五味雜陳。小說的後半段情節設計充滿戲味，作品主題想表現人物的大愛超越種族局限，展現大我，因此大膽地運用印裔人物為主人公。不過比較遺憾的是對印族的文化習俗刻劃不夠深入精準，例如整個故事裡，主人公的言談、舉止及思維等都沒有展現典型印度人的文化性格或習性。甚至是瑪里班和母親的對話，運用馬來音譯語而不是淡米爾語如「蘇格」（馬來語「suka」喜歡之意）、「交姻」（馬來語「kahwin」結婚之意）等，是作品裡的一個小缺憾。不過小說結局的設定成功讓這段異族戀的苦痛感染讀者，進而思索多元社會裡的族群隔閡問題，顯然作者還是有感而發。

五、結語：尋找綠洲的駱駝

作家馬漢曾經形容好友馬崙為「駱駝」。這是一個充滿現實主義意象的暱稱，而馬崙也欣然接受，因此他的馬華文學獎得獎感言也訂題為〈駱駝竟然歡笑了！〉。這表示他與馬漢對「駱駝」這個意象的會通與認同，即形容他為文壇上的勤耕者，努力開耕，造福後來者。看完馬崙這本作品集，相信大家都能認同作者這番自況。文學界乃至於馬華文化界對他的貢獻應該了然記述，也應該加以表揚。因為在創作王國裡，前人種的樹除了可以納涼，其優質部分其實還可以嫁接。只要後生有心借鑑，古曲可以改編新唱，或者是創作媒介轉換，前人的舊作可以得到新的靈魂。因此前輩作品的保存與普及再版是一項有意義的工作。通過這本作品集，我們看到馬崙那些年來的努力，像是沙漠裡領路的駱駝，雖然文學綠洲尚未可見，但未來的方向則可以樂觀待見。

目次

1 歡聚時光

莎伊娜坐在軋軋發響的德士裡，她的心像車窗外的風那樣的輕快！

車窗外，晴朗的天空，流雲如雪地飛過綠意的原野和山巒。跟著車輪的轉動，一張張的天然畫景呈現在她眼前。她滾動著發亮的眼珠，心窩裡暖暖的；她瞟望廣袤無比的膠園、椰林和遼闊無涯的原野。她想，一切如此美好可愛，人生哪不能掘尋自己的幸福呢？

同車的一位馬來老婦，瞅著莎伊娜浮著笑意的鵝蛋型臉兒，好奇地問道：「小姐，妳要到哪裡去？」

莎伊娜收斂投向窗外的眼光，轉過頭來，清秀的長眉下，那雙亮閃閃的眼睛帶著笑意，答道：「我要到峇株巴轄。媽及（Makcik，阿嬸），妳呢？」

老婦的視線凝視著她，眼色裡，有著困惑的神情。莎伊娜好生納罕。她想：準是我的服裝和膚色引她興起疑竇吧！

老婦慢吞吞地回答說，她要回峇株都朱。莎伊娜「唔」的一聲，便撇開對方凝視的目光，朝窗外放眼眺望。

一瞬間，莎伊娜的心情沉下來：那老婦的眼色，使她的思想游移了。她很喜歡思慮，甚至考究一件事由的首尾；那是她很早便養成的習慣了。此刻，她投入回憶之境域；她想起了伯母成天咕嚕的話：「嘿，我說嘛，那簡直就是多餘！去看他們，還要在那兒住兩三天——我是最反對的！有什麼意思呢？還不是給妳帶來苦惱……」

「豆子豈能忘掉豆殼？」伯母惹起莎伊娜的母親替她辯護：「我覺得她這樣做一點也沒有錯，我贊同她去走動走動——妳想，讓他們能夠團聚，難道不是一樁好事嗎？我常常這樣想，她還有一部分是屬於他們的，那是感情。讓她和他們建立良好的關係，是我的責任。」

「哼，虧妳想得那麼周全！他們之間還有什麼感情關係可說的？」伯母嗤之以鼻。跟著，她轉對著莎伊娜，帶點調侃地說：「嘖，人家不要妳，才把妳送掉，像把一隻小羊那樣地送給別人。現在，妳還同他們來往；換做我，啐，我才不看他們哩！」

「我不跟妳說了。」莎伊娜頭一扭，便走開了。

莎伊娜很不高興，還有點氣忿。「妳是人家不要才送掉的！」這句話，伯母不止對她說過二十次了。每次都使她的心刺痛了一陣，她的自尊心被伯母傷害得起了疙瘩。她委屈地紅了眼圈，淚水差點沒掉下來。

四年前，她聽了這些話，準要恨恨地朝地面啐一口痰；她恨透了那個女人！她是自己的親人，事實上卻似仇人。她想：倘若自己「直接」出生在家裡，不是可以省卻伯母無謂的中傷嗎？

前年，好心的母親，費了兩三天的口舌，一再勸說，她才勉強答應了第一次的探訪。

那天，莎伊娜和華籍老婦的眼光交接的瞬間，她便下意識地感到喉間湧起一股熱情，緊迫得幾乎使她窒息得透不過氣來。一切的情景跟莎伊娜所想像的完全迥異：那位老婦撫愛的眼光裡流露出母性的慈祥。

莎伊娜心中窮年累月所積的怨尤，跟時間的溜逝徐徐散退了。她開始愧歉於對那華婦的臆度與疏離，而有著負疚的心情。她想，對於人生的細節，似不應該過於主觀和推測。

那華婦哽咽著回答不出養媽瑣屑的詢問，神情黯然，眼皮兒有點紅潤起來。她的神情，莎伊娜看在眼裡，不禁心酸；如果養媽不在她身邊，她沒有把握她不會衝過來，抱頭痛哭。

使莎伊娜更心傷的，是華婦把她的兒女們叫過來，在莎伊娜面前給她介紹。她豎起耳朵，急著聽個清楚，同時仔細端詳。「這個叫白俊才，十九歲。」「這個是白俊生，十六歲。」「她叫白玉鵑，十七歲。」「她是白雯鵑，十四歲。」

兩個男的，兩個女的，站在莎伊娜的面前，臉容上浮現著各種複雜的表情。他們怔怔地，樣子是愉悅的，但有一份沉鬱。莎伊娜按照華婦介紹的次序，蹩腳地一一喚了名字；她的聲音是抖動的，最後，她止不住感情的衝激，淚珠直淌下來。

大家的表情呆笨而凝滯，於是，沉默了。莎伊娜的母親望著鞋尖；華婦背轉過來，拉著衣角直抹眼淚。四個兄弟姐妹愣了下來，木然凝立。一種可怕的窒息壓上大家底心頭，許多複雜的情感交互著在心靈裡出現。

一陣難堪的沉默。傭人端著一盤咖啡走進來，被這個景象怔住了。她凝立了片刻，才移著步子，招呼他們喝咖啡。

這時，大家抹乾了淚水，空氣才好轉了一些；華婦也過來幫傭人把咖啡端給客人。

喝過咖啡，華婦心想：「若是當年的境況也跟目下一樣，何致於有今天這種難堪的場面！呵，那個年頭！……」之後，她拏著一幀三吋長兩吋闊的照片，指著影中人對莎伊娜說，他叫白俊金，今年廿四歲，在自家經營的金行裡當主持人。她看了看，發現白俊金的鼻子很挺秀，眼睛很有神；她想讚美，就像別人經常讚美她一樣。莎伊娜問華婦，為甚麼他們的名字都有一個「白」字在前頭。對方露出淺鬱的微笑，說「白」字是他們的姓，華人的姓是從父的。莎伊娜暗忖：「我也是姓白的！」

大家似乎坐得倦了，華婦提議帶她們四處把環境認識一下。莎伊娜面對著家裡豪華大方的布置，伯母那句刺耳的話，忽然在她耳邊打迴響，她咬了一下嘴唇，感到一陣委屈，也對眼前的事物起了莫名的憎惡。

這當兒，白玉鵑攜著白雯鵑的手，一步一步地向她走過來，她們清秀的長眉下，那雙亮閃閃的眼睛帶著笑意。

這對莎伊娜，有說不出的友善，她覺得她們真逗人喜愛，白淨瓜子臉型，清秀的眉目，輕盈的身材，還有那迴旋著圓圈的綠裙。不待她詳作觀賞，她們踅到她跟前了，親善地喚了一聲：「莎伊娜。」

莎伊娜滿蘊著感情凝注著她們，笑著接過她們的手來，用嘴唇在手背上觸了觸；她們使勁地拉著她溫熱的手，彷彿這樣做就算是「回禮」了。

「妳們在哪一間學校讀書？」莎伊娜問道。

白玉鵑回答說，她在華仁中學唸高中，白雯鵑說她在修道院英校攻讀。「妳呢？」她們異口同聲地問莎伊娜。

「我在馬來學校讀書，晚上補習英文，我準備明年考取M.C.E。」莎伊娜說著，用手按了按那條淡紫輕紗的頭巾，把一綹散落在額角的頭髮塞進頭巾裡。她頓了一下，說：「玉鵑，妳考過L.C.E沒有？」

玉鵑回答說不曾考過，不過，今年已經報名參加了。莎伊娜聽了，心裡一樂，說：「以後，我們可以通信研究。請妳常在信裡指教我，好嗎？」

白玉鵑謙遜推讓。兩個人客客氣氣地懇請對方予以指導。雯鵑靜在一邊，看她們交談得蠻有味道，她卻沒有份——因為她的國語說得不流利。這時，她操著英語，插嘴道：「不用客氣，做姐姐的照理應當教妹妹的——我就常常被玉鵑教，妳呢？妳應該教玉鵑？」雯鵑溜動著黑白分明的大眼睛，淺笑地指著莎伊娜說。

雯鵑心直口快，話一脫口，她才想到自己把「姐姐」的字眼說得太唐突。莎伊娜和玉鵑黯然無語，憂鬱的氣氛感染了她們。莎伊娜低著頭，意識裡浮現一種淒涼的感覺。玉鵑望了她一眼，看見她濃密的長髮，她忽然也覺得好像裡面蘊藏了濃厚的憂鬱。

氣氛就這樣沉寂了片刻。莎伊娜那纖長的眉毛一揚，水汪汪的大眼睛透露不解，說：「妳們叫我做姐姐，不能嗎？」

緊接著莎伊娜的話，她聽到兩句響亮的「姐姐」呼喚聲，由兩張嘴巴發出來。「啊，妹妹！……」莎伊娜激動地叫出來，她臉上有溫暖、高興的神色。她激動得不能自持，兩個姐妹緊緊地靠攏在一起。她們完全在她們創造的空氣中融化了，莎伊娜低迷的笑容變成晴朗，她溫柔的態度變成豁朗。

她們的心湖裡，澎湃著歡洽的湖水；它沖走了彼此間多餘的拘束、疑慮、怯生、感傷和鬱抑。她們打開頻繁的話匣子，談長論短，大家都有相見恨晚之慨。

白俊才、白俊生兩兄弟看見她們歡洽的情景，心中怪癢癢的，但他們沒有勇氣走過去湊熱鬧，只在一邊踟躕著。白玉鵑看見了，趕忙走過去把他們拉過來。

「姐姐，妳不怪他們吧！俊才、俊生都是頂害羞的。」玉鵑笑著對莎伊娜說。跟著，她轉過來對他們說：「別害羞！姐姐很和氣，你接近後，便像和自己人在一起一樣。」

白俊生羞答答地向莎伊娜喚了一聲「姐姐」，她笑咪咪地叫「弟弟」。白俊才比她大一歲，他正難於開口稱呼，對方低微地叫他一聲「哥哥」。「啊！……」俊才驚喜地迸出叫聲，接著喚一聲：「妹妹！」

初時，她和他們拘束地搭訕了幾句；不一會兒，大家便熟絡了。我一語，你一句，他一笑，她一顰。於是，話題便擴張了。談著，笑著，每個人面上都鍍著一層光輝。

白俊金下班回來用午餐。華婦帶他來見莎伊娜。這時，他們五個人正談得起勁。雯鵑首先發現俊金，便嚷叫起來：「大哥！大哥回來了！」

莎伊娜有禮地趨前去，鞠了一個躬，俊金神采飛揚地喚了一聲「莎伊娜」。他有神的眼睛凝視著她，她感到窘迫。她正想喚一下「大哥」，但無論如何也提不起勇氣來。俊金問了一些話，她低聲回答；剎那間，他靜下來了。她偶一抬頭，看見他的眉梢也籠罩著灰黯的煙霧。

白俊金中飯也沒有吃，便和華婦咬了一下耳根，出去了；半個小時後，他回來了，買了三包東西送給莎伊娜母女倆。她們不肯接受，俊金說他店裡有的是，添買的東西不多，請她們不用客氣。華婦記起了些什麼，進房裡取出了一個精緻的盒子，送給莎伊娜，她再三婉卻。華婦說，依華籍的風俗，「見面禮物」是一定要收的。經她一說，莎伊娜才把它收下來，那是一雙耳環。

午後三時一刻，她們母女倆辭別了。

臨走時，莎伊娜在華婦面前，低聲喚了一聲「媽媽」。華婦細聲地應，她似乎沒有勇氣應得大聲一點。

莎伊娜回去了，她帶來一份歡悅，也留下了一股鬱悶。

此後，莎伊娜和他們通過書信的來往，保持著淳厚的感情。她跟白玉鵑幾乎每個星期都有魚雁相同；彼此坦誠相敬，互相研討、督促和勉勵，以謀求學業上的進益。

有一回，莎伊娜在信裡，請玉鵑代問母親，她本來叫「白」什麼，請玉鵑寫出華文來，註上國語的拼音。玉鵑很快便把「白淑鵑」三個字寄給莎伊娜了。半個月後，她給玉鵑的信末，除了署上「莎伊娜」，還署上了「白淑鵑」三個字，而且寫得工整美觀。

在三年的時間內，她們兄弟姐妹之間建立了淳厚的情誼；那是一座深厚堅固的感情之橋，任誰也不能把它推倒的。同一個水源的水，分流在兩條溪流裡，經過了陡削的岩石，然後注入於同一個深潭裡，於是，它們歡洽地盪開了漣漪，泛旋著漩渦，奏著輕妙悅耳的聲音，敘說著一個誤會而隔閡的故事，歌唱著一個親善和歡樂的未來。

這些年裡，莎伊娜的生命活躍起來，生活內容也比以往充實了。如今，她心靈深處對事物已經有了澈悟的認識。她常常唸叨著：對任何人都可做側面的冷靜觀察，卻萬不能做正面的探詢和主觀的猜測。

去年七月，榴槤上市的時候，白玉鵲和白雯鵲應邀來了。莎伊娜盡了主人的殷勤，熱烈地歡迎妹妹的蒞臨。臨別時，她送了兩枚「葛羅珊」給她們；親自提著一麵粉袋的水果，送妹妹上車。

妹妹每次信都提及那件事，她心裡也抱著那個強烈的企望：憧憬著有那麼一天。可是，她一想到有些親友的嘴臉，心裡便冷了半截。上一次的經驗，給她和母親惹來一些非議。他們指責母親多此一舉，徒然使莎伊娜感懷身世，這班人之中，伯母講的最嚴重，她說，華人的符術最可怕，一旦喝了符水，說不定莎伊娜會變動起來。真有那麼一天，她人不離，心也要離的；那當子，你用大纜也扯她不回來了。

「這是毫無根據的設想！」莎伊娜想。

這次，向母親提出省親的要求，確實不易，也許母親為了避免非議，恐怕遭人指責，而有所顧忌地不肯答應。所以，她只好把這個心願藏在心底。

這層隱事，被她的未婚夫蘇里曼看出了；他悄悄地問她心裡懷什麼主意。她照實說出來，蘇里曼自告奮勇地去同她母親商議。蘇里曼就是這麼一個明理、堅卓、忠誠、勤謹的青年。憑著他的特長及優點，他的愛心直透莎伊娜的靈魂宮殿，於是，她整個生命都交給他了。

這一天，蘇里曼向她母親提出來，她母親凝了凝神說：「我是沒有異議的，只是人言可畏，莎伊娜想去看看他們，那是她的孝忠，也是她親善的表現。我沒有理由阻止她去。再說，她生母把她送過來，是因為家庭有不幸的變化，只好忍痛『割肉』。那年，我想用錢把她買過來，這女人卻死都不肯，還到店裡烏當（賒欠）了一箱頭的牛奶，送給我養她的女孩。如今，莎伊娜大了，而且是一個美好的女子，我有什麼信不過她的？何況，她訂了婚，我還有什麼不放心的？」她坦誠地託出她的心意。

此刻，莎伊娜坐在德士裡，她沉於回憶中，回憶的翅翼把她整個覆蓋住了。最後，她投入愉快的想望中，恢復了正常的心情。

峇株都朱到了，馬來老婦收斂了凝注的視線，向莎伊娜說了一句「再見」。她回了一句：「步安……（Selamat jalan）」老婦下車了，莎伊娜吁了一口氣。

峇株巴轄只距離七哩路便到了。德士軋軋地繼續前進，車窗外吹來了一陣陣清涼的風，她深深地吸了一口，覺得渾身舒暢。

偶然間，莎伊娜從車頭的玻璃鏡中，看見自己嘴唇隱約曳著一絲笑意；她順手理了理包在頭巾裡面的頭髮。跟著，她把目光移側過去，卻看見了一面日曆牌。今天是十四號，十六號回家；呵，我將有三天歡聚的日子！之後，蘇里曼駕著「士古達」來載我回去。莎伊娜這麼一想，順手摸一下那戴在耳葉上的耳環，然後用手轉一轉那戴在無名指上的訂婚戒指。

這時，玻璃鏡裡又出現她稀有的燦爛的微笑；但，她心中的歡悅卻是鏡子無法映現的。

一九六二年八月十二日

選自小說集《貝殼之歌》（一九七七年三月）

2 鐵道上的火花

自從瑪里班那多彩多姿的日子中止之後，便過著枯燥而拘謹的生活；他直覺得目下的生計單調得像石頭一樣。

每天，那「轟隆……轟隆」的巨響，和「嗚……嗚」一聲聲繚繞長空的汽笛聲，令人震耳欲聾；可是，它對於瑪里班這位火車閘看守員是聽慣了的，無動於衷，他的聽覺能力似乎遲鈍了。他在鐵道上踱著，神情像雕像一般的漠然，心境麻木一如橫在鐵軌下的枕木。

每每，他忖思著：「我看守火車閘；彩娜卻是乘著火車走的……」

由於這件事兒，瑪里班驟時變得蒼老了；但他表面上不露一點影跡。

不過，他的母親與一些較親近的友伴，誰都知道他失戀了！有的朋友還在他背後發出過火誇大的言詞，說他看不開，準備辭職流浪去。

母親見瑪里班精神恍惚，把昏花的眼睛翻了一翻：「嘿，你還想那個女人做什麼？我不是早已跟你講過了嗎？彩娜是別一族的人，她不會真心來『蘇格』（喜歡）你的。」

瑪里班略感訕然地沉默著。母親注視著他，又接下腔：「她跟你來往，一同出門看電影，是因為你付錢，而且看你心地好，可以信得過。不過，他們始終是看輕我們黑皮膚的，叫我們『吉靈仔』，所以最後，當然她去跟別人家『交姻』（結婚）嘍……」

瑪里班強懾心神，陡地眼中森寒的目光有如冷電：「媽，我說過了，我們年輕人的事情您不要管、不要問！」他略頓一會：「彩娜拋棄我，是因為她家裡的人反對異族通婚；而後來，大概是彩娜對我沒有很大的信心，所以我們分手了。——我們不能勉強人家呀！」

「呃，人家看不起你，你還替她講話；換作我，再見到她時，一定要吐口水哩！」母親恨恨地。

「媽，我們何必這樣做呢？」瑪里班呼吸了一下，又說：「——我是失敗者；我不滿意彩娜的做法！不過，我還是認為：真正的愛情，是沒有種族，沒有國界，沒有貧富之分的，只要兩情相悅，情投意合，就可以結為理想的夫妻。」

兩個多月來，瑪里班不曾像現時這樣說了這麼多話；說罷，他心情好了些。他母親疑惑地搖搖頭：「我看你啊，做夢還沒有醒過來咧！」

他勉強地微笑一下：「哦，就要清醒了——我會把她給忘掉的。」母親歪癟的嘴唇還嘟噥著：「嗐，你辛辛苦苦儲蓄起來的一筆錢，連跟她訂婚的機會都沒有，卻買來了一架摩哆西卡（電單車）。有摩哆西卡好玩，還不能把那個女人忘掉，你實在自討苦吃！……」

他霍地站起來，聲音裡充滿著不快：「媽，我說過妳嚕嘛就是嚕嘛！下午不是我值班，我又要出去哪！」

「唔，你要出去，千萬不要駕得太快咯！」母親吊高嗓門。

「嗯。」他應著，唇邊閃過了一絲抽動。

不一會，瑪里班騎著他那架嶄新的125cc摩哆西卡，朝向市區馳去。他暗忖：市中心太熱鬧喧嘩了，我還是到郊外去兜風吧。於是，他把摩哆西卡開往東北部的怡保路。

半晌，他心底下又想著：我好久沒有到峇都喼黑風洞去玩了，何不順路去溜一趟！

這麼一想，他把摩哆西卡開得好快。一個多月前，他初買摩哆西卡時，開得更快速呢。當時，他似乎不理危險，不顧後果，在公路上以最高的速度於間不容髮的空隙，越過許多別的車輛，飛馳而過。

這當子，太陽正高懸在正頭頂，溽暑迫人，瑪里班沒戴上鋼盔，熱得怪難受地。

途中，他遇到一位在巴士站候車的朋友——阿魯牧甘。

他邀阿魯牧甘到黑風洞遊玩，阿魯牧甘立即跨上他那摩哆西卡的後座。

瑪里班還是跑快車。阿魯牧甘心神一緊，暗忖：「我暸解他，他還是想不開！他的女朋友不要他了，他弄了一架電單車來填補心靈的空虛。他需要刺激，摩哆西卡正好是一種尋找刺激的玩具。」

「嗐，我們沒有戴上鋼盔，你別開得這麼快吶！」阿魯牧甘在他背上輕拍一下，大聲地說。

「你不用擔心，我的駕車工夫很好。」

「你還是小心點比較好！」

「哦，你不知道開快車是多麼痛快！」「我們還是安全第一，何況我們不是在趕路。」不消多久，他們就抵達七英里處的黑風洞。

瑪里班為了要試試自個兒的腿力，更為了顯示自個兒仍然有足夠的「衝力」，所以一來到山腳下，泊好摩哆西卡，便拉著阿魯牧甘的手直奔上高一百五十呎，有兩百七十二級的石級。他原想一口氣攀登上山巔，但終於因為腳力不支而停步兩次。

爬上洞口，他們喘息地回頭向洞外遊目觀覽，映入眼簾的是一片廣闊的大地；在陽光普照下，遠處的崗巒一片蒼翠沉鬱，較近處的鐵船在礦湖上操作，碧綠的平原，和馬路上細小的車輛，都歷歷在目。

瑪里班張望著，陡然想到自己曾經與彩娜佇立在這兒，那時，彩娜還用她的手巾為他揩拭頸頰之間的汗珠呢。他心裡不住地盤旋著那美麗的記憶。他低著頭跟阿魯牧甘步入光洞；這時由洞中吹來一陣陣冰涼的風，宛如天然冷氣，使他們精神一振。

阿魯牧甘在一旁不停打量瑪里班沉思的神情。——在光洞左邊的一個穴內，是興都教教徒膜拜的神靈座位，每年大寶森節來臨的時候，有成千上萬的善男信女攀登石級到此間來舉行一年一度的盛會——朝拜神靈，以致人潮如湧，熱鬧非常。

阿魯牧甘突然聯想到一些什麼，便打破了沉默的氛圍：「哦，瑪里班，上個月的大寶森節，我沒有再見到你來參加，那天太忙是不是？」

「不瞞你說，我最近三個月來，心情一直不好，因為我那位異族的女朋友，嫁人去了。」瑪里班的嘴唇牽動了幾下，才把這句話吐露出來。

其實，阿魯牧甘早已耳聞此事，但他裝作第一次聽見而表示驚異：「喔，有那麼回事嗎？」

「當然是真的。」

「去年大寶森節，她跟你到黑風洞，一同慶祝佳節，我還見過她。」阿魯牧甘低低地喟嘆一下：「哎，想不到她卻跟你分開了。」

「唔。」瑪里班吸了一口冷氣：「我五歲的時候就認識她，那時她住在我家附近。長大了，我和她一直相處得很好；然而，我們畢竟還是無法衝破種族的藩籬，掃開宗教的束縛，進而結成異族鴛鴦……」

「你一定恨她是不是？」

「人家說，有愛就有恨。可是，我除了埋怨她帶走我的心之外，我似乎不該恨她。」

阿魯牧甘又問他幾句話，然後才徐徐地說：「是呀，異族通婚所遭遇的困難比較多，因為雙方都必須要破除不同的風俗習慣，和不同的思想信仰所造成的種種障礙。要是缺少深厚的愛情，和諒解的心情，以及充分的瞭解作為基礎的話，異族男女的戀愛是很難成功的。」他話鋒一轉，又說下去：「當然，一對情侶既然有了深厚的感情，就不應該遭到家長的反對而分開；他們應該為了自己的幸福而突破一切壓力。……」

他們在山麓下的魚池邊漫步時，瑪里班的腳步顯得那麼遲滯而沉重。阿魯牧甘瞟了一下他那副神色微黯眉鋒微皺的面孔：「愛情已經消失了，友情仍然要保持著；你要拿得起，放得下才好。」

「嗯。」瑪里班陪上窘笑：「我也這麼想過，但願我心裡會這麼透澈，可以做得到。」

這天，瑪里班收到彩娜的一封信——她說，她有事回娘家住了幾天，星期三晚上才搭夜班火車南下。回來時見到彼卡莉瑪，從她口中知道瑪里班買了摩哆西卡，成為騎士，喜歡開快車。她直勸他不該自暴自棄或者找刺激，最後並致以深深的祝福。……

瑪里班讀完後，狠狠地把信抓了一把，使它成為一團。他心中的念頭一閃而過：不要把它撕掉，就讓它扔在我抽屜裡頭吧，我需要有一種氣量。……

上燈時分，瑪里班回到工作崗位，今晚又是他值夜。與他在一起幹活的同伴安達尼，一邊吐著煙霧，一邊跟他閒談本邦的羽球隊，日前在曼谷與泰國的湯杯亞洲區盟主賽中，以五比四被泰國隊淘汰出決賽圈的事，他還把電視臺重播現場比賽紀錄片各選手交戰的情形描述一番。

瑪里班心不在焉地聽著。偶爾抬目遠望，繁星閃著朦朧而碎屑的光芒，下弦月冷冷掛在天邊。

將近八時三十分之際，懸掛在火車站牆上的響鐘發出一連串的「鈴鈴……」的聲響。噢，這是火車即將經過的訊號。

他們各自提著一盞紅燈，趕忙走過去關上火車閘，暫時禁止一切車輛和行人來往。瑪里班這時略一思忖，心頭一動：「這是一列由首都南下新加坡載客兼運貨的火車；今晚就是星期三，說不定彩娜就是乘這班夜車回去的。」

六分鐘之後，那巨型的夜班列車猶如一條吐著烏煙的長龍，在茫茫的夜色裡亮著那盞光亮的燈火，發出鳴笛聲，聲勢震撼人心地直奔向前；那巨大的聲響似乎把凝結著的沉寂的夜幕整大片地撕裂了。

那火車的隆隆聲越來越響。聽慣那巨響的瑪里班，陡然覺得此刻的聲音更加嘈雜，而機器聲比平常的更吵耳，他立時低下頭來循聲朝車底望過去：咦，為什麼車底會發出明顯的火花？

他蹲下來張望，發現火車中間的兩個貨格已經脫離軌道而行。「噯呀！不得了……」他霍地跳起來，心頭一陣怦怦跳動：「準是脫軌的車輪擦著軌外的石頭與枕木，而發出火花來？……那太危險哩！」

瑪里班急忙地把手上的紅色的訊號燈高舉起來，想通知火車司機及時停下來，同時大聲叫著，然而一瞬間火車前頭經已馳過，司機自然見不到那危險的訊號。於是，那三十左右格車廂很快地相繼馳過去，儘管他一直不停地搖動著手上的紅燈，但卻沒有效果或反應；——火車上有一位守衛員似乎瞥見瑪里班的訊號，可是他若無其事地步入車廂。「哼！他不明白我的用意嗎？」他更失望了。

瑪里班不由倍感焦灼。倉卒之間，他奔過去找安達尼商量。

安達尼急得連連跳腳：「唉，這個火車閘站沒有裝置電話，不能跟司機通話，怎麼辦呢？」

瑪里班的思想驀然一轉，繼而決絕地說：「我追上去通知他們！」

他那架摩哆西卡正好泊在看守員的走廊上，一騎上它，迅速地踏動引擎，沿著馬路向前飛馳

——以時速七十五英里追蹤那一列已消失的火車。

差幸這當口所有的車輛因火車經過都暫時停在路上，他極順利地向前奔馳。由於鐵道上布滿了碎石塊，軌道雙旁雜草叢生，加上夜行不便，故此，他只得轉向新街場大道，與鐵道平行而猛衝著。過耳的疾風使他兩耳麻剌剌地怪不舒服，但他沒有心情去理這些！

他急煞了，幾個念頭仍然不斷在心中一閃而過：「如果火車出軌，往往會造成人命傷亡和其他損失。為了那些乘客，也為了說不定在廂南歸的彩娜，我無論如何要追上火車，通知他們……要不然，太危險啦！……」

不多久，他已猛追到正靠近鐵路的大道；在一陣欣喜之後，他又狂馳前進。終於，他的摩哆西卡已超越過火車頭。

他在鐵道近處扯高聲音，嘶喊地叫停：「STOP! STOP!（停！停！）」同時揮動著毛巾。

此刻，火車司機看見了，他感到突兀，連忙扭亮了燈火，清楚地見到一位印度籍青年男子，正騎著摩哆西卡緊緊地跟隨著火車，邊叫邊揮手，他只好把火車時速壓低，隨而緩慢地在數百碼處將它停下來。

瑪里班泊了摩哆西卡，飛奔地向火車頭疾走。

錫克籍的火車司機跳下來，在鐵道旁聆聽瑪里班的解釋後，他緊握瑪里班的手，感動地說：「你真勇敢，很有責任感，而且捨己救人，我代表全火車上的人，向你致謝……」

「不用客氣！這是我辦得到的事。」瑪里班說。

司機濃眉一挑，又說：「請你告訴我你的名字，我們一定向上方呈報這件事。」

火車突然停下來，車廂裡的搭客都探詢原因，不到十分鐘，許多乘客都明白這是什麼一回事了。

大家都心有餘悸，慶幸有這位具有高度責任感與英勇救人精神的印度青年，及時追蹤而來，倖免出事；否則，很可能因為兩個廂格脫軌，導致其他的也一併倒下去，釀成大悲劇呢。

火車停頓一些時候，好多乘客步出車廂，藉著微弱的燈光，俯身可見到鐵道上有明顯的出軌痕跡——一塊塊間隔的長枕木上面，有不少車輪輾過的裂痕。

有些乘客知道做了善事的青年，就是眼前這位瑪里班，也都擠前去向他道謝及詢問。瑪里班讓他們圍住了，他一一跟他們握手。

兀的，瑪里班瞥見一個熟悉的身影，是位少婦。她在一位男士陪同下走前來。瑪里班吸了一口冷氣。

她發出一聲驚愕，腳下微現趑趄，在她的明眸中，充滿了驚顫、詫異及感激的複雜神情，唇邊閃過一絲抽搐。瑪里班也不住眼角斜瞟。

她一掠鬢邊散亂的青絲，有點不敢正視對方那雙銳利而嚴肅的目光，不覺又機靈一顫。她嘴唇張翕了半晌，欲言又止，掙了半晌才說一聲「謝謝」。

瑪里班與她身邊的男士握了握手，客套一番，雖然自己的心旌已在搖晃，但他盡量裝得跟個沒事人兒似的，吊高嗓門：「我還有其他的事，大家再見！」他一轉身，挪開腳步，擠出人叢。

「再見！」心弦震盪的這位少婦叫得最大聲，還揮了揮手。

瑪里班走遠了；他長吁了一口氣，緊綳的心弦似乎鬆了一陣。

一九七三年一月三十日

選自小說集《不碎的海浪》（一九七六年二月）

3 再見村長

明亮亮的陽光，在澄平一如明鏡的星柔海峽鍍上了一層銀光；我和那八歲大的表姪女——小琪在新山海濱遊玩。

我們沿著海濱大道靠海的草地漫步。雖然海堤上有古木濃蔭，而海風送爽，然而在濕漉漉沁人心脾的熏風裡，小琪那胖而圓的面孔變成微紅了。由於眼前的新奇與幽美的景物吸引著她，她那對烏黑的眼珠發了光。

我們在蘇丹大皇宮前面，由海堤踱過了馬路，踩完石級步上綠草茸茸的山坡，這時候，我們已走進蘇丹公園裡來了。這裡的空氣很涼爽；大地如錦，嫩葉初花，滿目皆是。

我們走近一個圓池，池水像一面湖，中間立著一個裸體美女的雕像，她的蓮手上正噴濺出細細的水花。水池的周圍栽植著不少的花木，繁花悅目，一抹淡柔的香味正飄送著。

我要小琪立在池畔，我替她拍了一張照片。接著，我環顧周遭，益發覺得在這寧靜安閒的氣氛中，處處透出一種清幽秀雅之美；我遂在喜悅中捕獲了清純的靈感。

我攜著小琪的手正要離去之際，兀的，我瞥見有個瘦削的老年的馬來人從斜徑迎了上來，他戴著白色的布帽，手上牽著一個約莫七歲的男孩子。他們走近了，我看得清楚，噢！這位馬來人正是我過去的「彭古魯」（Penghulu，村長），他是與我的童年連在一起的故人！我們舉家搬離了甘榜，我和村長不曾見面已有八個年頭了。我陡地有一股興奮的昂揚。

「端（Tuan，先生）彭古魯，您好！」我笑顏相向地叫道。

「好，你好！」他目注著我。我發現他那茫茫然的神色，但我又看到了他和善的目光。

我立即想到自己的輪廓或外貌有了改變，何況我配戴了眼鏡，於是，我趕忙地說：「我是蒙國的兒子——丘林，您還記得起嗎？」

幾分鐘之後，彼此之間便袪除了由多年來的隔膜所造成的生疏感，而恢復到舊有的熟識與親切。

他告訴我，他是為了甘榜的一些公事，特地到州城來辦理，趁便帶他的外孫到蘇丹公園來遊玩；這個外孫是他大女兒的長子，叫達烈。我伸手搭在這個有點畏縮的男童的肩胛上，問道：「阿列（弟弟），你爸媽好嗎？」

「好。」他答腔。我立時想到他的母親——莫西娜姐姐。旋即，我又想到小琪的父親——我的表哥胡紹東。他們過去是一對異族情侶哩！

我介紹之後，村長卡馬森顯得有點意外，微笑地說：「哇，胡紹東的女兒這麼大了！」

我建議為他們公孫倆拍一張相片，他們欣然地照做了，還邀小琪合拍一張照片；小琪用右手指按著臉腮，歪著頭兒輕聲地對我說，她母親說過三人一起拍照不吉利。我勸慰她，而且輕聲道：「這個男孩子的媽媽，是你爸爸的朋友，你就拍一張吧！」

拍了照片，我們結伴暢遊公園。他鄉遇故友，況且他是故鄉裡受人崇敬的彭古魯，我覺得我這一次的出遊更具意義了。

村長迂緩地走著，親切地談著話，我們不時發出笑聲。村長稍微彎腰弓背，額上的皺紋漫布到臉頰各處，但身體硬朗，精神矍鑠。我依然看見他那份森嚴凜然的神情。

我們順著斜斜的山坡走上來，村長喜孜孜地告訴我：甘榜的面貌改變了，在鄉村發展計劃下，舊有的泥路已鋪上了紅泥碎石，汽車或小型羅里（貨車）可以通行無阻，巴列（溝渠）也疏浚掘深了，老膠樹和椰樹也泰半翻種了。我忽然想到他擁有的那片咖啡園，便問道：「你的咖啡園也翻種了吧？」

「唔，是的。」他顯得很開心，眼睛也露出笑意。「我的老紅毛丹樹也砍完了，完全改為接種的。——你還記得嗎？甘榜裡的土種紅毛丹樹高高的，肉不脫殼，又是酸酸的，很難有幾顆是好肉的。」

我點了點頭。「記得。」我說：「我也記得你爬到那高高的樹上去，把結滿紅毛丹的枝椏砍落下來，讓村裡的人盡情地吃那紅毛丹，而你的紅毛丹是屬於好肉的。」

我抬頭望了望天際，在那藍天裡一抹柔雲悠然飄過，我想到《白雲下的故鄉》；孩提時代的稚情已隱幽潛形，飄逸無蹤，可是，甘榜裡的那段日子，那單純與安定的甘榜生活，以及景景物物、人人事事，都不是我能夠輕易遺忘得了的！剎那間，回憶的網把我捕捉了。

「督（公公），他住過我們的甘榜嗎？」那馬來兒童突地閃睒著長睫毛，微昂起頭，問他的外祖父。

我立時搶著回答：「是啊，我在甘榜巴列岸東住過十六年。」

村長看著我，然後轉對著那小孩說：「達烈，你要向丘林叔叔學習，他是教師，也是寫作人，還曾用國語在馬來報發表文章呢！……」

我急忙打岔：「快別對小孩子吹噓啦！我只是個平平凡凡的小人物嘛。」

我有點奇異：這個將近雞皮鶴髮之年的老人，記憶並未衰退，而且還不知從哪裡獲悉我的事呢？我正狐疑之際，他說道：「我有一個姪兒是念華文學校的，今年已經是初中三了，他告訴我有關你的事，聽說你寫過不少有關甘榜各族生活的故事。我很高興，因為在我們甘榜裡出生長大的孩子，在外頭的世界有作為了。」

我有點兒激動，難得村長關懷我；其實「前事盡虛盈」，我只笨拙地道了一聲「謝謝」。稍後，我故作輕鬆地說：「端彭古魯，您忘了吧？以前我在甘榜裡是最調皮的孩子，曾經給您帶來很多麻煩。」

「小孩子當然是頑皮的；不過頑皮有時卻是聰明的一種表現。」他說罷，我們敞敞蕩蕩地笑了。

我們一行人經過竹叢，行近飼魚池。這兒有拱門、亞答亭，池中有小小的矮塔。游魚停在有蔭涼的水裡，水色不清，但卻看見一些類似鄉間的「柴頭魚」的魚兒在游動。小琪和達烈嚷叫著

「衣幹」（Ikan，魚兒），繞著池塘探望魚兒的蹤跡。

不到十分鐘，兩個兒童便歡蹦亂跳地跑在一起了。

我望著竹葉在風中搖曳，回憶的思線也一抖；——我頓時想起這兩位天真無邪的兒童的父母：胡紹東和莫西娜。一個人一生的經歷就是這麼難以逆料，現今他們各自的骨肉玩在一起，小心靈又怎能瞭解自己的父親和母親，過去是對「異族情侶」呢！

許多作者寫小說時，老是把男女的愛情描寫到非結合就鬧至要生要死的地步；我曾經為胡紹東與莫西娜遞過信件，他們亮過滿足的眸子，彼此深情地凝視過。我見過他們踩著輕款的步子雙雙出現在檳榔園和膠林的小路上，後來，彼此卻競相躲藏。結果，雙方都在十分難捨的情況下分手了，竟然誰也沒有鬧情緒的現象。表哥紹東只顯得有些心煩意亂罷了。

記得那時候，剛正不阿的村長和我父親都不同意他們兩人交往；紹東受邀與村長在檳榔園裡長談了三四個鐘頭後，態度便表現明朗化了。有一次，我聽表哥對我父親說：「我覺得彭古魯說得很對，要是我不放棄原有的宗教信仰，加入另一個社會去，最好不要通婚。我決定聽從你們的話。我這樣做對大家都好；我不能只為了私情，教我守寡多年的母親傷透了心。各民族的和睦團結比任何東西來得重要；我應當為各族同胞做點有意義的事情……」

最後，性情沉鬱的表哥離開了甘榜，不再幫助父親幹檳榔業了。……

這當兒，村長拍拍我的膊頭，問道：「你在想什麼？——池裡的魚這麼多！」

小琪正從塑膠袋裡取出幾片麵包，交給達烈。他們相繼地投麵包逗魚兒吃，藉以清楚地見到魚兒的形態。數十隻魚兒交疊著露出水面爭食。我朝著笑容可掬的村長說聲「真好玩」，一時興起，跪在池畔，伸手去抓捕魚兒，兩三隻從我掌中掙脫了；接著兩三次，仍然是枉費力氣。

這當兒，村長平和地說：「也許池裡的魚是不准動的。」

我恍然有悟地神情一怔，隨即站起來。記憶的布幕又掀開了。

在甘榜裡，我頂喜歡捉魚取樂。大旱天，「巴列」（Parit：水溝）裡的水只有零點三公尺來深了。旱災是村民的一大苦事，而對孩提的我卻是趁機盡情玩樂的大好時候。河裡水淺，用一隻畚箕捕捉便大有收穫。所以，這是我在課餘時候最喜歡的活動之一。

為此，有一回被村長發現了：我和弟弟正在「巴列」裡捕魚，渾身濕漉漉的；村長在河堤上停下腳車，目閃神光地瞪住我們。我愕然地不知所措。弟弟手中提著的小水桶在緊張中打翻了，魚兒回到河裡恢復自由了。

村長站在河堤上，半晌，才吊高嗓門：「你們回去問爸媽，這樣做對不對？——多兩天，你們到我家裡去，跟我說明不對的理由。」

我不敢去問父母；不過，後來我只得硬著頭皮去向村長解釋——村裡的大人不許孩童溜到河裡游泳與捕魚，最主要的原因是由於河壁鬆軟，容易被下河者弄得崩裂倒塌，影響河道；再者，水漲流急時常會發生性命的危險。

村長對我的答覆還算滿意；那年我已十一歲了。從此，我再也不曾溜到河裡去捉魚。……

此刻，我與村長到亞答亭坐憩，兩個孩子仍舊在池邊觀魚。村長抽著菸，我們又緘默下來。

我望著左側「布玲樹」（變葉木）木本植物，它是鄉下馬來浮腳屋附近常見的觀賞植物；記得村長的家園裡便有這種植物，噢，是的，它就遍植在村長那個池塘邊緣。

於是，我那回憶的葉片又抖動了。

當年，村長的大池塘養著一條生魚（Ikan Aruan），長約四十二公分，重約一公斤半。生魚是凶狠的肉食魚類，連自己養下的幼魚也吞食不留。許是這個緣故，村長的池塘裡僅有一條生魚而已。池塘不深，池水清澈，站在池畔，常可發現牠出現在水面。村長歡迎村裡的孩童前來觀看那條大生魚，他甚至不反對我們去釣釣看，只是有一個條件，即是不得用有鈎鉤的魚釣。我們曾有過幾次用細線縛著小魚或活青蛙，去逗弄大生魚衝出水面；牠吃釣的那一剎那間的震動使我們感到分外爽快與滿足。

有一天早上，村長的兒子默啥汀召我去見他父親。在村長的浮腳厝的屋梯下，嚇，地上躺著嘴角流著血絲，已經硬挺挺的一條大生魚，村長直眉瞪眼，嘴巴一撇：「是誰幹的，你知道嗎？」

我嚇得半天都閉不攏嘴巴，我暗忖：「他懷疑是我？我沒有謀殺他的生魚呀。他們誤會我了。」

我向村長表明不是我幹的。我建議村長也叫我的同伴李如盛來問話。果然不出所料，李如盛坦白承認了，他說他昨天躲在一處隱僻的角落，用釣鉤套住一隻青蛙，然後把魚鉤扔到池塘裡。他一再強調他的目的不是要害死生魚。

村長交給他一把鋤頭，面色一沉，低聲喝道：「現在，你在我面前把這條魚埋掉吧！」我感到鼻頭酸酸的。李如盛在一棵紅毛榴槤樹下把死掉的生魚葬了，他眼皮連眨幾下，突地雙手抓住鋤柄，垂下頭哭了；好一會，他哽咽地：「督，我錯了！……」

村長從李如盛手中拿回鋤頭，用溫和的聲調說：「阿列（弟弟），如果是你心愛的東西失掉了，你會有什麼感覺呢？」

之後，不知是什麼力量，使李如盛有了斷然的改變，行為變好了。有一天他到椰園的一個廢井取清水，結果如願以償捕到一條約半公斤的生魚；他邀我作伴，興沖沖地將那條生魚送給村長。村長笑著說：「好，好！」從此，村長的池塘又養著一條較小的生魚，那是李如盛「賠償」的。

「表叔，我們玩夠了，換個地方吧！」

小琪的話鉤破了我那回憶的網，我回到眼前的現實裡來。接著，我們走到公園的高處，中央有一八角亭，大家在亭裡喝了一杯印度老人賣的薑水，各人吃了一個椰絲麵包。

後來，我們轉向左方去動物園參觀。半路上，我們經過一片咖啡園及可可林。油綠綠的咖啡樹，滿枝是紅彤彤的咖啡籽。

我抬望眼，天邊的白雲如絮；那遙遠的回憶之雲又凝集——我又沉浸於往事的旋渦中。

咖啡樹開了滿枝的白花，誘來不少各種各類的鳥兒。這天，我躲在村長的咖啡芭裡，手中握住一把「拉士德」（彈弓），舉手採了枝上青色的咖啡籽作彈子；我正忙著突襲在樹枝上採花蜜的小鳥。

「嘿，不行呀！」村長叫道。我被一隻美麗的鳥兒弄昏了頭，不知什麼時候，村長已立在我背後喝道。我有點緊張、心跳！

他竟平和地說：「我干涉你打鳥，一來是你浪費了我的咖啡籽，二來是因為你不愛惜小動物，殺死許多無辜的生靈。如果你的功夫好，為什麼不去打咬壞東西的松鼠？為什麼不去射專捉小雞的山鷹？」

此後，我便極少玩拉士德了，至少，我不再打小鳥了。

在動物園裡，有一些動物，諸如猴子、蟒蛇、麝香貓等也觸動了我的回憶——村長用長獵槍在橡林裡打猴子，我們跟著去看。村長率領了二十多位村民圍捉一條約五公尺長的大蟒蛇，他一馬當先；村長打到山豬或麝香貓送給我們殺來吃；村長飼養了一頭由村民從荒林捉回來的小鹿，愛護有加……這些往事，都彷彿是昨兒的事。通過那扇記憶之門，又引起我無限的懷念。

八年前，父親去世了，我們舉家遷徙到小鎮裡，而我卻到城裡來做事，繁忙與緊張的生活幾乎不容許我的腦幕有上映童年影片的機會。今天，在這個綠色的蘇丹公園裡，再見村長；與這位已是耳順之年的仁人君子重逢，我自然掇拾了往日的舊夢；於是，甘榜的懷念攫住了我！於是，我將目下與過去的一段生活混合了……

午後，我和小琪送村長和達烈到新山車站；臨別之際，村長用沉重的嗓調說：「好幾年來，甘榜裡的華人越住越少了，為什麼許多人喜歡移居城鎮呢？——記住：在假期裡，一定要回到我們的甘榜來遊玩！哦，不要忘記帶小琪一同來，也好讓莫西娜認識一下……」他的誠意，又把我的情緒一下子激起來了。

「好好！我一定帶小琪去拜訪大家！」我鄭重地：「督，請問候所有甘榜裡的朋友！」

之後，我攜著小琪的手混入鬧哄哄的人流裡。這當子，我腦際所映現的仍是青翠的村景，和親切的故人情；我幾乎無視於眼前的嶄新的矗立的高樓大廈，我迷失在另一方了嗎？

一九六九年二月二十一日

選自小說集《靜靜的文律河》（一九八六年一月）

4 娘惹妹

那巨型的夜班列車，終於在搭客們的期待中，宛如一條吐著黑煙的長龍，亮著那盞巨大的燈火，轟隆轟隆地衝進了月臺，繼而喘著息停下來。

我背著一個輕便的旅行袋，從容地跨進車廂，找了一處靠窗的座位坐下來。我覺得有點燥熱，汗濕了一背，便摸出手巾揩拭一番。

不一會，在一聲繚繞長空的汽笛聲中，那漸漸加速的滾動的車輪隨而在鐵道上急遽地向前衝奔著，震撼著整個凝結著的深沉夜幕。

我獨個兒坐著，頗有孤單的感覺。車窗外，幾點燈光閃過之後，只見那一勾半弦月，在墨一般的天邊出現，遠近一片淒迷的夜色，僅能隱約看清窗外的景物。我突地打了個呵欠。噢，我著實累了！這些時來，為了應付學院裡的各項考試，我忙碌得暈頭轉向，還加上了愛情方面的負荷，弄得我精疲力竭，勞頓不堪。我極需要好好地憩息一陣，於是，我試圖閉目養神。

車廂裡，人聲嘈雜；不過一刻工夫，我抬目一看，但見前座的幾位年輕人——兩位華人、兩位馬來人和一位印度人，他們正笑得好灑脫。我拏眼朝右方望去，乘客們多有同伴或交談的對象，那右角落的座位上，有一對馬來男女，他倆緊緊依偎在一起，頭貼頭，喁喁細語，顯然是一對情侶。

這當子，我輕輕地舒了一口氣。——噢，那也是一個熱鬧與親切的場合。於是，我心念轉動，旋即陷入玄遠的幽思中；而她，輕盈的影子同時幻現在我的意識上，讓神思縈繞著那甜津津的舊夢……

我和姐姐就讀於華民小學。這天，我們姐弟倆步行到學校的大禮堂，便望見楊老師牽著一個小女孩。這女孩子紮著兩條烏光水滑的髮辮子，白衣綠裙，她的穿著跟我們全身純白的校服迥然不同，我立時臆測到她是個新生。

楊老師和那女童的後頭跟隨著一大批的同學，嘻嘻哈哈地似乎蠻有興致。楊老師忽然喚我姐姐：「彩茵，妳過來！」

我緊跟著姐姐走過去，姐姐臉上露出惶惑的神情；我也好生奇怪。——楊老師原是我們的遠親表哥，但我們在學校裡把「老師」叫慣了，所以極少稱他為「表哥」。楊老師被委派到這裡來任教之後，便一直在我家裡搭伙食。

此刻，楊老師指著他身旁的小女孩，微笑地說：「這位小朋友，是插班的新生，叫做林芝娜。」

林芝娜眨眨眼，微微一笑，隨即怯生地半垂下眼皮，我們直盯著她。

姐姐走前去拉她的手：「哦，歡迎我們的新同學！」

林芝娜只是點了點頭，不吭聲。楊老師又說：「芝娜只會講馬來話而已，她一句華語也不會說。她們一家最近才搬來這裡，跟妳住在同一條街道上，所以，希望妳特別照顧她。」

「唔，好的。」姐姐答腔。

我打岔道：「她到底是甚麼人？」

楊老師看了我一眼：「芝娜是華人嘛。」

姐姐也一臉疑惑不解的神情，問道：「怎麼有華人，不懂得講母語的？」

在場的同學也都對林芝娜投以詫異的眼光。

「呃，這個嘛……」楊老師略微提高聲調：「因為她是馬六甲的娘惹。」

「哦，馬六甲的娘惹就不懂得講母語？」我喃喃地說。我還是弄不清楚這一點，甚至連常聽到的「峇峇」、「娘惹」都不甚了了。然而，當下我不便多問下去。

從此，林芝娜成為我們的同學了，由於她只會講一口流利的馬來話，無法以華語作為表情達意的工具，儼如馬來姑娘。與她同班的三年級的同學，有些調皮的還直呼她為「娘惹妹」呢！而姐姐與一些高年級的同學，都對這位插班的女孩十分友善和愛護，下課時總是陪她一塊兒遊玩。

楊老師呢，他除了仔細教導林芝娜學習之外，還拿了一些一二年級的華文讀本給林芝娜，要我姐姐在課餘之暇教她多認識一些生字。

林芝娜的家與我家相距只有三分之一哩，放學後或校假期間，她常遵照楊老師的吩咐，到我家來要求姐姐幫忙她補習功課。她有虛心受益的精神，對於姐姐的指導，她都悉心聽取，所以進步得相當快。

母親也讚林芝娜長得美麗可愛。她肌膚白皙，鵝蛋形的臉孔，明亮的眸子，皓白的牙齒，玲瓏的鼻子；那櫻桃小嘴笑起來又是那麼甜滋滋的。而她兩條不長不短的髮辮子，跑起來一晃一晃地，宛似蝴蝶的一對翅膀。

晚膳後，楊老師與父親在屋前草坪的長凳上坐著聊天。我和姐姐走前去，他們又在談時事——正談著由馬來亞聯邦、新加坡、北婆羅洲和砂朥越四邦區合併為馬來西亞的話題……

好一會，我陡地問道：「楊老師，請你跟我們講一些『峇峇』和『娘惹』的事好不好？為甚麼許多同學，老愛叫芝娜做『娘惹妹』？」

父親搶先回答：「這個說來話長，不過據我所知，所謂峇峇和娘惹，就是南洋一帶出生的華僑後裔。」

楊老師注視著我，徐緩地說：「峇峇就是『Baba』，娘惹就是『Nyonya』。在新加坡和馬來亞的華族人士當中，峇峇頂多只占了百分之五而已。——通常，那些在二十世紀以前，由中國來到星馬，特別是馬六甲、檳城以及新加坡居住的，都被人叫做『峇峇』，而女的就叫做『娘惹』。至於在二十世紀以後，由中國到星馬來定居的，他們通常被認為是華人。許多外國人多把峇峇和娘惹，當作是不可思議的中國後裔來看待。實際上，峇峇和本地的華人之間也有一層隔膜，不容易交往……」

這當兒，姐姐也把話頭岔了開去：「峇峇既然是中華民族的後代，為甚麼連母語也不會講了？」

楊老師沉吟半晌才說：「這應該是由於年代太久的緣故。我們都知道，華人早在公元十五世紀初期，已經定居在馬六甲等地了；經過幾個世紀的變化，這些最早期的土生華僑，因為跟祖國完全斷絕了關係，所以連母語也給忘記了，漸漸地被同化在馬來人的社會中。再加上他們過去所受的，完全是英殖民地的教育，這些都構成了峇峇人的特性。」

「據說，峇峇已經不承認本身是華人，是不是呢？」父親問道。

「哦，大概還不致於這樣吧。」楊老師接口說：「不過，因為峇峇在殖民地的社會、教育、經濟、政治和信仰的影響之下，難免有不正確的觀念和想法；尤其是受了殖民地的英文教育，他們往往使自己偏向於西方文化，崇拜英國人和英國文化，甚至把英國當作是他們的祖家。」

跟著，父親又用發問的語氣說道：「據說，峇峇有樣最難得的地方，那就是他們對於中國的傳統習俗，特別是姓氏方面，仍舊是毫不含糊地保留下來。此外，他們喜歡貼著或刻著華文書法的對聯，而且所信奉的也是一個觀世音。——你說，這是不是真實的？」

「是呀！」楊老師立即接話兒：「這一點也可說明了：峇峇是華巫表面文化交流的產物，所以，峇峇不能被華人社會完全地接納，也不為馬來社會完全地接受。儘管峇峇人的生活已受到馬來文化的影響，比如語言、服裝和食物，可是，在行為方面，他們卻顯得比較親近於華人的傳統風俗，令人遺憾的是，好久以來，峇峇人還沒有切切實實地接觸到華人社會的精神和文化……」

姐姐微笑地說：「這麼說起來，峇峇人倒是有點奇異嘍！」

「是呀！」父親扯高腔調：「要不然，三四年前國泰電影公司就不會派人老遠地跑來馬六甲，請李麗華和嚴俊拍了那套《娘惹和峇峇》。」

楊老師凝了凝神，然後一字一眼地說得十分清楚：「我們的國家馬來西亞獨立以來，最難得的峇峇人也加進他們的原來民族——華人社會中來了；跟各民族同胞共同建設國家，促進繁榮和發展。換句話說，峇峇人繞了一個大圈子，如今已成為華族人士了。」

「呃，這是我們所希望的。」父親說罷，藹然一笑。

楊老師陡地直盯著姐姐，平和地說：「那天，林芝娜的爸爸帶女兒到學校來，他跟我表明母語教育的重要性，所以才決定搬來這裡，以便讓芝娜轉到華校來，接受一些中華文化。他相信芝娜受了母語教育，一定不會像他的大兒子英崇一樣，大捧紅毛月亮比唐人月亮更圓更大，而且目無尊長，胡作亂為。……因此，我希望芝娜多與妳接觸；教她認字，教她學講華語，幫助她進步。」

為了這件事兒，林芝娜成為我家裡的常客。我們在同一張方桌上做功課。這一年，姐姐正值小學六年級會考班，每每忙不過來；我唸五年級，有時候，姐姐便吩咐我指導芝娜寫字與做習題，我還抓住她的小手教她學寫大、小楷呢。

火車急遽地不斷地向北方奔馳著；在迷糊中，我睜開眼睛——從記憶的境界回到現實裡。兀的，有一位華籍中年人，攙扶著一位穿短娘惹裝的婦女；她穿著半透明的暹羅薄紗「卡峇雅」，圍著金邊紗籠，腰間束著一條銀幣製成的「肯麗」（腰帶），隱約閃光；一頭烏光水溜的娘惹髮型，顯得貞潔與飄逸，他倆用馬來語交談著。我想，他倆準是穿過火車廂要到餐室去吃點心吧。……這使我旋即回想到林芝娜的父母。

黃昏，我跟隨著楊老師散步到林家屋前。

林芝娜的父親從屋裡跑出來招呼我們，他大約三十七八歲，是個瘦高個子，人挺不錯，舉止言談也十分溫和，樣子忠厚老實。在他熱誠的邀請之下，我們到他家裡去坐了大約一小時。

楊老師稱他為「品欽叔」。——品欽叔與楊老師通話的時候，十句當中有八九句都是運用馬來語。

「楊先生，你這麼賣力教導芝娜，十分德里馬加西（感謝）！……」品欽叔一再申表謝意。

「哦，這麼點小事，算得甚麼？——不用客氣。」楊老師含著笑答道。

芝娜的母親把咖啡捧了出來，客客氣氣地招呼我們喝水。這位中年婦女，眉眼之間雖然起了不少皺紋，但仍可尋得到她年輕時美麗的輪廓。她穿著娘惹裝，用樣子宛似徽章的「葛羅珊」（扣牌）扣緊對開的衣襟。據說，娘惹採用了「葛羅珊」，就不必用鈕扣了。而我對這種三枚一副的金鑄裝飾品感到十分新奇。在她的髮髻上，插戴著一枚五吋來長的釘頭圓髮簪；看起來，是那麼美麗大方。她唇邊老是隱約地掛著淺笑。

總之，林芝娜的父親對我與楊老師是殷勤客套的。芝娜指著我，操著馬來話對她母親說：「他叫謝宇偉，是彩茵的弟弟，我去他們的家，宇偉也常常教我讀書、寫字……」

她母親堆著一臉笑容，盯住我說：「哦，阿列班萊（弟弟聰明能幹），好，很好！」

在林家，只有芝娜的哥哥給我留下不好的印象。後來，我知道她這位哥哥叫英崇；約莫十四歲。這一天，英崇瞥見我們，連忙離開客廳，甚至連楊老師的點頭招呼也愛理不睬的。——英崇所受的是英文教育，每天搭車到十六哩外的縣府去唸英校；他由於受薰陶而洋化了，甚至染上了輕浮子弟的惡習。楊老師與我告辭之際，品欽叔送我們一程，後來，他站在高大的峇黛樹（黃花樹）下，懇切地說：「楊先生，我一家是峇峇人，在許多方面，我覺得我們是不行的。我會講幾句蹩腳的華語，還是最近半年來才學的，請不要見笑！」

「哦，品欽叔，你太客氣了，我怎麼會笑你呢！」楊老師接口回答。

「唔，這樣我就放心了。」品欽叔喜上眉梢，提高嗓調接下腔：「我認為，要是在一個華人很多而峇峇人很少的地方，峇峇人一定將會接近華人，而且被華人同化回來的。而我是下了最大的決心，不管我岳母和妻子的反對，搬到這裡來居住。我最大的願望，是芝娜和她的弟弟不會像她大哥一樣，能夠在這裡接受華族家庭的倫理教育，而且受幾年母語教育。再說嘛，中華文化是以『仁』為中心，學習唐人文化便能夠適應各種不同的環境，跟本邦的其他民族團結合作，建設新興的馬來西亞……」

這之後，我們與林芝娜一家更熟絡了；姐姐與芝娜幾乎是朝夕相隨，無日不見。我母親對這位娘惹妹，也是愛護有加，無微不至。每天，林芝娜的眉宇間都帶著欣喜的神色，顯得格外活潑純真。

芝娜的母親，我們直呼她為「娘惹姑」；她很有調製各種馬來食品的本事，諸如糕餅、小食及菜餚等，她都有高明的一手烹飪的方法。我們嘗過她製作的沙爹、格督拔（四角粽）、蝦餡糯米烘飯、甜糕、油炸香蕉糕、酵飯和甜羹粉條湯等等。

星期天早上，林芝娜來我家，邀我姐姐到她家去吃「叻沙」，口裡的唾沫馬上多了起來。

「姐姐！」我要求道：「我跟妳去芝娜的家好不好？」

姐姐撇撇嘴，白了我一眼：「去吧去吧，誰不知道你最貪吃！」

「嘖，妳再講一句，我就不去吶！」我佯裝生氣地說：「以後，妳吩咐我教芝娜讀華文，我才不管哩！」

姐姐立即把語氣一轉：「好、好，我去，你也去！——娘惹姑不是有稱讚過你嗎，說你聰明、有禮貌，是乖孩子……」

我聽了，高興得甚麼似的。

這天，我與姐姐在芝娜的家裡消磨了一個上午——我們踢毽子，又玩「跳房子」，大家盡情地謔浪笑傲，一派淘氣和純真。我總是由於玩輸而挨打手心，然而，每當芝娜舉手打我的時刻，我卻感覺特別愉快，最饒興趣。很奇怪地，跟芝娜在一起的時候，我總覺得異常開心！

中午時分，娘惹姑請我們吃「叻沙」；姐姐吃了兩碗，連聲稱讚：「嘩，實在好吃！湯汁十分可口……」

娘惹姑聽了憨厚地笑了；她告訴我們，她調製「叻沙」的湯汁，是選擇富有甜質的江魚仔混合「阿杉皮」（一種酸果的細皮）及辣椒而煮成的。我個人倒覺得她煮得辣了些，但她們卻吃慣辣的食物。

吃飽之後，我們三個人玩吹膠圈；正在興頭上，這當兒，林英崇抱著一架原子粒收音機驀地閃進廳裡，收音機正播出喧嘈的英文歌曲。

英崇橫了我們一眼，挺不開心似把嘴角一牽，吊高嗓門，操著英語及馬來話對他母親說：「Mak, orang Chinese datang kacau! Go out!」（媽，這華人來搗蛋。去你的！）

姐姐立時停止遊戲，拖著我的手就回家；芝娜在後頭喚了幾聲，姐姐也不理會。跑了一陣，姐姐喘息著冷哼地說：「呸，我最……瞧不起英崇！他神氣甚麼？二毛子！……他只讀了英文，我們講的是……華、巫、英三種語文……」

星期三的下午，我獨個兒挾了三本《南洋兒童》前往林家，芝娜曾經囑咐我讀完之後拿去借給她。我把這刊物送到她手上，不料，英崇像一陣風似衝出門口，把它搶過去，繼而把它撕破了扔在地上。這火辣辣的少年還破口罵道：「哼，讀這些唐人冊，有啥用？！」

我不覺愣了一會，面對這麼一個傲慢使氣的少年，我只在心底不住地嗤笑他，憋著一肚子不平的悶氣回家去。

姐姐小學畢業之後，升到中學去深造；每天清早乘校車到八哩外的R埠去，午後二時才回到家裡，她益形忙碌了。芝娜與姐姐接觸的時間雖然是減少一些，不過當姐姐在家的時刻，她仍然常到我家裡來，由於姐姐有分身不暇之概，所以指導芝娜學習華文的工作多由我負責；我總是盡自己的能力幫助她。

芝娜勤於學習，而且敢於運用華語來會話與表達，再加上她天資穎異，因而進步很快。如今，芝娜可以操用簡單的華語來談話了。

年底，校方發出成績冊的時候，芝娜興沖沖地跑來告訴我姐姐：她的華文科剛好考及格了！我們也為她分喜。

傍晚，林芝娜穿著一襲淺紫的洋裝綢裙子來我家，開門見山地說：「彩茵姐，我爸爸給我兩元，要我請你們到遊藝場去玩，慶祝我的華文進步了，也謝謝你們！——宇偉，你也去！」

我好不開心地跟隨她們去參觀那個流動性的遊藝場。我們坐了小型的火車和空中飛船，後來，我與芝娜壯了壯膽，一同坐上旋轉至三十餘呎高的「畚箕車」，升至頂端時，芝娜膽怯地忽發出「噫」、「唷」的叫聲，左手更使勁地握住我的右手。

跟著，我們去觀賞其他的娛樂項目。場內設有一個臨時的板檯作為舞池，有不少的男人爭著購票上臺，選擇各人所鍾意的舞女大跳「弄迎」（Ronggeng）。

芝娜似乎很欣賞「弄迎舞」；它是馬來社會的傳統舞蹈之一，舞時男女成雙共舞——依照鼓樂聲的節奏相對踏步，不過，舞姿全由男的主動，表演各種各樣的動作或舞步，讓女的去摹仿，舞步互相吻合，以便吸引同伴。

芝娜跟著伴奏的音樂「倫當沙央」（Dondang Sayang）低哼起來；我知道芝娜會唱一些馬來歌曲。

兀的，我在舞臺上發現一個熟悉的身影，他正以搖肩擺臂的姿勢去作弄舞孃，使對方哭笑不得。觀眾都鼓掌喝彩。

這當兒，姐姐首先叫起來：「呃，芝娜，那是妳大哥嘛！——他也上去嘍。」

芝娜一抿嘴，接著氣鼓鼓地：「我們走，別看了！我哥哥最不好，做學生也跳這種交際舞！」

走出來之際，姐姐問她：「妳是不是要報告妳媽媽？」

芝娜把頭一揚，恨恨地說：「我才不呢！我媽媽總是讓著他。」

時代曲的旋律蕩起，我似從遙遠的夢境中回來。——雙目一抬，左邊前角的一位華籍青年，他扭開的半導體收音機正播送潘秀瓊所唱的〈何必旁人來說媒〉；我傾耳一聽：「當年輕梅竹馬，我們兩小無猜，如今妳我都成長，為甚麼不敢談情愛？……」我才從迷惘中醒了過來，這一下心裡又不住地盤旋著往事。

我小學畢業那年，林芝娜已修完四年級的課程，在我的惜別晚會上，芝娜受邀獻唱一首馬來歌曲〈小鸚鵡〉（Anak Tiong）；同時，她也加入我們的舞蹈小組，表演馬來舞蹈——「喜奈舞」。我與芝娜參加演出時，將兩個點亮蠟燭的碟子分別托在雙掌上，隨著音樂的節奏擺手扭腰。芝娜的舞技尤其出色，所表演的柔身舞姿十分美妙，而我卻幾度差點兒把燭火弄熄了。

歲月飛逝得宛如流水行雲，我唸初三那年，林芝娜也升上初一了。這位九歲時才學華語的娘惹妹，如今已是學校裡華語辯論會的班級代表了。

數年來，這位機伶活潑的小妮子，已在不知不覺中走入我的生命領域，進而成為我不可或缺的精神的憑依。她的辮子經已剪掉，沒有一點稚氣；但那漾起兩個小酒渦的鵝蛋臉，和那嬌靨動人的神韻，偶爾跟她在一起，我有一份溫馨的感受。

週末的下午，我到民眾會堂去看一場羽球友誼賽。在那裡，我遇見林英崇；他邀我到一棵芒果樹下，說是有話要跟我談。

我一看英崇的神態，分明是沒有善意。果然，他嚴厲地瞪住我，冷漠地：「阿偉，你存了什麼心眼，我完全明白……你一直在追求芝娜，而你姐姐是電燈泡……」

我怔忡地望著英崇，不知如何接腔，因為他操用英文質問我，而我的英語表達力是有限的。他冷笑地接下腔：「前天，你和你姐姐邀芝娜去看電影《秋水伊人》，你以為我不知道嗎？……哼，你要是再跟我妹妹來往，就有你好看的！」

英崇分明是在警告我了。他的性格，我知之頗稔：他好勇鬥狠，妄自尊大，動輒耍性子，使脾氣，搶上風，強人之所難。我想，英雄不吃眼前虧，況且，我無意跟英崇發生糾葛。於是，我悻悻然掉頭走了。

就在同一期間，我發現娘惹姑對我的態度也大不如前了，她那唇邊的隱約的淺笑似乎消失了，而且常用一串平板的聲調和硬綳的語氣來應付我。為此，我暗暗地納罕。

近年來，父親經營的樹膠店幾近倒閉。由於家庭環境拮据，姐姐未能修完高中課程就輟學了。這之後，姐姐一直在外頭找工作、謀出路。我所尊敬的楊老師，也離開小鎮到一間小型的華校去擔任校長；他常來信勉勵我力爭上游，勤苦潛修。他曾經在回信中指示我：「知悉你在畢業後，決意到英校去攻讀兩年，而且下決心搞好馬來文。這著實是明智之舉，因為你已經搞通自己的母語，摘取其他文化的精華，必定有助於共同創造馬來西亞文化……」

轉瞬間，又溜逝了五年。其間，我不斷地熱烈追求新知識，憧憬未來的美好生活。差堪欣慰的是我考上了師範學院。

姐姐得到這個消息之後，週末午後從六十哩外的B城趕回來向我道賀。當晚，好久不曾長談的林芝娜也出現在我家客廳裡，這時候，我才從芝娜口中知道她父親的黃疸病又發作。她們所照料的六英畝的咖啡樹，樹葉突然遭到一種五顏六色的小蟲蝕毀。那數以萬計的小粒咖啡籽已全部脫離枝椏。有一家蟲粉公司曾經派員到現場實驗噴射的工作，但結果也無濟於事。林家的生活經一波三折之後，品欽叔在他太太——娘惹姑大吵大鬧之下，只得答應搬回老地方去，遷徙日期定於下個月二號。故此，林芝娜也算是向我們道別了。

聽了芝娜所說的，我心裡嗒然若失。

她陡然眨動一雙晶瑩澈亮的眼睛，盯住我說：「宇偉，我還沒有恭喜你呢，你考進了師範班，我真為你高興！」她的聲音嬌嫩甜潤。

我告訴芝娜：本月卅一日我就得到首府去報到，我將比她一家人早三天離開小鎮。我和她靜靜地坐著交談，但我的情緒卻一直在震盪中。

在姐姐懇求之下，芝娜答應留在我們家裡住一夜，姐姐準備與她徹夜深談。我猛然想到一個主意，便騎了腳踏車到街場去一趟，買了一件東西歸來。

這一個晚上，姐姐似乎一直在製造機會讓我與芝娜暢談，我壯了壯膽，慌不迭忙地摸出那一小包東西遞給芝娜，囁嚅地說：「我送妳一樣東西，紀念我們有過一個金色的童年與少年，希望妳收下來！」

她把它打開來了，嗓調中充滿著愉悅：「喔！是一條項鍊，還有一個「羅柯」（項牌），鑲滿了白色的珍珠。哇！它華貴、雅緻、素靜、美觀……」她兩隻俏媚動人的鳳眼向我滴溜溜地那麼一轉：「我怎麼能夠收下來呢？應該由我送給你才對嘛……你做過我的小先生，教我寫字、讀書……」

我使眼色暗示芝娜別再推拒，免得讓家裡的人撞見了彼此尷尬，我低聲地說：「妳是一個教我難忘的女孩子！」

「你一路來照顧我，我才感激你呢！」芝娜說罷，隨即把臉孔伏在我手上，有幾滴水的涼意。我的心跳得很厲害，幾乎要跳出口腔來了。我很想附耳悄聲對她說：我的現在與未來，都在她閃亮的瞳仁裡面。

一會兒，我托起芝娜的頭顱，旋即在她額上輕吻一下；她眼神如夢，我如飲醇酒。這一瞬間所產生的喜悅，竟使我神智迷惘。

後來，她懇切地說：「我不會忘記你的！今後，我們可以互相通信。——你要答應我：不能夠當我是外人，我不是跟你們一樣是馬來西亞的華族嗎？」

「唔，妳放心！」我連忙答腔：「我說了一定算數的。」

我想到我和她未來的願景，立時覺得前途似錦，海闊天空，好不開心！

……後座的搭客招呼我，我暫且撇開舊夢，幫他把車窗關好來。夜風也許是大了些，我陡地想喝濃咖啡，便離開座位，蹣跚地穿過好幾個車廂來到餐室。我獨個兒呷著濃咖啡，前面的餐桌有一對情人模樣的印度籍男女，他倆正親熱地款款深談。我閉上眼簾，又在記憶中東翻西摸的；於是，腦際又出現了芝娜那亭亭玉立的倩影。這時刻，我突地感覺心緒一陣迷茫，心靈還充滿著迷離恍惚與孤寂徬徨的感受。

我到師範學院接受師資訓練之後，林芝娜給我寄來了第一封信；在三張長信箋裡面還附夾了一枚用麻將磨成的戒指。她說，這枚戒指是她花了兩天的工夫親手磨製的，希望我們的感情也經得起時間的磨練。我滿心歡喜地把它套進無名指上，輕吻了三下。——當然，芝娜也附了新地址給我，因為他們已搬回古城了。

我就讀的學院，住宿與伙食均由院方供給；學員包括華、巫、印等各族青年，大家過著團體的生活，其樂融融。我喜歡與各族同學交往，因為我們這個新興國家是多元種族的國家，更需要培養和建立異族間的親善與友誼。

有一天，印度籍同學武督山米踢球脫臼了，我陪送他去尋訪華籍的接骨醫師。同班的女同學辛丹娥患了胃潰瘍，我找了德士護送她到中央醫院去救治；病後，辛丹娥特地介紹她的未婚夫給我做朋友。有時候，她還邀我一同下坡去逛書店，也請我看過一場電影。——我認為這原是十分平常的同學或男女社交的來往，何況辛丹娥已名花有主，詎料後來卻因此而橫生枝節了。

前一陣，我在街道上遇見林芝娜的哥哥——英崇。我熱誠地同他打招呼，他竟然與我握手，一同到茶室去坐了一會。我感到有點意外。

這位在英文學校出身的青年，一路來驕縱成性，氣派十足，口氣託大，而且曾經警告我不許跟他妹妹來往；據說他因為會考不及格，幾年來都混得很不如意。寒暄之後，林英崇趁機向我兜搭，要我跟他買人壽保險。——噢，原來他是保險公司的招徠員。

我婉轉地告訴他，我按月只得到七十五元的津貼金，經濟能力薄弱，將來畢業後如果要購買人壽保險的話一定找他，同時我答應以後幫他介紹朋友與他交易。他聳聳肩，嘿嘿輕笑地走了。

端午節過後，林芝娜忽然給我一封短信，大意是說：她停學了，將到外埠去工作，希望我今後別去信了；她還提到甚麼「我們過去的事就算了」……我感到這件事的突兀。我一點也不明白，她說這些幹麼呢？

由於學院裡的功課百般冗忙，而且路途遙遠，使我不克分身趕去她老家探訪。我只好寫信給姐姐，探聽有關林芝娜的近況。

姐姐很快就回信了，她寫著：「……據我所知，芝娜的情緒不佳，而且十分消極。娘惹姑有意把芝娜介紹給一位親戚的兒子，男方十分欣賞芝娜，決定資助她深造，她拒絕了；她母親與她吵得很厲害，結果她離家到芙蓉去找她伯母謀生活。……我也沒有她的新地址。我知道你和她是相當好的朋友，如果有她的通訊處，你應當關照她、鼓勵她！我瞭解她，她是倔強的，但也有一份莫名的自卑感……」

為了這件事，我這顆懸空的心，老是動盪不已，而且心裡頭彆扭得慌。

薄暮時分，我獨個兒在廣場上漫步，神思縈繞著那甜津津的往事；於是，我又惦記著林芝娜。

驀然，一位同學帶了一位警員來見我，我問明來由，立時趕到醫院去。

林英崇騎著摩哆單車發生車禍，昏迷過去，醫院負責人在他的衣袋的小冊子找到我的地址，所以要同我聯絡一下。結果，我答允輸血給林英崇。

此後，我幾乎每天都去醫院探望他。他腰部的傷口慢慢復原了。他一再向我致謝；他說來誠懇，不像是客套話。有一回，他向我表示，他覺得過去所學的、所想的和所幹的多是錯誤的，迂拙得很，他甚而承認他父親的看法還比他的來得通達呢，所以決定今後從華人社會中多學習一些東西。

跟著，英崇把話鋒一轉，試探地問道：「阿偉，你在學院裡有了女朋友是不是？」

「沒有嘛！」我否認。

「你不是跟一個混種的女孩子很要好？」他注視著我，微微一笑：「我看過你和她跑街。」

我立時想到辛丹娥，我告訴英崇：他誤會了，那少女是我的同學，她早已訂婚了。

英崇略一凝神，然後低沉地說：「哦，一切都怪我不好！——我反對過你跟芝娜來往，我在媽媽面前說你壞話，我告訴芝娜你有了新歡，芝娜不相信，後來卻哭了……」

我聽得一愣，猛然間憬悟過來，難怪芝娜不理我了！林英崇曾經暗懷鬼胎，胡謅一番，這一舉措未免太誤事了。

英崇歉然地說：「她不給你地址，一定是生你的氣，我把我伯父的地址給你，也許轉交得到。」

我在心裡透了口氣，便馬上寫信給林芝娜，向她解釋，表明心跡，絕無虛妄，請她明察。然而，芝娜仍然不肯回我隻字片語，教人不能不煞費思量！莫非她沒收到我的信？考試之前，我又給她去信，告訴她：考試完畢的當天晚上，我馬上搭夜班火車去看她。

今晚，這一路上，我重溫了往日的舊夢，它使我的心緒紊亂複雜——我有太多的喜悅，也有幾許的悵觸。我深切地體味到歌德所說的：「去愛一個人，是件最痛苦的事情。」

列車終於在我的目的地停歇下來。我把心情理了理，冒著夜霧在月臺上顧盼；夜風寒沁心脾。我看看腕錶，已是凌晨三時四十七分了。我多麼渴望與林芝娜一晤為快呀！

就在這當兒，驀然間，背後傳來甜脆的語聲；咦，那聲音怪熟悉的？我回頭，嗐，那不是林芝娜還有誰來？我滿心歡喜地搶前幾步。

我原想這位我朝思夜想的「娘惹妹」，一眼瞧到我，登時便會綻放百合花般的笑容，一陣風似地迎著奔前來，怎麼會料到林芝娜的身邊還站著一位身軀偉岸，濃眉朗目的男人。她正拉著那男人的手向我點點頭。那男的頭髮有點凌亂，神態有些拘謹；他的目光在我臉上打了個問號。「他是誰呢？」就在我思忖之間，林芝娜指著我要介紹彼此認識，我急不及待地搶先叫道：「芝娜，你有收到我的信沒有？」

她舉手掠掠鬢髮，那紅菱般的嘴唇掀動著：「我又搬家了，我不讓你知道。——我和你早就斷絕來往嘍！」

我渾身一震。她撅撅嘴，嗤地輕笑出聲：「喏，正巧！我來接我的羅柏洪，卻在這裡碰見你。——你那位同班的女朋友沒跟你一同來嗎？……」

我不覺愣了一會。我這趟是白跑了。我一顆心向著她，依然決然地；而她，她拋棄了我，還挖苦我！

我力持鎮靜地走出鐵閘，稍事躊躇一會，我緊跟前去，要求羅柏洪讓芝娜與我單獨談五分鐘的話，對方很有風度地走到另一邊去。當下，我立即把那場誤會說了一遍。

林芝娜的臉色異常凝重，神情有些慘淡。接著，我懇求她不要這麼對待我，聽我細述，我一直都在實踐自個兒的諾言。

芝娜臉上的表情都扭曲了，眼裡噙著晶瑩的淚珠；她只管搖頭，繼而一字一句地說得十分清楚：「一切都太遲了……這是我媽媽的主意，我也決定啦！……」

這件事，整個驅逐了我的冷靜與理智，而使我的感情在心海中洶湧澎湃起來。同時，我陡地有一陣受委屈的感覺。猛然間，我的火氣旺了起來，我倏然把無名指上的這枚戒指脫下來，雙手準備把它擰斷，我一面冷哼地說：「林芝娜，妳到底要不要我？要不然，我把這個戒指擰斷，從此，我跟妳一刀兩段！」

她一瞥見她送給我的這枚用麻將磨製的戒指，立時扯高嗓門：「嘿，那是我的東西，請你還給我，不許毀掉！」

我使勁地擰了它幾下，竟然不能弄斷。芝娜的身子一扭，一欺而上；我退後數步，把手中的戒指甩到她腳邊去，掉頭離開。我跨著大步往火車站外的街道邁進。

轉瞬工夫，羅柏洪跑到我跟前，一把抓住我的肩膀，炯炯有神的目光注視著我，鄭重地說：「謝先生，請你別走！你聽我講：芝娜是我的堂妹，我叫林志謀。她要我開車來接你，後來，卻強迫我扮演她的男朋友。她說她配不上你，聽說你有了新歡，彼此志同道合，她不要人家同情，所以決定犧牲自己，成全你們。——你看不出她十分痛苦嗎？我相信你是真誠的，希望你和她永遠在一起！」

「哦，我錯怪她了！」我噓了一口氣，把那個旅行袋拋給林志謀，朝著林芝娜站立的地方疾奔而去。

這當兒，芝娜也趨前幾步，而且張開手臂。噢，我倆的愛情列車行將奔馳到另一個新的里程去了！

一九七一年二月二十日完稿

選自小說集《貝殼之歌》（一九七七年三月）

5 旱風

拖過了一個漫長與鬱悶的雨季，捱過了幾番風雨之後，柯祥伯那很深的風溼病，在他總算又重見陽光的時候漸漸地好轉過來了；刻下，他不必依靠手杖，可以行動自若，甚至是騎腳踏車吶。

惱人的雨季已過去，然而，住在鎮外工人屋管理膠園的柯祥伯，他的工作不但沒減少，反而更繁雜了。在這一回的雨季裡，本州發生了罕有的大水災，許多低窪地區受到洪水浩劫，過後瘡痍滿目，哀鴻遍地，損失慘重。柯祥伯所管理的卅六英畝橡膠園，雖然水高兩三呎而已，談不上有甚麼財物損失；可是，膠林內大大小小的溝渠遭受泥沙和木柴等阻塞，河床逐漸淤淺，亟需由他僱請工友疏濬河道，傾斜或倒折的橡樹與枝椏須加以扶持和砍除，以及填補膠杯等工作，均須由他負責推行。前些時候，他是抱著病去巡園的。

一個多月以來，天旱無雨，火傘般的驕陽，炙烤著整個大地，蒸發一股悶熱的氣息，草木枯萎了，地面呈現龜裂，痕跡纍纍；而溝渠、池塘，乃至水井皆告乾涸見底啦。許多村鎮地區的居民，都望著天空浩嘆。

這天早晨，與柯祥伯住在一起的莫西楠，背著簡單的行囊，說道：「祥伯，我要走啦！」

「你只帶十塊錢回家，夠不夠用呢？」柯祥伯送他到門口，慈和地說。

「呃，祥伯！」莫西楠面有難色，吶吶地說：「要是你方便的話，再借給我五塊錢行不行？」

後來，他伸出六隻手指的右手，接過了柯祥伯遞給他的十塊錢。對方說：「這十塊錢，你都拿去吧！——阿楠，我說你還是少買些萬字票吶！……」

莫西楠露了個傻笑，吹著口哨便掉頭走了。

柯祥伯記得很清楚，今天是他老伴兒的忌日。柯祥姆被傾巢而出的惡蜂，紛紛向她圍攻猛螫，回家後因毒發而身亡，不覺間已是九年前的事了。有一段長時期，他恨透了「虎頭蜂」，一看到或聽到什麼地方有蜂巢，黑夜裡，便撐著長竹竿冒險地設法把蜂巢付之一炬；遭他焚燒的蜂巢不計其數呢。

他吃過早餐，便用一隻竹籃盛了三牲糕粿和香燭冥鏹之類的東西，然後提著竹籃踱到屋後約一哩的一座山崗；他的妻子的墳墓就在山崗上。

他呈上祭品，點了香燭，拉了拉身上那件八成新的大衣藍衫褲，繼而虔誠合十，喃喃地唸起來。

「嗄，阿月我妻，老朽又來拜祭妳啦，請妳來領去吧；唔，阿月，我們的大女兒已經做了媽媽，楚兒在車廠學工也出師了；妳可以放心吶！」他吞了吞口水，呆呆望著裊裊上升的香煙，搖紅的燭火，彷彿又見到妻子那圓圓的五官端正的面孔，於是，他又絮聒地唸道：「阿月，妳是聖聖靈靈的，妳一定知道，老朽近來很忙，很少來看妳。哎，幹不完的工作，大把大把地堆著，發財或賺錢的機會可越來越少了。當初，翻種這塊樹膠園，老朽抱著很大的野心；柳春通也答應等我積蓄起幾個錢時，把妳葬身的園坵，賣六依格給老朽。新的樹苗種植後，為了找尋額外的收入，老朽利用這一片土地種植好多的副作物，如西瓜、番茄、蔬菜、薑和辣椒等等；辛苦了幾年，總是因為運氣壞，天氣作對，行情太差，結果賺不到五百塊錢。」

「現在，」他陡地頓了一會，又咕嚕著：「我在這裡工作是由手到口，也只夠餬口吧了。柳春通死了，他的兒子成富是年輕人，做事常常悖背情理，稍微得意，便飛揚跋扈，目中無人，我常常要受他的閒氣。要不是我跟會的錢給人『走路』了，要不是我放不下妳一個人冷冷清清，我真的是不能在這裡住下去嘍！哎……」

這當子，他沮喪地嘆一口氣。

柯祥伯提著竹籃離開妻子的墳墓，腳步有點蹶頓。他邊走邊想，三十多年前和妻子來南洋淘金的情景，以及後來的世事與人事，都在他的眼前迅速地演變過去，又像晨霧般忽隱忽現，干擾他的神思。

走了一陣，他才留意到腳下的落葉，它有半呎來高呢！以往原是濃濃密密的橡膠葉，在樹蔭下，仰頭望不到陽光；如今，婆娑的樹影，斑駁地披滿他一身。——綠葉枯黃了，落光了，只剩下光禿禿的枝椏，在乾燥的山風中顫抖。豔陽也照射到橡林的地面來了。他踏著沙沙發響的落葉，心忖：「又是橡樹落葉的時節啦！葉子都快落光了，怎麼會有膠汁呢？難怪柳成富要下令停止割膠。」

他回到位於山坡上的工人屋，原想小眠一會，然而，天氣燻炙逼人，臉上蒸滿了熱汗。若非亢旱，他早就去沖涼了。而今，只好一天洗一次澡啦。

門外，有腳踏車的聲響。柯祥伯還沒走出來，便聽到一個青年人的叫聲：「阿伯，我給你載兩桶自來水來了，還有一份報紙！」

來人是蕭長山，他們住在馬路邊，與柯祥伯過從甚密。蕭長山的樹膠園和柯祥伯看管的膠園是毗鄰著的；他們也有農場，養了不少的雞，可是經濟情況並不好，由於養雞虧損，差點兒破產呢。

「唔，謝謝你！」柯祥伯翻動一對微見呆滯的眼珠，說道：「常常要你們代勞，真過意不去！」

「阿伯，別客氣啦。」長山朗聲地說：「兩天載一次，我家裡又有自來水，有什麼麻煩？——嘿，近來各地在鬧水荒，真是叫苦連天，縣署不斷派羅里運載自來水，分發給馬路旁邊的村民；要不然，真是教人不敢想像。」

「這種天氣，真的會熱死人呀！」他那瘀赤的臉上浮起汗氣。

「咦，西楠不在？」長山朝四周望望。

「他回家去吃老米咯。」柯祥伯說：「成富在前天下了一道命令：新投入生產的橡膠樹，因為樹膠落葉的關係，一概停止不能開割。西楠只好回老家去了。」

「你又想找他弈棋，對不對？」

「唔。我覺得西楠有點傻裡傻氣，人倒老實。每次下棋，我讓他兩粒『車』，他還輸給我呢！」

「噢，長山。」柯祥伯望住他：「我正想問你，你和西楠，把最後的幾畝膠園裡的雜草清除完了沒有？」

「完全幹好了。」長山答腔。他突然改問：「阿伯，你那位頭家仔，這幾天常來嗎？」

「呃，你是問成富？他前天來一趟。」柯祥伯神情凝重地：「他最好還是不要來這裡，他比老太婆還要囉嗦，最愛挑剔別人的錯誤。他一講，我就沒辦法按照步驟去做事了。——照理說，現在是旱天，樹膠又落葉，野草不能清除殆盡，免得容易引起火患，但是他一定要我這樣做，我只好僱用你們。」

「如果頭家仔有來，」長山徐緩地：「請你跟他提起工錢的事，希望他早一點發給我們！」

「嗯嗯！」柯祥伯頓了頓，說：「我跟他提過兩三次了，他推說慢幾天，那種口氣還怪我們怕他不還，真氣人！我前兩個月的薪水，也還沒領完呢！」

「阿伯，」長山有點兒窘地說：「我直接跟你提到工錢的事，請你別見怪！經過水災之後，我家的遭遇你是知道的。」

「如果你急著要用，我身邊還有三十多元，可以先墊給你。」

「唔，不必，不必——」

柯祥伯狠命向足脛拍了一下，攤開手掌看看：「死蚊，你真的是吸血鬼！」

蕭長山聽了，點著頭笑了笑。

客人走後，柯祥伯翻閱報紙，讀到兩則野火燎原的新聞。許多樹膠樹被火燒掉了，他也看到了大火洗劫後橡林變成一片焦土的圖照。

他眼定定地注視著新聞標題：「久旱不見滴雨到處水荒，風高物燥火神張牙舞爪」等字樣。他暗自提醒：我應當慎防無情火啊！四年前，鄰近的野火焚燒新種的膠樹時，他曾經參加過搶救的工作，那危急的情景使他「談火變色」。

近些時來，柯祥伯更忙了，帶著一種戰戰兢兢，如臨深淵、如履薄冰的心情，在那一大片廣袤的膠林裡，四處走動巡視。夜裡，他常常在屋前的小路上眺望，祈望火神不會光顧其園坵！

子夜時分，他才朦朧入睡。

凌晨，他被一陣猛烈的敲門聲及喊叫聲弄醒過來。披上外衣，掠掠惺忪的老花眼，把大門打開，他見到蕭長山和他的叔父蕭召發。聽了簡單的幾句話，柯祥伯知道了近來他所擔心的事件竟爾不幸地發生在自己看管的園坵裡，禁不住心驚膽顫。

幸好有朦朧的月光照著，他們不用燈火或手電筒便趕至肇事地點了。這當兒，火勢迅速蔓延；火乘風勢，落葉乾枯，枯茅草正「必必拔拔」地燒著，好大片的膠林，已陷入火海；火花四散，烈焰騰空，好不駭人！

溝渠和池井裡剩水不多，杯水車薪，甚難灌救。而火勢卻越燒越猛。破曉時分，附近的膠工望見或聽到柯祥伯有了災難，由於他的人緣極佳，大家紛紛地趕來現場搶救，連屋裡極為寶貴的自來水也成桶的地來灌撲。不知是哪一位還搖了電話，兩輛消防局的救火車也應召趕來協助。

直到早上十時半，在眾人合力搶救之下，才將火勢完全撲滅。火患過後，草灰飄浮，整個空間，有一層白濛濛的霧——那是火煙造成的，它隨風飄動。那數千棵燒毀過後的橡樹，樹身灼傷嚴重，焦裂纍纍，流出褐白色的膠汁，令人怵目愴懷！

柯祥伯謝過了在場的工友們；他們相繼地回家了。蕭長山趕去鎮上向柳成富報訊。現在，只留下一個蕭召發陪著柯祥伯。

他疲乏地坐在路邊喘息，神情焦灼煩亂，眼睛有點鹹澀。他淒然地慨嘆著說：「哎，這些新樹，六七年來，都是我辛辛苦苦照顧大的，不料，一場無情火燒掉了三四依格，我們的血汗，現在已化為烏有啦——」他的嗓子嘶哽了，終於給痛苦緊扼著。

蕭召發站著吸他的雪茄，寬闊的臉上有著一個高大挺直的鼻子，和一叢短短的絡腮鬍。他瞟望著園坵上漾起淡淡的霾煙，跟著，他微閉著眼，像在沉思。

半響，他乾咳兩聲，很不以為然地說：「祥哥，你別發愁好不好！——每年旱天的時候，到處都有火患的事件發生。前幾天，報紙上不是登著馬六甲有一片三百依格的膠樹，在一星期內完全被燒光的新聞嗎？人家損失了十六七萬，還不是沒黑沒白，找不出起火的原因。」

「呃，火雖然是防不勝防的東西，不過，我總是好像有失職的感覺！哎——」柯祥伯無限感喟似地。

「祥哥，你六十挨邊咯，在這裡苦了這麼多年，還不夠嗎？——要是園主辭掉你，你的兒女也會養活你嘛。再說，這次火燒芭，要不是大家看在你的份上，跑來搶救，你老闆的損失就更大吶！」蕭召發吊高粗嗓子說道。

「可是，」柯祥伯吃力地站起來，急著說：「做人總是要工作嘛。靠兒女吃飯不大好。——誰願意被人看作是沒有用的人？再說，我在這塊土地上住了三十多年，要走麼，真是捨不得！」

火傘般的驕陽在半天斜掛，已是下午申牌時分，柯成富才開著他那輛迷你邁那汽車趕抵樹膠園。蕭長山早在一小時前先回來了。他說頭家仔出埠，他已吩咐園主報警存案。

柯祥伯、召發叔和蕭長山三人陪著柳成富來到肇事地點。園主虎著臉，沒跟任何人打招呼，瞪起眼珠子，嗔責地說：「祥伯，我用錢僱你巡芭；本來一般老年人晚上少睡覺，你卻睡死了，園坵被火燒掉了這麼多，你才發現到？」

柯祥伯急忙接口道：「昨晚十一點多，我有出來黃泥路口巡視過，沒發現甚麼。下半夜的氣候轉寒，我怕又鬧風溼，所以……」

「哼，我不管你甚麼所以不所以，你總是有藉口的。」柳成富冷哼地說，口氣甚是託大：「前些時候，你推說有病，不能好好地做工；現在，你又害我損失了四千多塊錢！喳，我一定要查出火患的原因來！——無論如何，我要扣掉你兩個月的薪水，算是處罰你！」

柯祥伯悶聲不響，他的脾氣顯見已跟隨歲數而消退了。蕭長山斜睨著他，心裡惱憤難平。

他們四個人到處巡察，都擔心「地下火」仍未真正地消滅，若蔓延起來，再冒出地面還會造成危害。召發叔又在焦土上倒了幾桶水。

「西楠溜到哪裡去了？怎麼見不到他？」柳成富一副咄咄逼人的神氣，查問道。

「唔，你下令停止割膠，他回家去度假了。」長山答道。

「一停工就回家，嗄，這樣的工人有甚麼用？」成富粗聲粗氣地：「西楠回來時，告訴他，我不要讓他割膠！」

召發叔瞪著這位相貌陰鷙的矮小青年嘮叨不迭地訓人，滿肚子不爽快；這時，他淡淡一笑，冷聲地說：「成富哥，你發什麼火？你逞什麼性？你這樣嚕嚕囌囌的，不怕太損人嗎？」

柳成富抬頭一看，對方魁梧的身軀，雙目中射出逼人的寒光，忙換了一副笑臉：「呵哈，他們拿了我的錢，當然要聽我的話嘛！」

「你知道嗎？祥伯從清早四點到現在，還沒有喝過一口茶呢！」蕭長山也說了幾句：「這麼廣闊的樹膠園，火患的原因又是這麼多，你一個月給人家一百二十元，難道你還要人家簽保單？」

柳成富靜默一陣，這時刻，他們行到荒墓前面。柳成富腳下一停，見到有人焚燒香燭冥鏹的痕跡與灰燼，立時又破口申斥：「嘖，弄一個墳墓在這裡，真是邪門！——你看，大旱天，還在這裡燒死人紙！一定是祥伯留下的火種，闖起的禍！」

「唔，啊！成富哥，」柯祥伯目光一抬，按捺不住地說：「我燒金銀紙（冥鏹），是在八九天前的事，你應該查明白！再說，這附近都沒被火燒到。——你少在我妻子的墓前亂講話好不好！」

「我為甚麼不可以講？我還要管呢！」柳成富頭一擺，冷笑地：「哼，我才不像我爸爸那樣傻，園坵裡也讓人埋死骨頭。我絕不容許有人在這裡燒鬼紙！」

柯祥伯的耳朵一陣發脹，像受了一記炸雷。召發叔又雙目炯炯地凝注在柳成富的臉上，徐徐地說：「你爸爸也不見得比你傻。一直到了今天，我想還沒有人知道這個祕密吧？你爸爸太無聊，猴子打不到，躲在一角用獵槍射擊樹上的蜂巢。柯祥嫂是你爸爸間接害死的，因為她事先不知道，走近樹下拾膠柴，被虎頭蜂螫傷了臉，回到家就死了。我看要不是你爸爸有點歉意，他才不會答應讓柯祥嫂葬在這裡呢！……」

柯祥伯不由一愣。他好生突兀！因為這個隱祕，九年以來這時才是第一回聽到。

這些話，柳成富充耳不聞；他臉色陡變，嚷道：「你們是他的什麼人？少管閒事好不好？我的橡樹被火燒了，你們還要聯合來對付我，你……」

他嚷叫之際，驀地，一陣風刮起來，——奇怪，風在旋轉，八九片枯葉為風捲起，不停轉動，逐漸地往他們這個方向移過來。蕭長山和召發叔見此異狀，兩人捧住臉孔，閃到一邊。

這非常毛躁的柳成富，仍舊勃然怒道：「我怕你們是嗎？王八——」兀的，他「哇啊」一聲叫起來，縮頭聳肩地跳著。好一陣，怪風過去了，大家圍上去看柳成富的嘴巴。

召發叔對自己的姪兒說：「長山，成富哥的嘴巴給『龍捲風』打歪啦，你陪他下坡去找醫生！」

蕭長山與柳成富走後，柯祥伯問道：「召發，你不是懂得針灸麼？你可以用針替他試一試嘛。」

「我才不理這傢伙呢！」召發叔不屑地。繼而，他幽沉地說下去：「你想，虎頭蜂啦、水災啦、野火啦，哪一種不是給我們帶來不幸的生活？這一陣惡風，是小事嘛，正好教訓他少損人；大不了是歪嘴巴而已，你別為他操心！」

柯祥伯忽有所思，立即問道：「你剛才說的，是真的嗎？」

「當然是真的！」召發叔確切地說：「以前，我一直不肯透露，因為我覺得柳春通不是故意的，現在他的兒子欺人太甚，我也無需作什麼隱瞞了！以後他欺負你，你就跟他鬥下去！」

柯祥伯焦灼的心緒如一窩亂麻，一種空泛的憎恨，像陰影似地橫在他心頭。

寥廓的蒼穹，連半朵稍微陰霾的雲兒都飄逸無蹤。偶爾，有風吹來，橡葉又紛紛飄落；旱風不會給予人涼爽的感覺，反而炙人肌膚；可是，有風畢竟好過沒有吧。因為它總會送走了一些甚麼的。

一九七〇年三月十一日

選自小說集《旱風》（一九七二年九月）

6 愁雨

打從凌晨三點鐘開始，豪雨便一個勁地篩著篩著。

這當子，已是中午十二時零八分了，屋外的雨聲仍然淅瀝地響個不停。空氣中除了蕩漾著一片秋意，復顯得分外潮溼，這使林枝伯的心靈也一樣地像要發霉啦。

這山芭佬瑟縮著身子，躺在那張破舊的帆布躺椅上半閉著眼皮。好半晌，他老覺得無聊極了，便踅到大門口右邊把那塊窗眼上的板片推向一邊去，心忖外頭的天地準是比較光亮吧。

他瞇起眼睛朝外望了半天，屋外的大地在蔥蘢的橡林掩蔽之下也光不了多少。他搖了搖頭，噓了一口氣，閃電又在他眼前一晃而過，心頭起了一陣微涼。

他回到帆布躺椅上，順手把那張用牛奶木箱釘成的矮几拉前來；矮几上那盞土油燈晃著豆大的亮光，從窗眼竄進來的冷風使光暈搖擺不定。他把燈蕊較高了些，冒起的煙味也濃起來了。

他把那份三天前的報紙，送到與鼻尖僅有吋半的眼前；於是，他又全神貫注地看下去，不，該說是讀下去——他喃喃地唸著：「……目前正處於西南季候風與東北季候風的交替時期，預料十月份整個西馬將會有更多的雨量。此間氣象臺的一名發言人，今日受本報詢問目前的多雨氣候時這麼說。他指出，每年由五月至九月的西南季候風期間，西馬一般上都比較少雨，但到了九月或十月的季候風交替時期，整個西馬都處於雨季。發言人進一步說，他們預料今年十月份將會有更多雨量。……發言人解釋，致成午後雷雨的因素有多種，不過主要是由於大氣中的對流所形成。……」

這一則有關雨季到來的報道文字，他林枝伯最少已經讀過五遍了。由於與雨季更有密切的關係，所以他格外留上了神。

他的眉毛更緊地皺起來，上額的紋路好似吹縐的芭河水。——雨絲霏霏，陰風颯颯，這時根本聽不到由橡林傳來的錦鳩的叫喚聲。雨季不是到來了麼？他想著，一點悒鬱壓迫著他，驀地嗆咳起來，一會兒才把一口粘痰吐進身邊的一個痰盂內。

林枝伯生活在膠園裡，少說也有二十三四年了。雨季那陰晴無定的情形他是熟悉不過的。本來嘛，落雨天已夠他心煩的了，還加上要人命的哮喘病；每當在天氣陰冷落雨時，這老毛病總是準時出現——他突然發生氣喘，吸氣短促，呼氣卻長而困難，速度變慢，喉間有吼哮聲作響，使他不能在床上平臥著。昨晚，他就在這種情況下，無法安眠，弄得心力交瘁。

「媽的！真是鬼雨，又像我的蝦咕抽（哮喘病）一樣老是抽個沒停。」他嘟囔著。

跟著，他自忖：「阿棍告訴過我，他可以買到一種由什麼謝氏出品醫治哮喘的專藥，數十年的殘頑喘咳，也可以根治。我吩咐他幫我購買，這兩天他沒有來割膠，也不專程來一趟，連報紙也看不到喏。」

這裡距離小鎮有兩條多石（哩）。平時，林枝伯就很少到鎮上去，現在當然更不便在泥濘的烏泥路上進進出出。

他打了一個呵欠，猛然瞥見擱在地上承盛漏水的一隻面盆裡的積水就要滿溢了。他把它捧到廚房裡去潑掉之後，從屋梁正中掛漏下來的雨水又在空盆裡滴答發響。他抬目瞧了一會，又自忖：「改天放晴的時候，吩咐阿梶爬到亞答屋頂去修補一下，就不會再漏水了。阿梶為人勤懇，手腳靈活；我已經快六十歲了，而且兩手的關節有點失靈，常常無緣無故地抖動起來，我實在沒勇氣爬屋頂咯。」

他想著，陡地覺得眼皮在跳，心裡也打閃兒，好像要出事的預感似的。他伸手朝自己眼部拍打了幾下，算是驅趕晦氣。

躺在躺椅上養神了半晌，他又百無聊賴地抓起那份舊報紙。他讀著那篇以〈向嬉痞士挑戰〉為標題的社論，文中有一小段特別引起他的注意，他唸道：「……從前的人，以蝎子、蜈蚣、蛇虺、蜂、蜮為五毒，但自抗生素發明之後，這些毒害已不足懼；可是今天卻有新五毒出現，其毒害人類又甚於舊五毒，它們是：好戰思想，嗎啡、海洛英和大麻，黃色影劇和書報，嬉痞士，男女濫交。……」

他突然把報紙放下來。兀的，一個影子閃過腦膜；唔，那是他的獨生子——永健。健兒在華校唸小學的時期，成績頗佳；他曾幻想到愛兒長成後會是一位工程師、醫生或律師，最低限度也將會是一位教師。然而，永健轉進英文中學之後，成績每況愈下，而且舉止粗疏。由於他寄居在小城他姨媽的家裡頭，極少還鄉，所以身為父親的林枝伯也管教不了。近幾年來，從永健的穿著、言談及儀態等方面的表現上，他自動地揉破了成龍奢望，僅期望自己的兒子畢業後能夠自立謀生，不用再倚靠父親過活，同時不致於淪為樗材就行了。

今年三月底，永健從小城歸來，帶回一個不好的消息：他參加馬來西亞教育文憑考試落第了。

林枝伯的眼珠子閃睒一陣，雙眼幔上了一層黯淡灰曚的雲翳。良久，他安慰永健：「唔，失敗一次算不了什麼。我讓你回到學校去再讀一年，年底補考一次。」

但永健堅決地拒絕了。他雙肩一聳，兩手一攤，稀鬆地說：「爸，我決定不唸書了。其實，考到文憑跟考不到文憑還不是一樣。你不是認識我的朋友山尼趙嗎？你看他考到第二等文憑已經兩年了，到現在還不是跟我一起在量馬路？」他咽了一口涎沫，接下腔：「現在，我決定出來做事了。我有意思將來要做生意。——爸，你年紀老了，山芭的生活是死路一條。你還是把樹膠園掛沙（授權）給我吧，將來我要用到錢，用芽蘭（地契）去當也比較方便和容易。……」

永健離開學校後，返鄉的次數增加了，但每回都是伸手要錢：「爸，我打算先去學一些簿記。」「哦，我非學會打字不可……」「爸爸，我看我須學會駕車，每個公司請人多是要有駕車禮申的。」「嗄，沒有幾件像樣的新衣服怎麼行呀？皮鞋底又沒花紋了。這個社會的人，完全是先敬羅衣後敬人的。」……永健那一副頤指氣使的公子哥兒氣，林枝伯由於愛子心切，況且他講得似乎蠻有道理，故此，在短短幾個月內，他把身邊所積攢的一點身家都交給兒子了。

一個月前，永健聲稱將到首都去跑一趟，因為那邊的朋友有意介紹一份工作給他。他開口向父親討一百五十元。

林枝伯沉下臉來，瞅著永健那「加里薄」的頭髮，說道：「阿健，你又要這麼多錢，叫我哪裡去找！四五個月來，你最少已經拿去七百扣咯。你也知道，我們只有十二依格橡膠園，而且都是中樹和老樹的，請阿棍和卡凌來割，四六對分，好天氣時一個月的入息頂多也不過是一百五十多扣而已。而過去的一些儲蓄，早就供你讀書用完吶！……」

他咕噥個不住。永健的臉色灰黯一片，頭一擺，走出門外，口中「兀士卡」地叫著，逗那隻喚作「坎明」的黃狗奔到橡林裡去。

這天下午由於風雨肆虐，永健不得不留在老家住了一晚。自從升到英文中學以來，他很少在家鄉過夜，因為他早已厭棄這單家獨屋的芭林野地之生活。

大清早，林枝伯不能照常到橡林去幹活。這時，永健還沒醒來。他從板牆的鐵釘上取下永健那件花花綠綠的襯衫，發現那衣領處黃褐褐的斑斑汗漬，便決意拿去洗一洗。於是，他從衣袋摸出一本日記冊子擱在一邊，它闔不緊，斜睨到彩色的一頁；他好奇地翻開那本日記冊子來看：嗐，它前面好多張月份表的背面都印上了美女的裸體彩色圖照。他倉卒地翻瞥了四五張，頓時覺得連脖子都發燒起來。趄到沖涼房打開水洗衣之際，他腦膜上映現了那大奶凸凸、長腿滑滑、肚臍深深的形象，陡地心頭又顫動不安了。

永健瞥見父親在晾衣服，猛然吊高嗓子：「爸，你假厲害！我這件衣是德哥籠八十巴仙的好布，你用山芭水來洗，簡直是糟蹋了它。再說，我就要落坡了，衣服要等到什麼時候才乾？」

午後兩點鐘，永健老大不甘願似地換了衣服，向父親辭別；林枝伯仍然把先前答應借給卡凌的一百元交給兒子。

不久，永健「遊埠」歸來，工作依然沒有著落。回到老家，林枝伯幾乎認不出他就是自己的的阿健——他奇裝異服，蓄留長髮，加上虬髯於思；乍看之下，比起做父親的林枝伯還蒼老呢。我園裡工作這麼忙，我也不曾讓鬍鬚留到這樣長嘛。他老暗忖著。

跟著，他心裡很不對味兒，面色一沉，冷冷地：「阿健，你連一扣錢理髮費也沒有了？你這副樣相，跟原始人有什麼兩樣！」

永健把兩手一掰，微笑地噴出唾沫星子：「哦，爸爸，你真是山芭佬。這是目前最時髦的裝扮你哪裡懂！——現在的青年，多喜歡自由、方便，有些人還打赤腳哩！……」

林枝伯移開視線，似是眼不見為淨。繼而，冷哼地尖著嗓子：「嘖，你下次回來，再留長頭髮，不男不女地，我就不要你踏進這個家門！」

永健瞅著父親疾言厲色的神態，卻露出笑臉，壓低嗓調：「爸，這又何必呢！你只養了我一個兒子，母親又死了，橫豎只有我這麼一個親人。——你不是最怕我不回家嗎？怎麼又想趕我了？」

兒子涎著臉說，那滿不在乎的笑容終於使林枝伯壓下心火。永健近來的舉止言談越來越乖張大膽了，在對方慣有的任性與縱言之下，他總是無可奈何的。

此刻，他咕嚕一下：「唔，阿健大概還不致於成為嬉痞士吧？」想著，他有渺茫的感覺使他感傷起來。

擱在地上承盛漏水的那隻面盆，這當子盆內的積水又告滿了。林枝伯把水倒掉後，清脆的滴答聲立即又在盆裡嘈響了。

他用尾指上的長指甲在右邊的耳孔邊緣攪動了兩下，繼而注視著滴在盆裡的漏水凝思。就如同橡林間的陰影在飄飄忽忽那樣，他老無法驅除一堆堆紛如亂絲的思慮；各種複雜的情緒打擾著他，比平常的更頻繁一些，就像屋外那長長的永不休止的雨絲。

他半閉上眼皮，意識隨即朦朦朧朧起來了。片刻，他陡地記起昨夜夢中又見到阿健的媽——冬蓉。她那鼻梁兩旁的雀斑依舊是那麼明晰，使他老格外感到親切。她似乎沒有變老一些，兩隻眼珠子瞅著他，怯生生地有點不安，好似她做新娘子那晚在洞房的表情；他說什麼也忘不了她說的：「哦，我怕……你要知道，我才十六歲喏……」當時，正是淒風苦雨的雨季之夜。

婚後第二年，兩口子搬到園坵替人看管膠樹，同時領了兩份膠來割。勤儉刻苦，生活雖然是勞苦一些，但精神方面卻是安適的。村野被英政府宣布為黑區那一年，他們只得遷徙到新村去居住。

那姓謝的園主受到嫌疑，頭家娘以每英畝兩百元的價錢把十二英畝膠園賣給他林枝哥。親友們都說他發達了；不過也有人表示在這緊急法令時期買山芭園坵，等於是把鈔票扔進芭河裡。

他只祈望過去靜穆的鄉村會很快地恢復正常。五十年代朝鮮戰爭時，令人欣喜若狂的膠市使他算是發了一筆小財，能夠把借來買園的債務悉數還清。阿健三歲那年，村野恢復到正常的所謂「白區」。他們又搬家了。

過去原有的工人厝已焚燬了，他只好重建一間亞答屋。妻在膠林收膠汁時因跌倒而流產之後，就成為藥罐子，但她仍然不停息地幹著園裡的瑣事和家務。

那是一個連綿豪雨的季節，妻似乎知道大限將至，在那淒風苦雨的深夜裡，她的淚水如同雨後芭蕉葉上的水珠似地直掉著；她支透著最後的力氣，從那片枯乾的嘴唇迸出聲來：「唔，唔，別急啦！我……我的病太雜了，醫……醫不會好的。我們的阿健要好好地管教。雨還會下的，不要讓他到……到巴列（溝渠）去玩水。……以後，只有你們兩個人了。有好的婦女，可……可以幫你，照顧阿健，我……我不反對……」

妻葬在義山之後，誠如她所說的「雨還會下的」——園坵附近的芭河，遭受無情洪水衝毀，泥堤崩潰而阻塞，在整個低窪地區氾濫成災，水浸三呎，嚴重地區高達四五呎。無情水患，把他們耕種的一些農作物與家禽，一概付諸東流了。

為了安全妥當起見，他設法將阿健送到鎮上親戚的家裡頭。趕返家園時，詎料這次河堤遭洪水衝崩的事件繼續惡化，他發覺擺設妻子靈位的小桌被掀翻了，那隻裝上亡妻波士卡照片的鏡框失蹤啦。

他踮足蹲在水面摸索了約莫兩點鐘，仍然一無所獲。三天後，他終於在退水的泥地上，找到了那隻鏡框。可是，妻這張唯一的遺照上面，經已見不到完整的五官啦。他抹著眼窩裡爆出來的淚水，低沉地唸叨著：「呃，冬蓉，這教我怎能對得起妳！妳有靈，我跟妳夫妻這麼多年，就不該連這點也帶走吶！……」

俟此之後，在他眼前的一切事恍若都老了下去。他喜歡默默地讓工作消磨著他的時日。然而，在雨季裡，往往不能出門去勞作；躲在屋裡百無聊賴時，他每每覺得眼前漂浮著一些宛如晨霧的東西，它使他心裡充滿著一片模糊，既抓不住，也揮不開。

那幾年，鎮上的幾位親友都有意為他撮合續弦的事。他們介紹過來的婦女，下鄉回去之後都嫌山芭生活過不慣，沒意思。獨有一位拖帶了四名子女的中年婆娘，願意隨他捱山芭；但林枝伯卻婉拒了，主要原因是他暗忖：「這寡婦會幫我嗎？會照顧阿健嗎？要是她虐待了阿健，我怎能對得起冬蓉？」

那只面盆裡的漏水，又是滿面盆了。林枝伯把它倒棄了，滴答的響聲又使他老的思潮加速了記憶的尋索。

矮几上的土油燈，冒上來的煙味燻得他有點噁心，他探手把燈蕊較小一些。正當他躺在帆布躺椅上意識朦朦朧朧之際，門外驀然傳來叫聲：「枝伯，我來啦！」

他笑瞇著眼，吊起沙嗄的嗓子：「阿棍，想不到你冒著雨給我帶報紙來，真好心！」

阿棍把一疊報紙交給林枝伯，將雨傘擱在大門邊，左手還提著一個紙包；他全身哆嗦了一下，顫聲地：「好冷呀！——我給你買了差不多一斤的粿條。」

說罷，這矮而胖的小伙子把那個紙包帶進廚房裡去，順便在那裡洗淨了泥腳。

回身到廳裡，林枝伯已躺著讀報了。土油燈又較得冒起了高高的臭煙。阿梶搬了一張圓面的木椅，在帆布躺椅旁邊坐下來。

他抬起頭來，方正的臉孔一笑起來便呈露無數的縱橫襞皺。兩人閒扯了一陣天氣，都聲稱這幾天以來的雨真惹人討厭和發愁。

林枝伯翻到了經濟版，見到顯著的標題字眼：「膠市換期貿易表現萎靡不振，閉價四六占，七打里銳跌一占，首都一號膠退守五十元零一角……」便攢了眉頭，提高嗓門：「樹膠又落價吶，只剩四角六占，這不是接著兩三年前膠價跌到四角三占之後，樹膠市價最低落的一次麼？」

阿梶掏出一支香菸，交給他的小園主；彼此把香菸叼在嘴唇，擦了擦火柴點著了。

他阿梶吐出菸圈，徐緩地說：「可不是嘛，在過去，市價平穩的時候，樹膠價錢是六角到六角五占之間，割膠工人每天差不多有五扣錢的收入，現在呢，大家的收入減少了大約一扣錢，加上目前又是雨季，常常水限，膠工的生活更是苦不堪言咯。」

林枝伯搔了一下那顆微禿的腦瓜，說道：「唔，你和卡凌都很勤懇，可是，這個月已經過了兩個禮拜，你們只割了五天的膠，這樣下去，一個月也許掙不到五十扣，起碼的生活費也成問題喏。」

「是嘛。」阿梶望了那隻面盆一眼，說：「我們是望天打卦的，只好希望下半個月不會老是下雨。」

跟著，阿梶向小園主提出一個要求，希望林枝伯允許他與卡凌在雨後上午十點鐘之後，可以到園裡割膠，企圖多掙一些入息。

他不假思索便答應了。嗆咳了幾聲，接下腔：「你們就這麼做吧。我的園坵都是割中樹和老樹的，有的還須要攀爬五六級的梯子，到十呎以上的樹幹去割膠汁；平時，你們的工錢已經很低了，現在又是雨季。而我的橡膠樹反正是不值錢了。要不是因為要供阿健讀書，早就應該砍掉翻種吶。咳咳——」他陡地喉間有吼哮聲作響，氣喘起來。

一會兒，他又開口了：「我要是命水好，早就賺大錢咯囉。你想，在一九五一年的時候，樹膠價錢漲到每磅二元三角五分，我也存不到什麼錢。年輕的時候，我也奮鬥過，希望有出人頭地的一天。可是，我的命運很像這裡的氣候，呃呃——熬過一些苦日子，看樣子是有點路數，生活不錯了，然而，我命裡頭的雨季一來到，不幸的遭遇，便把幾年來的春天或者夏天都掩蓋完了，我又過著一雨成秋的生活。……」

他嘮叨地說著。阿棍瞅住對方額角鏤著深深的紋痕，安慰道：「枝伯，你的生命還不錯嘛。在一年裡頭，雨季的現象畢竟是不多，所以你應該開心一點。再說，永健也已經畢業出來了。」

「哦，對，對。你說的也有道理。」他老點點頭，有了一絲笑意，又補上一句：「有很多人的一生，都是在淒風苦雨中過生活呢。」

正值盛壯之年的阿棍，幫主人把滿盆的漏水傾潑到門外去，然後又把面盆擱在原地。他擦乾自己一雙濕漉漉的手，便告辭回鎮上去了。

雖然只有四點多，這間位於橡林裡的小屋，在雨天中卻像處於暮色迷濛時分，還有一份蒼鬱、冰涼、寥闃……

好一會，林枝伯想到該準備晚餐了。他在廚房的一張桌上找到那個紙包，探手拏出塑膠袋裝著的粿條，兀的，一封藍信套的信跟著掉下來。

他把信看了看，是家書，永健寄回來的。暗忖：「剛才，阿梶一定是忘記告訴我有信。」信上潦草地這麼寫著：「爸爸：我來到K埠找工作，你不怪我吧。目前找工作實在難，我到處碰釘子，教人發火！在這兒，我有幾個朋友邀我合股搞唱片公司，聽說容易撈錢，而且可以宣揚歌唱文化。計劃是四股，每股五千元，我決定參加。交錢之後，我就做發行主任了。你老人家聽了高興嗎？今年五月，謝謝你把膠園割名給我了。我決意轉賣給鎮上的馮春叔，不久前他曾經出價每依格七百二十元。我準備給你四千元，搬到鎮上來過一段安樂的日子，何必老是在山芭裡拍蚊子。請你先做一番準備！……」

他讀完信，不由得倒抽一口冷氣，繼而心中感到一陣寒凜。忖道：「我希望阿健將來能夠好好地把它發展，翻種新樹，他居然不愛惜自己父母勞苦終生所掙下來的東西！——我還沒有死呀。如果不加以阻止的話，將來一切都要聽他的調遣啦。……再說，有可能他會上老千的當……」

想著，想著，他焦灼煩亂起來。

穿上破舊的雨衣，他老騎著鐵馬冒著霏霏雨絲趕到鎮上去。沿途約有兩哩的爛泥路，有些地方還積了一窪汙水，他費勁地喘著氣，喉間發出吼哮聲，而且還有噁心與嘔吐的感覺，手腳也發冷、冒冷汗……雨絲沾上了他皤然的鬢邊與灰黑相間的鬍鬚梗。

馮春接見他。他仔細地講了一番。對方摸著那像門鱔的腮那樣失了分寸地突出來的腮巴子，吐著冷冷的口氣：「唔，你的老膠園，一依格要賣七百二，也是你兒子來求我的。我有錢，還怕買不到園坵麼？——你不用緊張，我還要打聽看看；聽說你那邊每年都要浸水，這次雨季，要是又漲大水的話，賣我一依格六百扣我都不要呢！……」

這些話，像《西遊記》裡頭唐三藏的符咒壓住孫悟空那樣法力無邊，立時把林枝伯給鎮壓下來。不過，聽對方這麼說，他心下稍寬。

他推著鐵馬在濘泥的路上步行。褐紫色的雲仍然在蒼穹奔馳；他老望了望天空，陡地祈望滿天是雨雲，連綿豪雨將會比往年在雨季裡下得更大、更凶，把自己的膠林內浸滿著水，好讓那傢伙馮春看到……

在灰黯的膠林裡，前輪撞著浮凸起來的樹根，車頭失勢，他跌倒了，被鐵馬壓在泥巴變成了泥漿的路上。

回到小屋，林枝伯感到一陣乏力的倦意。承盛漏雨的那隻面盆已滿溢，水流遍烏亮的地面。他想到自己沾滿汙泥的身體，便著魔似地把整盆水倒在身上。他頓時感到遍體寒颼，不住地發著抖。

夜半醒來，他陷於忽冷忽熱的病狀中；縱然腦袋暈重，但一想到阿健和馮春的事，旋即諦聽屋外的聲響，那淅瀝的雨聲竟然使他的心靈寧靜下來。

雨季裡那一份蒼涼，早已深深地織入林枝伯的生命，而他老似已安於這份哀愁了。

一九七〇年十月二十一日

選自小說集《不碎的海浪》（一九七六年二月）

7 不碎的海浪

（一）

「喂，喂，好新聞呀，快跟我來！」

午後，我在街上走著，老江一見到我，便趕忙從腳車上跳下來，衝著我喊道。

我立時知道老江又有甚麼「新聞路線」傳達給我。這個「探子」真好，平時多請他喝幾杯咖啡，他便挺落力地協助我，經常給我帶來諸多的方便。

這時，老江領著我，急急忙忙地趕到河畔的碼頭。碼頭上，正麇集著百多位好奇的觀眾。我心頭突突地跳個不停。我有點埋怨老江不先告訴我一些眉目。——又是浮屍？是漁夫出海遇難？抑或被海盜劫掠，死裡逃生歸來？……我滿腦袋盡是問號。

我們終於擠進人牆的中心來了。嗨，是一座龐然大物——噢，是一條好大的劍鯊，至少也有七百斤重。

這是一樁突出的新聞，我頗為興奮。老江的人緣好，交遊廣，他跟這條劍鯊的捕獲者相當熟識。我趕緊趨前去，老江介紹那位漁夫給我。

「海雄哥，」他提高嗓調：「這位是×××報的記者先生，他要訪問你，請你告訴他，讓他『賣報紙』……」

「海雄哥！」我招呼道。對方方正的臉上，刻下不少歲月的痕跡，一笑起來便有無數的縱橫襞皺，這時他掩不住內心的欣悅，笑得很爽朗，粗黑的眉毛幾乎連成一線。

「呵呵，捉到這隻不值錢的東西，還要麻煩記者先生來訪問……呵——呵——」海雄哥笑了一陣。跟著，我提出了好多問題，他一一回答了。他的口才不錯，有條不紊地敘述著，而且補充了我尚未發問的答案——他說：「昨晚，我去放綾，半夜過後，當我收網的時候，突然覺得十分重，出盡吃奶力地死命拖拉，才發現一隻好大的東西捲在我的網裡頭。牠的劍齒被我的漁網綑住了！」

「在我附近海面的同伴，聽見我的叫聲，划著船兒來幫我拖網，但是，仍舊沒辦法。我只得在小船上守著牠，請求朋友想法子通知水警巡邏艇來『多隆』（幫忙），一直等到今天早上十一點，水警趕到了，這條大劍鯊就是他們用海關船幫我拖回來的。我看牠有七八百斤重呢！」

後來，我吩咐老江到照相館去提取一架照相機，我為黃海雄和他所捕獲的劍鯊拍了一幀合照。

繼而，我有看漁商的伙計屠宰巨鯊的情形。那當子，從牠腹內竟然跳出十一隻每隻約六斤的小劍鯊，其中一隻迅速地跳呀跳地溜入河裡去，另外還有九粒蛋，每粒約一斤重。

這一樁新聞，在第三天發表於報紙上，「漁夫黃海雄單身駕船活擒巨鯊」等字眼，是用四欄位打標題的，附登的照片也相當引人注目。

（二）

有一天下午，我被一陣豪雨困在一家茶室內。正巧黃海雄也在那裡與朋友聊天。也許是他見到我獨個兒坐在一隅悶得發慌，便跑過來跟我談天。

「海雄哥，」我說道：「今天沒出海是不是？」

他坐定後，伸手摸著下顎，答腔道：「每天傍晚，我才出海，要是雨下不停，就少賺一天；雨停了，就一定要去。——不出海，反而覺得不習慣！」

「捕魚的生活，還不錯吧？」我搭問一句。

「呵呵，你還說不錯！」他皺了一下眉頭，又說：「捕魚人家世世窮。尤其是在這幾年以來，魚少危險又多，漁人的生活比海水更不安定呢！」

接著，他絮絮地說：「我從十五歲開始，就跟著我爸爸到奎籠去住，過著捕魚的生涯。如今，快廿九年了。你想到現在，我連一間破屋子都沒有，還得向人家租房子住，這樣的生活還有甚麼指望啊！」

我遞給他一根香菸，不經心地問：「我們這一個地區的海上漁產，真的是那麼銳減嗎？」

「怎麼會是假的？」他反問，樣子有點不快。旋即，他接下腔：「這幾年，魚不知溜到哪裡去了！難道是捉光了嗎？——有時，一天掙不到一塊錢；真的是像馬來語所說的『手中的槳乾了，腰帶的錢也乾』啦。呃，近來又有一些人提倡要拖『虎頭網』，我最反對在淺水的地區拖網捕魚！」

他說完，我開始與他談及有關拖網捕魚的問題。——這是數年來最常見的漁人之間發生爭執的原因。由於拖網的漁船出現在淺海範圍內，大大地影響到使用舊式生產方法的淺海漁民的收穫，故不時引起了雙方尖銳化的衝突，糾紛事件，見之者屢。這不能不說是海上的人為的風波之一。

起初，我和他的意見相左，但經過一陣辯駁之後，彼此才逐漸達致相近的觀點。我一再聲明我對當地的捕魚情形，不甚了了，僅是就事論事而發表一些淺見，希望他包涵一點。

這時，海雄的臉上有了笑意，交疊著腿輕輕地搖晃著，說道：「當然，我們都希望雙方，能夠在十二英里以外的限制區，遵守條例地進行活動；這麼一來，彼此就可以相安無事啦！」

雨停了。我站起來，微笑地說：「大海茫茫，怎樣去明明顯顯地劃分界限呢？——這實在是一件不容易的事呀。原則上，當然雙方要遵守條例，替別人的福利著想；不過，偶然間越過界線，雙方應該互相原諒的！」

「這個當然咯！」海雄聳了聳肩，微笑地說。

（三）

這天，我為了職務，匆匆地趕往中央警察署去採訪另一樁新聞。

不料，這個事件與黃海雄及另一姓林的漁夫有關——他倆是六名船員的救命恩人吶！

接受我的訪問時，海雄只簡略地說了三五句話；六名遇難者顯得極為感動，他們與林君說了較多的話。

採訪過後，我躲進一家會館裡，匆率地揮著筆；結果，我發了這樣的一則新聞給報館：

（××六日訊）六名來自×××××島的××籍船員，在前晚遭到一陣狂風大浪將貨船擊沉後，在大海掙扎了約七小時之久，始被此間兩位華籍漁夫救起，載抵碼頭，另一位同船的船員則不幸在黑黝黝的海面失蹤，相信經已葬身海底。

這兩位見義勇為的漁夫是黃海雄（四十四歲）和林文材（廿七歲）；二人一向在海上放綾謀生，誠懇豪邁，樂意助人。

該六名獲救的船員相繼語記者稱：本月三日深夜十二時許，正當他們的漁船在公海上欲駛往峇株巴轄轉售膠絲時，猛然一陣狂風吹來，掀起滔天的巨浪，他們那艘約兩噸半的帆船，經不起暴風巨浪不斷地侵襲，結果船身被擊成碎片，漸漸地沉入海中；船上的七名船員，在這驚險關頭，死命地抱著一塊船板，在大海中載浮載沉。

其中一名發言人說：他們在海面浮沉了兩個小時後，一位名叫達卡理的同伴，在黑暗中失去蹤跡；他們由於自身難保，故不敢游過去找尋失蹤的友伴。該失蹤者卅九歲，已婚，育有四男二女。

他們繼稱：到了翌晨八時左右，正當他們感到精疲力竭，極難支持之際，兀的，有兩艘漁船朝他們的方向駛過來，在他們高喊之下，兩位好心的漁夫將他們一一救起。並協助他們在海面尋找那失蹤的夥伴，終因毫無所獲，只好載他們六人到××來。

為首的漁民代表說：他們的兩位救命恩人，真是義薄雲天，他們這一生是不可能再報答其大恩大德，祇祈求上蒼永遠保佑這兩位好心人！

目下，這六名漁人正寄居在此間中央警署內，等待移民廳當局遣送他們返回××去。

（四）

約莫兩個月後的一個早晨，母親吩咐我到碼頭去買幾斤螃蟹。

在那河岸邊，剛發生一樁漁民打架的事件。——嚇！黃海雄又是主角人物。我見到他的頭部纏著布條，血仍時而從布條裡滲透出來。我不覺一怔。稍後，我想到海，和海的性格，於是，我又釋然了。

黃海雄眼厲厲地釘住我，提高聲調，說：「駱先生，你說這是不是無理取鬧？他們三番四次，目無法紀，把船駛進淺海範圍來放網，我們提醒他們，警告他們，他們老是愛睬不睬，好像整片大海只是他們發財的地方，並不是眾人賺食的所在。我們忍無可忍，只好在陸地上跟他們動武了！」

他一邊說，一邊按著右額，讓血流到手指上，隨而揮落地面。

「你受傷了，不很嚴重吧？」我關心的是他的傷口，不是他們發生格鬥的起因，因為我把他當作朋友了。

「不要緊的，」他苦笑中漾著艱澀。他緊接著說下去：「我今晚還可以出海呢！——我頭破了，他也非吃幾粒鐵打藥丸不可。不講情理的人，我還要跟他們再鬥下去！」

他的聲音，帶著無限的自信、固執，使我凜然一怔。我仔細觀察，他的神情又是那麼堅定與冷靜。

他一步步顛躓地走回家，我目送他，我彷佛看見退潮的海浪。

（五）

這天早上，我到一家餐室去吃雞粥，還沒吃完，便有一位泛泛之交的朋友，尖著嗓子催促我到碼頭去。我立時知道又有新聞資料了。

我趕到碼頭，不覺愕了一下：嚇，又是黃海雄！

他正坐在一棵躺在河岸的檳榔樹幹上，成群的觀眾圍住他。他皺著濃濃的如潑墨的眉頭，使勁地吸菸，彷彿想要從菸捲中抽出一些精神，來補充自己衰頹而空虛的軀殼。

突的，我聽見婦女的哭聲和小孩的叫聲，黃海雄終於瞥見我了，立即上前來和我握手，他的手冷冷的。

「怎麼？」我含著笑，故作輕鬆地：「又發生了不愉快的事情？」

他緊蹙著眉峯，無限感慨地：「我是幸運者，能夠回來，其他四位同伴，完全給××的巡邏艇載走了，也許凶多吉少呢！」

我陪黃海雄到警署去報警備案。一路上，有幾位被劫漁夫的家屬趕上來詢問原委；海雄揮揮手，溫和地說：「你們先回去，等會兒，我會去你們的家告訴你們！」

報了案，黃海雄在茶室裡打開話匣子：「昨天傍晚，我和幾位同伴照常出海去。到公海的時候，我們就放下綾網；今天凌晨三點左右，在黑壓壓的海上，突然來了一艘速度很快的巡邏艇。從那艘艇上跳過兩位武裝人員，手裡拿著槍械，不由分說，便命令我幫他們把漁網拖到艇上去，然後叫我也過去他們的艇裡；他們將我的船綁在艇尾，拖著去追劫其他漁船。附近的四個同伴，都遭遇到跟我同樣的情形，我的心跳得很厲害。我想這一回遇到這批像海盜的傢伙，不死的話，也一定要到××去吃惹頁（玉蜀黍）啦！」

他略頓一會兒，我看見他那絡著紅絲的眼。他打了一個呵欠，呷了一口濃咖啡，然後又說下去：「蠻橫無理的傢伙，還命令我協助他們劫掠同伴的綾網，我不忍心做幫凶，有一個水警發火了，他出力地在我的肩膀上捶了兩拳，屁股也挨了一腳，痛得我要命！他們一共搶劫了一百三十多條綾網，有些漁夫，聽到摩哆聲，來得及的都溜跑了。他們進行搶劫的時候，先後鳴放了三下炮聲，我們被炮火嚇作一團。一個像是首領的強盜，把我一把揪過去，吆喝道：『甫支馬！算你溫冬（幸運），我放你一個人回去，告訴他們的家屬，叫他們帶錢來，每個人一千塊錢，才能贖他們回去！』」

「我急急忙忙地解下自己的船隻，跳下漁船裡；臨走時，我還聽到同伴們的叫聲——『阿雄，叫他們一定要來贖我們！』接著，那艘巡邏艇便開走了。我開足了馬力，盡快地把船開回來，可憐那四位同伴，現在不知下落如何咯！」

這一回的「海盜」劫掠漁船的新聞，在報章上登得相當醒目；「新聞人物」黃海雄與他那隻漁船的圖照，同時也出現在報端。

（六）

不幸的事件，如同一面黑網，接二連三地撒進漁人生活的海裡；尤其是對於黃海雄，它網著他及其家屬的心靈，好似鉛錨般沉重。

就在黃海雄領頭籌足四千元，把被類似綁票的四名漁夫，自××贖回家邦後第二個月，他本身卻因幫助他人，致使漁船漂入××水域，而遭××水警人員綁走了。

根據黃海雄的一位歸來的友伴說：「有一艘拖網的漁船，它的機件失靈了，船上的舵手召喚我們過去救助，我拒絕了。我告訴海雄，那個跟他打過架的許紅狗也在汽船上，他卻回答說現在幫助人家要緊，顧不得私仇了。接著，他就把自己的船開過去，幫助他們修理機件。結果，卻因為兩隻漁船無意間漂入××水域，害得他一起被扣留到丹絨××，去吃烏豆飯（意即坐監）啦！」

這一回，被巡邏艇綁走的漁夫共有六位，其中有兩名是馬來同胞。這一則新聞披露後，又是轟動遐邇。

午後，我特地到黃海雄的住家去訪問他的家屬。黃家離河岸約莫四分之三哩。那是一座簡陋不堪的板屋，家徒四壁。我想，這該是打漁人家典型的住屋吧。

海雄嫂變成個淚人兒，雙眼哭得像兩枚紫葡萄，連三歲大的女孩也哭著。黃家擠滿了前來安慰的親友。海雄哥為人古道熱腸，德高義重，而且捨己為人，故此，大家都十分關照他一家八口的生計。我也樂捐了二十元。

此後，我經常在海邊遠眺——殷切地期盼黃海雄能夠早日安然地歸返故園。

（七）

三個多月後，黃海雄和另外五位漁夫終於獲得釋放，他們搭著峇株巴轄的一艘出海的漁船歸來。

聞訊後，我趕忙去造訪，我準備為他撰寫一篇「特寫」性質的文稿。

這天，那位和他打過架，如今化敵為友的許紅狗也在他家裡。

黃海雄詳盡地把自己的遭遇講述出來，他說他最初被監禁於丹絨××二十一天，後來又被遣送到××峇萊，而且經過法庭的審訊，官判監禁三個月又十五天，始獲得釋放。然而，他們的兩艘漁船約值九千餘元，和五十三條漁網約值三千餘元，全部被當地政府充公了。……

我聽完他的敘述，微笑地說：「海雄哥，你人也瘦了，應該休息一段時期吧！」

「嘖，你的意思是說我怕了？」他瞪視著我，很不以為然地說：「如果我要休息，我要改行，早在我十九歲那年，遇到大風浪翻船的時候便改行不幹了；如今，我已經摸透了海洋的脾氣，難道卻害怕一些人為的壓力！」

「我不是這個意思。」我急急地說。

他搶著又說：「我才不改行呢！我的老婆勸我去賣冰淇淋，去做魚販，或者去做老阿哥背包頭，我死都不聽她的話。雖然幹那些會比較容易賺錢。——現在，我的船被充公了，但是卻換到一位拜把兄弟——許紅狗。我們正計劃買條舊船去放綾，要跟以前一樣：靠海吃飯！」

一直靜在一旁的許紅狗，這時插嘴了：「雄哥的行為和精神，使我深深地感動。我們都相信自己是捱得起風浪的人。」

「海雄哥比一般漁夫更勇敢，所以，他的遭遇也特別多，特別驚險。」我感慨地說。

「在海上混飯吃的人，他的心裡，根本就不應該，而且也不容許有一個『怕』字！——你說是嗎？」海雄笑嘻嘻地說。

「記者先生，雄哥這句話，請你也寫進新聞稿裡頭，行不行？」許紅狗拍一下大腿，叫道。

「好說、好說……」我笑出聲來。

「哈哈哈！」「呵——呵——」

大家迸出晴朗的笑聲。我彷彿又在海濱聽見海浪的聲響。

一九六八年三月二日

選自小說集《不碎的海浪》（一九七六年二月）

8 老人與破傘

那天是清明節。

盤昭成下鄉給義父掃墓之後，原想當天就趕回城裡；詎料天空又飄落著霏霏細雨。這教他原本沉悶的心境更加鬱結了。

他撐著雨傘從墳場回到伯父家裡，伯母把他手上的雨傘接過去。他坐定後，她老人家又重複早上說過的那一句話：

「留下來住一晚吧，明天才回去。」

「不，我要回去！」他答腔。

「下雨天，趕路不方便。——為甚麼一定要趕回去呢？」伯母有點失望地問。

盤昭成淺笑地搖搖頭：「沒有為甚麼。」

這時候，堂弟昭宏給他送上一杯熱茶；他呷了幾口茶，然後把茶杯擱在桌上。伯母又開口了：「哎，你這個人真是！留下來一晚，有甚麼不好？好幾年以來，你都不來隔夜了。你記得罷：你小時候還是在這個甘榜長大的，這兒是你的家鄉嘛！」

盤昭成沉思不響，自忖：「就是由於這是我的故鄉，我感情的觸鬚在這個環境裡，有著最敏感的反應。回憶對我是一個沉重的負擔呵！所以，我不想留下來。」他想了想，沒說甚麼。

「成哥，」昭宏也從旁勸留道：「我看你將就一點罷！落雨天，紅泥路上很不方便走動。」

昭成雙手交互地抓著自己的肩膀，瞧了瞧昭宏，瞟了瞟伯母，他們的眼睛充滿誠摯的神色；這使他躊躇不定，更難於措辭。他們要自己住下來固然是主要的用意，而實際上，今天也未嘗不是「留客天」，鄉間的雨天泥路是他不敢領教的。

正當他徬徨於「留」與「返」的抉擇中，這時鋅片的屋頂上原是淅瀝的雨聲忽然轉為「沙啦啦」的聲響了。盤昭成的心愈不是味兒。他煩躁地沉思了一陣子，咬咬嘴唇，眉毛微蹙了一下，終於答應道：「也好，我就留下來！」

伯母和昭宏立時眉開眼笑。伯母還站起來，右手一擺，說：「這樣才爽快嘛！」

昭宏說：「我以為城裡人眼角高，你已經嫌棄這個鄉村；——你總算沒有討厭自己的家鄉吶！」

昭宏微笑地說，隨後他由入門處提著一雙拖鞋走到堂哥面前給他更換。

昭成脫去皮鞋，穿上拖鞋，然後立起身子；伯母見他臉含倦容，便說道：「阿宏，你帶你哥哥到房裡去休息，現在是三點左右，我去煮一些番薯和木薯，你睡一會才起來吃。」

「伯母，麻煩妳了！」昭成說。他隨著堂弟走進房裡，他先在書桌前坐下來。昭宏打開衣櫥，找出一套睡衣遞給他，叫他更換。

「天氣有點冷，連白天也需要穿上睡衣呢。」昭成穿了睡褲，又穿上睡衣時說著。

「穿嘛，雨天好涼的。」昭宏說著，一邊坐下來。「我看你近來並未胖一點，你一定是太用功畫畫的緣故。」

「呃，是的，我還是瘦瘦的。」昭成拉了拉穿在身上寬大的衣服，說道：「談不上用功，卻一直長不出肉來。我真羨慕你在這種天氣裡，只穿一件背心便行了。」他微笑地說。

昭宏咧開嘴唇，微含笑意地說：「高中畢業後，在城裡一直找不到工作，便回來甘榜，安心做一名膠工，卻賤肉橫生了。」

「這麼說來，你一定很少到城裡去了；其實，在這裡生活，創造前途，也不能不說，是一種面對現實的勇敢表現。」昭成說。

「當我走投無路的時候，我也只好拿『面對現實』這句話來聊以自慰了。」昭宏低迴地說。

「是麼。」昭成漫應道。他旋即沉入另一個思緒中。

昭宏見對方沉默不語了，便立起身，說：「哥哥，你疲倦了；我出去，你休息一下。」

堂弟出去了。他開始躺在床上。

陰暗的房間彷彿把灰黯滲透他的靈魂，教他的心境紊亂而迷惘。他固然困憊，但這並未意味他一定能入眠一陣。此刻，他閉上眼簾，但他與堂弟方才的談話又迴響在他耳畔，「面對現實」這四個字忽然使他產生另一層意義。他想：「是的，既『留』之，則安之。我就面對眼前的現實吧——忍受心情上的折磨，也許可以讓我更深刻體會到人性與人生的聯繫。」

於是，他盯著沒有天花板的鋅片屋頂，一片茫然的滋味又泛上了心頭。他儘量整理思緒，接連做了幾個深呼吸，隨而把身子縮側到裡邊去。後來，他的精神在極度恍惚中，那些過去的日子裡的一事一物：村舍、小河、膠林、打架魚、老人、小孩……這些形象一一浮現於腦際。他又深呼吸幾下，依然無法撇去那些記憶中的影子——特別是一個老人和孩子的，還有一把傘，那是殘破的傘。

……心意迷離中，他記起了父親曾經不止五次向他說過這一類的話題：

——那老人，你的阿伯，他實實在在是難得的人，但他沉默、怪癖，除了勤勞地在田園裡耕種，便是留在小茅屋裡看章回小說。他不喜歡出門，不過當你看到他出門時，你同時也可以見到他肩膀上吊著一把破雨傘。他懂得一些醫學，據說他最精的是醫治小兒驚風症與毛丹病。有一個吃了符水的小孩，眼看就只剩一口氣而已；當他趕到時，卻把小孩從死神的手中奪回來。許多村民的心裡都尊敬他、感激他，但是絕沒有人敢用金錢和禮物來答謝他，因為大家都知道他要的頂多只是一張紅紙而已。

——仔細研究起來，那老人也談不上奇怪，更不是一種標新立異的表現。原來阿伯的人生是悲慘的，就像他自喻的破傘一樣。矮鬼（指日本）兵佔領了馬來亞的時候，他唯一的兒子在抗日游擊戰中犧牲了。他那四十二歲的妻子被幾個矮鬼兵汙辱後，當天她便吊頸自殺了。從此，他絕不言笑，而且足足穿了三年的黑衣黑褲。矮鬼兵投降後，他搬回甘榜，仍住在那座小茅屋裡，據說他是絕不在外頭過夜的，許是因為他家裡供設了他妻子與兒子的遺像及靈位，在他心目中，他們如同活著那樣地等著他回去。……

繼而，昭成也記起了母親告訴他的一些話：

——你的阿伯是偉大的，他寂寞而孤獨，但心靈裡充滿著愛。許多人只有在背地裡關懷他的生活，因為他的沉默是可怕的。他死去後，大家才發現到這個村落是更寂寞的了。有時，村裡有人病了，便有人這麼說：『呵，如果仁通伯有在，那就太好了！』他死後的好幾年裡，每逢清明節都有不少人到他的墳墓去點了香，燒了冥鏹。可是，照我看來，仁通伯的亡靈有知的話，他也不會喜歡別人為他破費的。……

這當子，盤昭成迷糊中又記憶著這番話，一份淡淡的悲哀襲上他的心頭之後，他忽然覺得內心裡有一股力量，使勁地促動他向上爬；他想爬，而且已經往上爬了——十多年來，他那已知哀愁的年少底心，就是靠這股力量而站起來的！

曾經有一次，他屋後一棵小楊桃樹在風雨中斜倒了，他細心地把它扶正起來，為它填土。一切弄妥後，他望著直立的小樹，他聯想到自己，想到所謂「再生之恩」，便順口說：「小樹，你要靠自己了！自立是需要靠內在力量的！」

昭成和小樹共勉的話，此後他確實是遵行了。為了維持他自己的光芒，更聚精會神地點燃他的生命。他決不自滿，雖然他是今日本邦畫壇上已露頭角的青年畫家；在那四人的畫展中，他是最獲好評的一位。

三十分鐘的時間很快便溜逝了，盤昭成仍然得不到片刻安寧的休息。冥想中，心頭染上了無限的憂鬱。他失望地翻坐在床上。稍頃，他煩悶地，甚至有點迷惘地跨下床，挨近窗前。遠山迷濛，天際灰沉，找不到雨停的跡象。

他凝望與思索，那村野的景物和腦海的思潮又交混在一起了。良久之後，他猛然地構思，而決意用他這時對於周遭的環境與胸中所具有的情感和想像，在一張油蠟染畫中創作與表達出來，完成一個藝術的生命的成果，涵容著一個平凡的偉大靈魂在其中。

想著、想著，構思的集中力把他帶入一種寧靜、肅穆和深遠的境遇中，一股潔淨平和的心緒脫穎而出。冷風自窗口透入，他卻毫無感覺；他惘惘然凝望窗外的一條泥路，像做了夢一樣。兀的，村路上出現一位老人，他用力地撐著雨傘，迎著眼前的風雨，朝著大道邁進。迷糊中，昭成覺得那影子是熟悉的，他心震一下。他祈禱那老人能安穩地趕路；他希望老人持撐的是一把圓圓、完整的雨傘，象徵著圓滿無缺的人生。……昭成再仔細地凝視，嘿，老人消失了，完整的新傘的影兒根本就沒有。

於是，昭成想道：「哎，那是幻覺！幻覺是空，大多數的事事物物也是空的。」隨即，他又想：「追念一個人到頭來也是空的！」

他沉思一陣子，忽然在大腿上使勁地拍一下，自忖：讓我在創作中，畫一個老人撐著一把破傘在風雨中趕路，他背上有一個小小的藥箱，面對著一條向前伸延的大道走來。我要在那畫面上貫注我人生中最高的藝術生命，讓它有一股強力在觀眾的腦幕上印了一個待解的問號。

昭成又想，如果觀畫者需要解釋的話，我將會在私下裡說出這樣的話：

「有一個八歲大的小孩子，他的第二生命是由那老人手中接回來的，老人醫過了那孩子的毛丹症，當晚風雨大作，老人仍固執地要趕回他的小茅屋。風狂雨暴，破傘失去效用，老人又在泥濘的村路上滑倒了。他回到小茅屋後，便一病不起了。彌留之際，他還問起那個叫著『阿成』的孩子的安危。小孩由他父親帶到老人面前，小孩跪下去感謝他『再生之恩』，同時拜他做義父。老人在應聲中斷氣了。從此，那老人在阿成的心目中，有了重大的分量和崇高的地位。長大後，他每年都由城裡趕到故鄉給義父掃墓。」

現在，盤昭成已從冥想中醒來，他心裡感到絲絲溫暖。他在房子裡踱了幾個方步後，他又作了一個決定——他想：

「明年的清明節，我要在墓前獻上一把新傘，以及一幅畫。讓我平靜地告訴他：我會用我畢生的心力，去為您彌補那把雨傘上的破洞！……」

一九六五年九月十五日

選自小說集《貝殼之歌》（一九七七年三月）

9 街邊親人

有這麼一個老婦，她似乎失去了姓名。

她靜得出奇，絕不像一般老嫗那樣絮聒多事；在她心靈上，彷彿已超脫生死的界限。倘若你見到她，第一個印象必然是：她生命的油燈，到了油盡燈枯的階段了。唯有與她「老相識」者，才曉得叫她一聲「卓汕婆」。哦，五十九歲的卓汕婆，在巷口左邊走廊擺個菸檔，兼賣一小珍咳嗽糖。

她身材瘦削，腰背彎曲，頭髮灰白，面色蒼黯，顴骨突出。生活對於這個老嫗，早已定了型態，謀生不易，直捱得金睛火眼。

鄰近人家都知道卓汕婆是個孤寡，沒有家人，似乎也缺少親友。她自食其力，不苟言笑，所以周圍的人士倒也不鄙視她。

有一宗怪事，已經持續了幾個月，除了她卓汕婆與那個青年人之外，似乎還沒有第三者留意到。她一直當作祕密保守著，沒跟人透露過。

有一連串的問題，老是在她的腦海裡繞來繞去，使她很想窺測對方的心意。

她不斷地忖思著：「我打聽過了，他住在巷口一座樓房，他叫祝南郭，家境很好。我知道，倚人都是假，跌倒自己爬。我跟他非親非故，為甚麼他買一包幾毛錢的香菸，總要付一塊錢？我幾次找還他，他都不高興地拒收，要我留著用。我會隨便接受別人的施捨嗎？我還能夠靠自己過活嘛！」

祝南郭也不愛開口，個子高瘦，談吐舉止，倒也溫和。每天早上，他開車折出巷口之際，總停歇下來跟卓汕婆「交關」一包香菸，付一張鈔票，極少交談，僅咧嘴一笑。

他注視她佝僂著的腰板和枯乾的手，心念轉動，他聯想到生命將盡的落葉枯枝。然而，當他接觸到對方的目光時，他發現她的眼神並不呆滯，竟有旺盛生機，深炯閃亮。

他陡地對自己的青春感到驕傲，暗忖：「她『去』了，我還能多活至少三十年哩！」

友人托他介紹一個「陪月婆」，他出現在香菸檔面前，淳厚地笑了笑：「阿婆，妳只賣香菸和咳嗽糖，一天賺不了多少錢。我有一個朋友的妻子要生產了，他家裡正需要一個人幫手，我介紹妳去好不好？」

卓汕婆瞥了他一眼，徐緩地：「不，我發過誓，不替人家做家庭工，也不跟月；即使我做了乞丐要飯吃，我也不幹！請你不要見怪！」

祝南郭不由心頭一凜，和氣地：「做家庭工也沒什麼不好，為什麼要發誓？」

她深炯的眼神一瞪，張開缺了幾枚門牙的嘴，聲調顫抖：「因為我做過家庭工，很不如意。男主人要欺侮我，我咬了他一口，結果，他反而誣賴我偷錢，女主人把我趕出來。」說罷，她低垂著頭，有幾分赫然，又補上一句：「那是二十多年前的事嘍。」

祝南郭目注她白髮飄零的頭，低聲地：「阿婆，妳結過婚吧？」

她輕咳一聲，正容地：「在唐山，我是人家的童養媳，十五歲就同房。當家的對我還好，帶我過番，生了兩個兒子。昭南島時代，大兒子跟他父親都在檢證的時候，被日本鬼殺死了。」

她臉色激動，枯乾的手微微顫抖，頓了一會，又接下腔：「我千辛萬苦，才把第二個兒子養大成人，但是，他不學好，被一個頭家利用——走私鴉片，走不過關，給海上警察逮捕了，判罪坐監五年。那個頭家不守諾言，不肯花錢贖罪，他只好去坐牢，沒想到後來患了腎病，死在監牢裡。……你說，我的命多苦呀！」

她擦擦眼皮，吐露了心中的辛酸史。

祝南郭覺得她看去虛飄飄的，想這老媼也太可憐了，不禁自問：「她活著還有什麼希望呢？」他心緒一陣迷惘。

卓汕婆猛地站起來，吊高嗓門，恨恨地：「阿哥，你年輕人要帶眼睛認識人，那個大頭家就是某某會館的主席紀日供，從前做過日本的漢奸，他滿手血腥，罪孽滿身。這種臭人，還有人選他做會長！這種人也會好死的話，我死也不瞑目！」

之後，她天天都跟祝南郭見面——買菸之際，兩人又不相聞問了。他怕引起她的傷感與怒火。

卓汕婆所患的痔瘡又發作了，每天還淌血；她更蒼老與瘦弱了，走路都顫巍巍地。就在這時刻，她發現祝南郭的神態有異樣：顯得更消瘦了，神色鬱黯，行色匆匆，面上的笑容也減少了；

不過，他照例每天早上打從巷口折左經過時，買了一包香菸，多付了錢。

過去，他的車子常載著一個打扮時髦的女郎，兩人有說有笑，好得像蜜裡調油；她滿以為他倆就快結婚了。咦，那女郎好像有整個月沒跟他在一起了。是兩人吵架了，使他悶悶不樂嗎。她冥想著，替他擔憂，倒忘了自己的健康。

她終於病倒了，頭暈目眩，發高燒，渾身乏勁；買了一些感冒藥片服食，躺在月租二十塊錢的木屋的破房間板床上，噓噓呼呼地休息了三天。她在太陽穴上貼著「脫苦海」小膏藥片。

第四天早上，她顫巍巍地挑著菸檔到老地方做小生意，一想到祝南郭，不知哪來的一股力量支撐著她，便急忙擺好小檔子，等候那青年人到來，不知他還是一臉憂鬱嗎？她關心著。

祝南郭照慣例出現了；他凝注這形鎖骨立的老婦：「阿婆，妳病了？」

她唇邊閃過一絲抽搐，苦哀哀地：「頭昏得很，好像地在浮，天在轉……」

祝南郭看她氣色不對，連忙送她到藥房去，時候還早，把她的小菸檔移寄在附近的一家商店裡。

接連兩天，他都親自到舊木屋載她去看醫生。

她的病情大有起色了。陰天，灰朦朦的天空，祝南郭驅車載她到海邊。他又出奇地沉默，凝望一泓靜止的郁藍的海水。

她無法窺測祝南郭的心事，隨口抓一問題：「阿哥，你為甚麼對一個老人這麼好？」

他凝了凝神，和氣地：「不為甚麼，因為我同情妳。小時候，我家裡有一個女傭人，她長得跟妳很相像，她對我比母親還好。要是她還活著的話，也有妳這麼老了。」

「唔。」她微微一笑，不再吭聲了。

好一會，他搔了搔頭皮：「阿婆，妳怕死嗎？」

她呆住了，繼而搖頭嘆息：「哎，我不怕死，但是還不想死。」

他又深思：這麼一個孱弱多病的老嫗，她沒有親人，也沒有任何人或任何事值得她活下去，為甚麼她有強烈的求生意志，希望自己苟存生命於苦難中。他淆惑，不明白。

他鬱鬱地注視著卓汕婆：「阿婆，幾天前，我想過要死，妳相信嗎？」

「為甚麼？」她睜大眼珠子，驚異地：「是什麼事想不開，年紀輕輕就想死？」

他咽了一口涎沫，傾訴道：「我想死的原因很多，因為我媽媽車禍死了。我爸爸是個富翁，生意失敗後，被人逼債，心臟病爆發也死了。我大母親的兒子排擠我，他們的心眼紅，比狐狸還要刁蠻，把我踢出來，我只好出來租房子住。我想靠賭博起家，可是賭馬輸了兩三萬；我的女朋友嫌我窮光蛋，也變心不要我了。如今，我是『量地官』，我簡直沒有了希望！」

卓汕婆坐直身子，急迫地開口：「你凡事看開些，往好的地方去想，自己就會寬心了！——呃，螻蟻尚且貪生，你年紀輕輕，為甚麼看不開？」

「我要活得舒服，死得爽快，我不準備吃苦。」他揚聲地，但垂下頭。

「孩子，要死，阿婆應該先去死。阿婆不想去，你怎麼能夠先走？」她撇了撇嘴，堅定地：「人，活在世界上，只不過短短幾十年光景，為甚麼不利用這段時光，去做一點有意義的事？人人都在吃苦，為甚麼你就不能吃苦？」

他苦笑一下：「我買了安眠藥，沒有吞下去，就是因為我想到妳還沒有先走，妳比我還不幸；要是我先去，恐怕沒有人來照顧妳了。」

她不禁從心底泛起一陣感激，熱淚滾落下來。沉默一瞬，她面色一正，吊高嗓門：「阿哥，謝謝你對我好，不過，人情還人情；呃，我還沒有告訴你；我不隨便接受人家的錢，買菸多給的錢，我換成銀角儲蓄在撲滿裡，等下你送我回去，我把那隻『大象』送還給你，裡頭大概有三四百元……」

祝南郭感慨萬千，心忖：「阿婆畢竟是個經歷過風浪的人，我低估她了！」

她又滔滔地說下去：「孩子，你不是扶不直的稻草繩子，你要勇敢起來，面對現實，跟你的敵人『相看死』，看誰先倒下去。要記住：三寸氣在千般用。能伸能曲是條龍，能伸不曲是條蟲。我們要咬緊牙齦吃苦，大不了，我們可以吞口水養命！……」

祝南郭漲紅著臉：「阿婆，我不傻了；我答應妳，我不先『走』就是。……妳是我唯一的『親人』，不是麼？」

他過埠去了，在一個小城駕羅里當司機，每個月至少有一次機會載貨歸來，他總抽空探望卓汕婆。

報上的社會新聞版，刊載了紀日供懸環自盡的新聞；他是地方聞人，所以轟動一時。

許多人都在猜測他自殺的原因，有的還強調他跟運輸八十公斤生鴉片有關，畏罪尋死。卓汕婆把這件事當「喜訊」看待，暗忖道：「被眾人詛咒過的臭人，哪裡會好死！」

人死怨消，她一夜睜眼到天亮。她老原無奢望，然而俄頃間，她心中橫梗著祝南郭的事：「那個年輕人，他有事做了，不過我要催他成親；下月底，他出坡，我要勸他在小地方找一個比較可靠的姑娘……」

宛如煤油乾了的燈一樣，她老已然是到了在燒燈蕊的地步，然而她要亮下去，她擁有最有力道的抗生素！於是，她有一份定心的毅力；她平靜，她關懷別人……

一九七七年八月十八日

選自小說集《無根的花木》（一九九五年十月）

10 山鷹

故人

正午的陽光，白花花地閃著奪目的鋒芒，好刺眼；那份炎熱火辣辣地能烤出人的油來。

這是一天之中頂悶熱的時刻。此刻，我正站在中央醫院登樓入門處附近等待著。

看看腕錶，還差十二分鐘才可以讓探病者自由出入。等待探病的人越來越多，這入門處附近也是熙熙攘攘地焗蒸著一陣陣熱氣。

我有點不耐煩；忽地覺得約百碼外的海峽是多餘的，竟然不帶來一絲涼意。

猛然間，有人輕拍我的肩膀，喚我的名字。

我一轉頭，趕忙跟他握手：「噢，阿固！我很久沒見你了，你好！」

我們略略問候之後，踅到一個稍微清靜的牆根處談話。阿固回答我，他來醫院看他大姐。

「看你大姐？她生病了？」我急迫地問，同時心神一緊。

阿固注視著我：「我大姐又生產，這是第六胎了。大姐在我勸告之下，已經接受絕育手術，當今正在休養。嬰孩已經先抱回去嘍。——你來看誰？」

「有一位姓蔡的同事病了，在二樓，我來看他。」我陡地提高嗓調：「等下，我先跟你上四樓，探望你大姐。」

我執意地到印度攤檔買了一些水果。我突地想到他那位心機深沉的姐丈，隨即問道：「你姐夫好嗎？」

阿固的態度立時流露一份敵意：「我姐夫那種人，我一直瞧不起他，才不管他好不好！」

「他到底是你姐夫呀。」

「要不是看在我大姐的份上，有幾次我想揍他一頓呢。」他越說越激動：「我大姐總是為了孩子，委曲求全。你想：他那種人多麼自私，已經有了十一個兒女，還反對我大姐絕育。我大姐動手術之後，他一次都沒來過！」

「嗯，是他害了蕊姐受苦。」我附和地。

阿固咬字恨聲地說下去：「他能夠娶到我大姐，是用了一些手段；有一次他醉後失言……我一見到他就不快樂。他以為自己有幾十依格膠園，就是人上人，生活方面十分放恣；他快五十五歲了，身體哪會好！……我大姐嫁給他，真是彩鳳隨鴉。」他緊握著右拳頭，朝自個兒左手掌心恨恨地擊了一下。

我改用輕鬆的口吻，想沖淡阿固的激憤：「他喜歡打獵；他說過，多吃野味，可以『滋陰補腎』，他一定有辦法保養身體的。」

「你聽他講鬼話！」阿固邁步轉了一圈，又沉聲地接下腔：「他早點『瓜』（死）掉的話，我替大姐高興呢？！」

不覺間，醫院當局開放給公眾人士探病的時間到了，阿固與我步上梯級。阿固疾步地趨前去跟他大姐講了幾句；這當口，我也挨近病榻，微笑著：「蕊姐，妳好！」我有些止不住的喜悅。

我這一看，目光一直，心頭一陣猛跳；蕊姐的面孔瘦削削的，蒼白憔悴，微聳的顴骨更突出了，手臂膊瘦得像掃把柄。以前，她不是這樣的呀！

蕊姐瞅住我，雙眉一聳，臉上微有喜色。

「唔，民偉，我認不出你咯！」

她跟我寒暄一會，我吩咐她靜心休養。

蕊姐是我童年時代的「大家姐」；此刻見她這麼蒼老與虛弱的神態，我內心有著沉重之感。午後，我回到家裡，心裡仍然不能安適而平靜。腦子裡一直出現蕊姐那略顯遲滯的目光，和浮游於她眉宇間那份委屈久了的哀鬱神情；呃，還有，那一雙粗糙的手，手指的結骨眼上全是凸出來的硬繭……

坐在房間，我想用報紙來驅走腦子裡的東西。兀的，我讓一小段新聞吸引住了：

「……雙溪毛糯附近的公路，出現巨鷹向騎士襲擊；一名頭戴鋼盔的巫籍騎士，昨日傍晚被一頭長約四尺多的巨鷹凌空飛下襲擊，眼部受傷，目前在本坡中央醫院留醫。……他說，大約在傍晚時候，當他乘摩哆西卡路經雙溪毛糯附近之際，突然有一頭巨翼展開長約四尺許的巨鷹向著他直飛衝下來。當時，他是以時速每小時約四十英里的速度駕駛。他又說，他要閃避一時也來不及。他相信當時那頭巨鷹以為他頭戴的鋼盔是一隻小動物，而擬將它抓起。他戴著的鋼盔有一條帶套在頸上，因此鋼盔沒有被牠抓起，雖然雙眼有塑膠鏡擋著，但牠的利爪卻弄傷了他右眼，差幸他尚能支持而沒有翻落電單車。……」

我擱下手上的報紙。禿鷹的影子掠進我思維裡頭；這種凌空翺翔的猛禽，牠的翼影，不是也把蕊姐籠罩了麼？

追捕小雞

在記憶的國度裡，鷹是我所熟悉的。

童年時代，我居住在距離公路約四哩的山芭地帶；周圍環境相距約莫三四百碼，才有兩家鄰居，他們是方家與丁家，而方家正好是處在我家跟丁家之間。也許是由於「家庭階級」比較接近所致，我們與方家交往甚密，跟丁家卻鮮少來往；——丁家是有錢人家嘛！

我們那間簡陋的亞答屋，周遭是檳榔樹與橡林，屋前有一塊供曬「枳半」（檳榔）的空地，面積約有九百方尺，雞群常在這裡覓食；母親照慣例總是把殘餘的食物往空地一扔，立時有雞奔來爭奪食物。

據說，我們這間山芭屋距離「青山」（有岡巒的原始森林）不遠。村裡的人要建築屋子，都前往「青山」挑選所需的材料，砍下後扛回來利用。

小時候，一提到老鷹，我的心就抽搐起來，而且恨得牙癢癢地。母親說，老鷹就住在「青山」裡，我們管牠叫「山鷹」。

住在「青山」的山鷹，經常飛到荒村來捕捉小雞。我家屋後不遠處，有一棵直入雲霄的「惹羅東樹」（山樹膠），有時候山鷹便在這棵高大的樹梢上停歇。

有一回，我跟父親到惹羅東樹頭割取膠汁，突地發現樹下附近的草葉上有些許的羽毛，父親肯定地說：「是山鷹幹的，牠停在高高的樹頂上吃小雞；這些都是掉落下來的雞毛。」

「阿爸，我們要怎樣才能夠替小雞報仇呢？」我盱望著父親問道。那年，我只有九歲。

父親徐緩地回腔：「哦，除了開槍射殺之外，我們沒其他的辦法。可惜我們山芭裡頭的獵槍太少了，不然的話，山鷹就不敢這樣放肆嘍。」

父母幾乎每天都得到檳榔園去幹活，臨出門之際，經常叮嚀我和弟弟：「你們不要到處亂跑，只顧玩耍；要是有聽到母雞的叫聲，馬上跑出門外大聲叫喊，最好是敲土油珍（火水桶），或者拿一根竹；要不然，小雞又要被山鷹鉤走了……」

午間，聽見母雞拍打著翅膀，發出驚魂喪膽般的叫聲。我立時意識到那是什麼一回事。

匆促之間，我霍地縱身一跳，手持竹竿衝到空地上吆喝起來：「哇——拉拉……哇——拉拉啊——」

這當子，山鷹正展翅猛撲向躲避在母雞腳邊的小雞，弱小的小雞吱吱叫，母雞毫不畏縮地負起捍衛小雞而迎戰強敵的責任。嘩，好大的山鷹啊！牠張口舞爪地向小雞追襲，我一身的寒毛倒豎起來。

巨鷹的雙翼一斂一張，旋即又向雞群攫襲，似乎不把我放在眼裡，轉瞬之間，山鷹得逞了——牠的利爪攫住一隻一來斤重的小雞，繼而拍打著尖尖的翅膀，迅速地掠過，在空中矯健地扶搖直上。

眼看山鷹一飛沖天，我急得連連跳腳。

薄暮時分，母親放工歸來。

我說：「阿媽，我拚命地叫喊，達必（但），山鷹不怕我，還是把一隻小雞銁走了。」

母親沉吟半晌，溫和地說：「這也難怪你。有些大隻的山鷹，一兇猛起來，連小孩子牠都突擊呢。要是小雞一直在樹膠園找食，就比較安全一點。」

跟著，母親又說，鷹的目光特別銳利，氣力也相當大，一般的小雞除非有人追趕衛護，要不然若牠決意要捕捉的話，誰也逃不了它那堅銳的鉤喙與利爪。

豔陽高照的大晴天，山鷹盤旋於千里空闊，以武士的姿勢凌越在雲端，是顯示著牠有一種勇猛堅剛的衝勁鬥志，還是表示牠精靈敏捷的天性？而我對山鷹這種侵犯同類，欺凌弱小的殘酷作風，始終感到怨恨仇視！

天空一朵朵逍遙的白雲，一片耀眼的陽光，天氣太燥熱了；這時候，你會望見山鷹又在高空盤旋著，偶爾還發出「嘰哩嘰哩」的叫聲。父親說，旱天裡，山鷹不容易找到水喝，所以便叫出聲音來，繼續找水喝。

「可恨的山鷹，最好給你渴死吧！」我在心裡咒牠。

射鷹英雄

這一天，我終於見到死山鷹了。

我從膠林拾乾柴回家，三弟耀華奔前來煞住腳步就開口：「阿哥，快去看！丁遼叔打到一隻山鷹……」

「哦，真的嗎？」我心頭一樂。

「嗯，那隻山鷹，是在我們屋後的大樹上，用槍打死的。」

「我們就去！」

我連竄帶奔走地向丁遼叔的家疾走。

那邊麇集了二三十人，把那頭死山鷹圍在中央。我使勁地擠前去。

我的眼睛頓時發了直：這頭屬於「猛禽類」的山鷹，鉤喙呈灰黑色，很銳利，便於鉤住東西或作撕裂食物的用途；強猛有力的腳爪也是黑灰灰的，爪端尖利。展開兩翅有四尺長，翅膀上面是褐黑黑的，翅翼下靠腹部則多是灰白的。倘若我們形容山鷹的喙是鋒利的刀，爪是堅固的鎖鏈，這並不是過分的說法吧。

親眼見到這桀驁不馴的猛禽，此刻軟縮縮地躺在我眼前，一動也不動，看牠往日的威風哪裡去了！於是，我少不了感到一陣痛快！

方家的大女兒——蕊姐，也趕來看山鷹。

詫異使蕊姐的嗓子尖細起來：「嗐，牠的爪這樣堅銳，難怪有一次，我的母雞差點也給山鷹鉤走掉。這隻死山鷹，說不定也鉤過我家的『雞囝仔』（一斤左右的小雞）哪！」

「我們最好把牠殺來吃。」三弟說。

「嘻，砍下一個腳爪，作個紀念最好。」我道。

驀地，一串渾厚的哈哈聲響起來：「……嗐，不行不行！我要把山鷹帶落坡，送給朋友作標本。……」

說話的，是這頭山鷹的槍殺者——丁遼叔。這時，他臉上滿是笑意，因為他幹了一件光彩的事。

這位年紀近四十歲的丁遼叔，我們平時極少跟他打交道。他瘦高個子，尖鼻子，突眼薄唇，滿口金牙，正眉心處有個小疤痕，剃平頂頭，有一張紫醬臉。

在這山芭地帶，丁遼叔是個挺有頭面的人，擁有五十餘依格園坵，鎮上還有一間與他弟弟合資經營的吉萊（雜貨店）。——當年，村民是很不容易申請到槍械的。然而丁遼叔私下卻有一把雙管獵槍，還有一架半新不舊的摩哆西卡。

有人說，丁遼叔的槍法大為了得。他嗜食野味，所以喜歡到果園或「烏檔腳」（森林的邊緣地帶）去狩獵。村子裡的果子花或果實常受到蝙蝠、松鼠、猴子和果子狸等動物毫無忌憚地蹂躪，使園主損失不少。有時候，丁遼叔也應邀到別人的果園去射擊動物，替人們除害。

而今天，丁遼叔竟然把我平日所痛恨的山鷹射死了，我真感激他！我忖道：「他是山芭裡的一個英雄，殺除公敵，功勞不小哩。」

於是，我由衷地敬佩丁遼叔！認為他有一股勇猛精進的英雄本色。

大家姐

日頭偏西了，白日的餘光已垂盡；西天的晚霞由絢爛歸於平淡，暮靄逐漸籠罩大地。

這當口，我來到方家屋前，兩片薄薄的板門虛掩著。我叫了幾聲「阿固」，一點回應都沒有。

過了一會，蕊姐從屋子後邊走過來，手上抓住幾棵白菜，微笑地先開口：「阿偉，你要找阿固？——我在屋後的菜園澆水。」

「唔，阿固還沒有回家？」

「阿固又去番薯芭幫我爸爸做工；聽說今天要牽番薯藤。你要找他有要緊的事嗎？」

「阿固跟學校借了一本圖書，今天放學的時候，他答應借給我，所以我來拿。」

「唔，你來！」蕊姐一扭身，向大門走去：「我在阿固的書包裡把書找給你。」

蕊姐把板門一推就開了，我神色一愣：「蕊姐，妳不在家，門也不上鎖？」

「呵，怕什麼？」蕊姐噗哧一笑地回著：「我家窮得要命，有時候連米都沒有，只吃木薯或番薯而已。除了有幾把刀和鋤頭之外，還有什麼可偷的！」

我接過那本配有彩色插圖的《神燈》，陡地想到一件事：「蕊姐，明天是禮拜，我不用上學，我跟妳去拾樹膠籽好不好？聽說一斤樹膠籽可以賣到兩角半錢。」

「好哇。」蕊姐輕輕地拖長了尾音。

「明天下午一點，我來找妳。」

「呃，去誰的園坵撿拾？」

「去丁遼叔的園坵好不好？他的樹膠樹多數是駁種的新樹，要拾也比較容易。」

「我不去他那邊。」蕊姐眉梢兒一挑：「因為丁遼叔的眼睛好像要吃人那樣。」

「那次，我們幾個人去他的膠園，正好遇見丁遼叔在打猴子，他招手叫妳過去，跟妳談了幾句話，他沒有罵妳嘛！」我回憶地說著。

蕊姐猶豫一會，臉紅地噪門一壓：「你們不會看到的，丁遼叔最貓樣，他跟我說話的時候，一直伸手要摸我的臉呢。」

「喏，他疼妳嘛。」我天真地：「許多人都說妳長得美麗。」

「哦，你還取笑我！」蕊姐的菱口一撇，裝著不高興的樣子。

「這樣吧，我們去再隆伯的園坵，妳說好嗎？」我又說。

蕊姐點點頭，微笑了。

在記憶中，幾乎我記得起的往事裡，就有蕊姐的影子。

蕊姐上學時，我還沒有入學；她只念了四年級，就因為家裡人手不夠，加上她父親有深重的重男輕女的觀念，所以輟學在家料理家務。別看她年紀小小的，聽說她八歲那年便會煮飯和騎腳車了。

山芭孩子多勤勞幹活，掌心粗硬的滿是厚繭；尤其是蕊姐，她起早摸黑地工作著。一有空暇，她就到我家來切「枳肉」（檳榔籽）。由於她脾氣好人溫和，面貌又長得姣好，故而頗討我母親的歡心，經常留她在我家裡吃飯，跟我們一家大小熟得不能再熟。

為了賺取一些零用錢，課餘時候，我與蕊姐常常結伴到檳榔園拾取「烏別」（檳榔花的包莖），偶爾也到橡林撿拾橡實，賣了可得一些私蓄。

這年，蕊姐十七歲了。她一直把我當弟弟看待。她的親弟弟阿固，比我大三歲，我們三人相處得很好，可是阿固每天放學趕回家，一吃飽就得到芭場去協助父母種農作物，難得跟我和蕊姐一同活動。

有了這麼一位「大家姐」，我在山芭裡的童年生活也不見得寂寞啦。

暗潮

在平靜而安定的日子裡，丁遼叔的妻子因病重連夜載送到醫院去，不到五天便去世了，這應該是件頗大的事兒吧。

丁遼嬸遺下五個兒女，丁遼叔把最小的兩個孩子送到鎮上請他的弟媳照顧，由他的母親暫時看管這個家。儘管我們跟丁遼叔談不上有甚麼深厚的交情，但對於他喪偶的不幸都寄予同情。然而，丁遼叔似乎看得很開——這時期正是榴槤開花季節，喜歡狩獵的丁遼叔，又笑呵呵地忙著與友人打蝙蝠為樂了。而且不過幾天光景，他便照常持槍，涉入深芭荒野中任意殺生，獵取野味以大快朵頤。

農曆六月廿四日，鎮上演酬神戲。

我與蕊姐、阿固三個人騎腳車落坡看熱鬧。在芭泥路的中途，我們遇見騎摩哆西卡的丁遼叔。他不疾不徐地跟在我們旁邊，吊高嗓門：

「嘿，阿蕊！妳是個大姑娘，騎大型腳車落坡看戲，人家看了會笑妳的。妳快把腳車寄放人家，我用摩哆載妳，不是更快更方便嗎？」他眼珠子骨碌碌地轉了一轉，又絮絮叨叨地邀請；後來，他還提到昨晚演出的是《孟麗君》，多麼好看。……

蕊姐的嬌靨飛起兩朵紅雲，這當子，她又提高嗓調，決絕地推辭：「不必啦，多謝你的好意！我會踏腳車，不用你嚕囌！」

「呃，這樣改次我才載妳。再見！」丁遼叔揮揮手，把摩哆西卡疾馳而去。

我暗忖：這個「英雄」人物，今天竟變得不像長輩了；他的作風似乎喜愛嬉笑玩樂，不太正經哩。

日頭高懸在正頭頂；我與蕊姐頂著烈陽在檳榔園溜竄，撿拾「烏別」葉。太陽好像要把我們兩人薰蒸為火人才肯罷休似地。

蕊姐帶我又繞過橡膠林，穿過一條極為迂迴的小徑，來到另一片種有不少果樹的檳榔園。

驀地，我望到一隻「山鳥」（野喜鵲），正停歇在一棵樹的枝椏上，仔細一看，那兒有一小洞穴，我歡叫起來：「嘔，上面的鳥窠！蕊姐，妳等我一下，我爬上去捉山鳥……」

「阿偉，不行！」蕊姐立即阻止：「我說過幾次了，爬樹太危險，而且捉了小鳥害死牠，這樣做不好！你要是不聽話，下次我不跟你來吶！」

我凝望那小洞穴，心想：豢養山喜鵲多有趣呀，牠能歌善鬥，雖然牠凶狠無比，但歌聲卻婉轉優美，和悅動聽。——然而，蕊姐的話我非聽不可，好一會我移動腳步：「蕊姐，走吧！」

丁遼叔突然出現了，悄沒聲息地，右手握緊槍桿，他指著我，又指一指不遠處的一棵樹：「阿弟，你喜歡大尾鼠（松鼠）嗎？——在那邊的然姆樹下，我剛打中一隻大尾鼠，牠掉下來我找不到，你去找找看！」

我一個縱步，竄出老遠；丁遼叔指示的地點野草叢生，有的高過人頭，但當我想到大尾鼠找到後，交給母親以紅棗清燉，吃了可補益，對四弟夜咳最有效用之際，我只得拔開野草繼續尋覓。

沒多大工夫，我聽到蕊姐喚我的聲音。

我旋即折回來，這當口，空氣變得沉悶起來——丁遼叔兀自立在一邊，蕊姐手中緊握住割「烏別」葉的小刀，目光冷冷地瞪著丁遼叔。

我一怔之下，丁遼叔訕然一笑，把腦袋一偏：「呃，你沒有找到那隻大尾鼠？牠中了傷掉下來，大概還會爬走呢。」

「你騙我吧？」我懷疑了：「為甚麼我剛才沒有聽見你的槍聲？」

蕊姐隨即插口了：「阿偉，你不要聽他亂講，他在騙你！——大熱天的中午，大尾鼠是不會出來的。」

丁遼叔嘿嘿地笑著：「你們不信就罷！我開槍打小動物，是可以控制牠不發出槍聲的。」

「我聽他在車大炮！」蕊姐注視我：「我們回去哪！」

我緊跟在蕊姐後頭，吶吶地：「妳好像不大高興，丁遼叔跟妳說了些甚麼？」

「他那種人就是嚕嚕嚇嚇的，他跟我講『大人話』……」蕊姐忽又住口不說了。

後門魅影

放學後，我在毛毛雨中回到家裡。

我正在更換校服之際，母親在門外說道：「阿偉，你知道嗎？芋炳姆給『馬打』（警察）捉去了，因為她偷做芭酒。」

「哦，有這回事？那就糟糕了！」我真替方家擔憂。

晚膳的時候，父親也提到芋炳姆被稅收緝私人員逮捕的事——他們在廚房後土地下搜查到盛有酒槽的甕，和一套可以做酒的蒸餾器，又在屋後地下掘出二十枝私酒。當時，芋炳姆承認它們是她的；她說她蒸一些酒是私用而已。

後來，父親又說下去：「聽說，芋炳嫂的蒸酒器還是新做不久的，她偷做芭酒，一定是最近的事。相信是有相熟的人去做『透鬼』，要不然，不會這樣快『破水』的。……」

母親特地到方家慰問蕊姐，回家時她說蕊姐在家裡哭了幾回，發呆地忘了煮飯。

下了一陣豪雨，雨歇了，天空仍然是灰籠籠、陰沉沉的。

這時候，大約是午後五點許，我遵奉母親之命托了一小盤木薯糕送去給蕊姐。

我發覺方家的大門居然關緊了，還上了閂；我叫了幾聲，沒回應。從門縫望進去，裡頭是黑洞洞的。裡面上了閂，一定有人嘛。我想。

「蕊姐，開門！是我呀！……」我又叫喚。

沒多大工夫，我聽到她家門的開關聲。跟著，我隱約瞥見一個男人用一塊布蒙著頭頂，飛快地從屋後奔竄出去，一下子，連影子也不見了。我瞧他的背影好像是丁遼叔的……

噢，這件事確有蹊蹺。我禁不住從心底直冒出寒氣。

我又叫了兩聲。良久，蕊姐終於把門打開了。我立即把那一小盤木薯糕送過去。她面色鐵青，渾身微微顫抖；她用右手攏著鬢髮，左手同時掃拂著衣著。「有人欺負蕊姐吧？」——這念頭猶如電光石火般在我心中一閃而過。一時之間，我僵在那兒，不知該說些什麼才好。

她伸手接過那盤東西，掩飾著自己的惶悚與不安，薄薄的菱唇一陣牽動：「唔，有一頭衣冠禽獸，他鑽進我房裡，向我進攻；幸好你及時來救我。謝——謝！」

「我猜得到他是誰。」我低聲道，心裡也冒起煙火。

「阿偉，我求你當作沒見到甚麼；千萬不要對任何人提起這件事！」說罷，蕊姐禁不住抽抽咽咽起來了，一扭身，她踅回房裡。

我忍著滿腹詫異回去；我一直沒有向別人提起過這件事情。

自此，過去心直口快、活潑開朗的蕊姐，竟爾變得冷漠沉鬱了；是甚麼隱衷與哀傷使她如此失意呢？母親和我都無法窺測她的心事。

這是一個稍微一動就要汗流浹背的大熱天，放學歸來，經過鍾和伯的家門口，我望見丁遼叔與蕊姐的父親——芋炳伯，都集合在姓鍾的家裡，他們正坐下來談話。我記得過去有人打架時雙方也到過鍾家，結果達致和解。難道純樸溫和，模樣有點憨氣的芋炳伯也跟人家發生爭執，需要鍾和伯來斡旋嗎？

因非法私釀漏稅白米酒的芋炳姆，被扣留後方家一直沒錢具保她出來。

芋炳姆被提控於地方法庭的時候，兩項罪名都宣告成立，承審庭主下判她罰款二千二百元或坐牢九個月。

被告在丈夫付繳罰款之後，恢復自由了。

「他們一家窮過水鬼，哪來這一筆錢呢！」鄉鎮裡的人都表示疑惑不解。

很快地，這個答案不到三天就「揭曉」了——原來是有人在替芋炳姆撐腰，而這個人就是丁遼叔。

更叫人震驚的，是丁遼叔即將成為芋炳姆的女婿呀！

我看得出，母親也為這頭婚事彆扭得慌。她跟父親唉聲地：「嘖，這樣的交換條件太不公平，阿蕊的犧牲太大嘍！」

「哦，我看問題不會這樣簡單吧……」父親猛地看了我一下眼，旋即不說了。

我要報仇

天色一直是陰沉沉的。

阿固沒有到芭場去，卻跑來找我。

他那一股氣在肚子裡冒泡；他說他絕不同意大姐與丁遼叔訂婚。於是，他要我同他去打丁遼叔。

在丁家的草坪上，我們正巧見到丁遼叔騎著摩哆西卡狩獵歸來。我瞥見他車架上綁住一隻毛絨絨的長尾猴。這血腥腥的死猴引不起我與阿固的注意力。

阿固一個箭步，竄到丁遼叔的前頭，氣呼呼地恨聲狠氣地：「姓丁的，你不要拿錢買人！我不許你娶我大姐……」

丁遼叔呆了一會，繼而磔磔大笑，尖銳刺耳；稍後是一串陰惻惻的冷笑：「呵，原來是我的舅子，你怎麼可以亂罵自己的姐夫？——呃，你爸爸媽媽都答應了，拿了我的錢去訂做糕餅……你是小孩子，還有甚麼話說？回去吧，我交姻那一天，我包一個大紅包給舅子！」

阿固的脖子一擺，以一種有如看到魔物的眼色看對方：「你是個『豬哥頭』，到處看查某。你想娶我大姐，告訴你：你不配！……」

他跳著腳罵道，同時伸手到褲袋摸小石頭。

丁遼叔的臉色驟變，眼睛翻了一翻，兩道凌厲的目光直逼過來：「哼，我有大把的鈔票，你大姐喜歡嫁給我，關你屁事！你再哭父哭母的話，我用這個對付你……」

他突地把在肩膀上的獵槍提到手上，緊握住槍桿，瞄準著阿固，似乎就要扳動槍機了。

他這一招還真管用，阿固全身哆嗦了一下，氣得說不出來，僵在那兒有如鬥雞場上聳起項毛的公雞。我強懾心神，說了一句：「我們回去吧！」

阿固的嘴唇翕張著，欲言又止，掙了半晌才迸出聲音來：「等我大了，我要報仇！」

這個年代

打從蕊姐與丁遼叔訂婚開始，她便沒來我家走動了。

有一回，芋炳姆來我家，我偶然聽見她跟母親說：「真想不到，我會這樣地拖累了阿蕊。我們這種賤命的人，比那些有九命的野貓的命更賤呢！」

「呃，你們已經這樣決定了。」母親世故地說：「好壞是阿蕊命中生成的。」

不到一個半月，蕊姐嫁過去了——成為了丁遼叔的妻子。母親囑咐我以後改口叫她「丁嬸」，但我始終辦不到。蕊姐承攬了已故的丁遼嬸的家務之後，她幾乎不曾走出大門來跟咱們打交道，是太忙呢？還是她有意撇開咱們了？我不得而知。總之，她完全是個大人嘍！

我升上中學的第一年，舉家由山芭搬移到另一個小鎮去，故鄉的一切遂與我隔離遠了。

可是，多年以來，蕊姐那為勢所迫，逆來順受的不幸遭遇，一直在我心靈上籠罩著陰霾，不，說得確切一點，那是山鷹巨翼下的暗影。

噢，山鷹，誰才是一頭真正恐怖可惡的山鷹呢？我明白了。

他所作所為，絕頂自私，強人所難，奸詐施暴，欺凌弱小……這種行徑哪裡配稱「英雄」！於是對於那個傢伙，我有著噁心的感覺；而蕊姐父親的軟弱、屈服和認命，還有母親的世故怕事，都應當受到一定的指責吧！

嗐，在目前這個年代裡，擁有一把獵槍已然是極普遍的事。射鷹既是平常不過的事體，山鷹自然不敢像過去那樣猖狂啦。

然而，不能用槍去射的山鷹，仍然多的是，似乎永遠可以在人海的高空盤旋著；牠們的道行，又絕非山鷹可望其項背的……

在巨鷹的翼影下，動手好過先動腳；不是麼？

一九七三年六月二十三日完稿

選自《雙福小說精選》（一九九六年八月）

11 打賭

森嬸吩咐她的兒子——勉實，從甘榜裡提了五大顆黃肉乾包的榴槤，到鎮上來送給我們。十四歲的勉實告辭之後，吃過了榴槤，我又回憶起已辭世八年的森叔來了。

孩提時代，我在荒僻的甘榜裡長大。

當年，我們一家是以鉤檳榔為生的。白天，父親為了鉤檳榔籽已經忙個十足；晚上，滿天裡張著黑色的幔，家人仍然須要趕著切枳肉（檳榔籽的果實）。——擱置在大廳枳檯上那堆枳如小丘的「栳枳肉」務須於當晚用小刀切完，烘熏為枳餅。

當我們趕切枳肉的時候，鄰近的一些熟友總喜歡把我家作為集中「甲磕甲磕」（cakap-cakap談天）的地點。這些「老厝邊」（鄰居）多半是割膠工人，夜晚通常是早睡的，以便養足精神趁明早黎明之前到膠林去工作。不過，這些熟友一來到我家，話題引申之後，非到十一點左右總無法醒覺過來——等到壁鐘響了十一下，他們才瞅了壁上那古老的掛鐘，匆匆地結束話題，各自往門外溜去。

森叔，便是夜談的常客之一。當時他光棍一條，森嬸還在唐山，所以生活逍遙自在，每晚都到這裡盤桓。除了聊天，同時還常幫助我們切枳肉，所以，我們特別地歡迎這位「南洋伯」。

他瘦高個子，嶙峋的兩肩老是光著，活像是幾根菸斗在支撐著；臉色黧黑，一雙爆眼，兩道細眉，高高的鼻子，再配上尖嘴薄唇，分明是一個逞強憨直的人。

七八個人圍坐在枳檯邊，一邊工作一邊談天；大家的話聲、笑浪和切枳肉的咯咯聲，配合得異常清脆響亮，使那由橡林傳來的貓頭鷹「咕咕咕」的叫聲也變得微弱了。

母親把一大鍋熱騰騰的綠豆湯提到大廳裡來，請大家吃點心。

不到三分鐘，森叔便吃完一碗了。父親說大鍋裡有的是，森叔站起來，用舌頭舔了舔薄嘴唇：「唔，吃啊！有做有吃，不吃是迂智。」

幫我們做工的尖耳哥，這當子吊著沙啞嗓子：「啊，森叔吃這麼多，要是比賽，你一定得到第一名啦。」

「嘿嘿，那當然咯！」森叔接口說：「以前我在唐山的時候，做工最快，吃飯也最快，因為一吃就是三大碗，所以結果只能排在中間。……」

一向喜歡跟森叔抬槓的魯曼，突地也加入一張嘴進去：「哦，你說你這麼大吃，你吃得下六碗綠豆湯嗎？」

森叔拍拍肚皮，蠻有把握地說：「嘿嘿，六碗綠豆湯算得了甚麼！要是當我空肚的時刻，吃它七八碗也沒問題咧。」

「你又車大炮嘍！」魯曼橫他一眼。

這當口，他森叔已經把第三碗綠豆湯吞下去了，他抹著嘴巴，踅回枳檯邊，冷冷地哼了一聲：「甚麼車大炮，我從來是『有碗說碗，有碟說碟』的，要是你不信，我們可以來打賭。——我認為：打賭是最實在、最公正的判斷。」他說得口沫橫飛地。

魯曼嘿嘿乾笑：「好啊，要賭甚麼？我不反對。」

坐在最偏角的母親，此刻停下枳刀，巧妙地組織他們：「哦，整大鍋的綠豆湯都吃光了，我不答應再煮一次。大家還是兜腳手（幫忙），早一點把栳枳切完吧。」

森叔正想接腔，父親搶先開口了：「這個我看沒有打賭的必要。森哥大吃是誰都承認的。而且我看過他跟立喜打過賭——他喝完八枝沙示汽水。汽水有氣，他都喝光了，何況是綠豆湯……」父親有意給森叔灌黃湯，為他裝點門面，好讓他滿足某種慾望。

「是麼，馬上有人替我作證了，你還不信嗎？」森叔喜上眉梢，笑露著缺了一半的門牙。

尖耳哥卻彈了他一下：「那件事，我也知道，森哥喝了八瓶汽水，結果嘔吐到連鼻孔都出水，軟在地上好久，後來撐著木棍回家去。」

森叔的臉孔變成醬紅色，吊高嗓子：「這有甚麼好笑，我還是贏了！換作你，說不定連四瓶汽水也喝不完呢。」

魯曼也想起了甚麼，緊接口說：「我聽頭家李說過，你有一天跟他一起去喝喜酒，你說你可喝兩大枝狗舌啤酒，結果你跟朋友鬥酒，只喝了半杯色酒，便醉倒了，更笑話的是你還喊叫著『新娘真美麗，我不要回去』……」

森叔受到取笑，他有些惱怒了：「嘖，你知道甚麼？我真的很會喝酒嘛。那次冇拔都（不公平），頭家李也幫他們的忙來害我——在色酒裡頭，偷放了香菸灰。要不然，我才不會醉倒！」父親忽地乘機勸告森叔：「森哥，我一向就反對你愛打賭。有甚麼意思呢？勉強去幹，盡力地做，死命地吞下去、喝下去，最後算是勝利了，贏得一點小錢，高興嗎？辛苦都頂不住呢。要是有甚麼差錯，連性命都有危險吶。喔，一切都太不划算啦……」

他森叔喜歡打賭，這在甘榜裡盡人皆知的事。他不特要誇口，而且處處要表現他的「超能」，於是經常與朋友爭執起來，進而以打賭做最後決定；而他便罔顧安危，展開渾身解數，竭力以赴。

我親眼見過他爬上老高的一棵椰樹梢去捉小八哥，那是因為魯曼不信那棵椰樹上有八哥做巢，結果他森叔捉了三隻小八哥，但贏得的兩塊錢，祇夠他買一瓶海狗油和八粒「六九三」藥粉塗搽兩腿上劃破的傷痕。前一陣，尖耳哥與森叔打賭燒虎頭蜂的窩；森叔常說他燒蜂最拿手，甚至可以把所有的蜜蜂焚燒到無一隻倖免。

尖耳哥摸著無鬚的下頦：「橋頭路口邊有一棵橡膠樹，樹上有一個比冬瓜還大的蜂窩，要是你能夠把它給燒了，我輸給你五塊錢。要是燒不成，你就輸給我同樣多的錢。你敢賭嗎？」

「好，一言為定！」森叔立時接受了，自以為是囊中物：「今晚我就動手，明天我跟你拿錢。」

夜裡，森叔到我家借了一隻鉤檳榔籽的長竹竿，他在竿端粘上厚厚的一層浸了火水的膠絲，還綁上幾片乾燥的檳榔葉，隨即獨個兒出發了。臨走前，尖耳哥叮嚀道：「你一定要把它燒得一乾二淨，不然，虎頭蜂找不到窩，天亮時到處叮人，我可以一個錢也不給呀。」

第二天早上，我上學時在路邊望見那個教人見到心頭暗暗發毛的虎頭蜂窩，已經化為灰燼——地上有一片灰屑，高高的枝椏間也焦黃一片。森叔做得相當徹底，自然贏得了五塊錢的彩頭。

我把這件事告訴母親。後來，我陡地問道：「媽，森叔是不是很愛錢，所以喜歡打賭？」

母親注視著我，沉吟半晌才回答：「我看森叔並不是貪圖小利，不過，他好像十分好強，希望博得人家的稱讚，所以常常做出一些傻事來。我真擔心他遲早會弄出差錯，說不定連生命也賠上了。」她頓了一下，又說：「阿皎，你整天亂跑，常常會遇見森叔，要是你看見他要跟人家打賭，你千萬不要鼓勵他，替他打氣，這是沒用的，反而會害他。……」

「唔。」我點頭答應。心裡卻忖度道：「打賭，怪有趣嘛。事先，雙方爭得面紅耳赤，繼而講定條件，最後賣命地去爭取勝利；這是多麼緊張和刺激的表演呀。」

放學歸來，在半路上，因為下了一陣雨，我趕忙踩著腳車，到芭列河上的一個棚子裡去避雨。

正巧森叔也在那棚子裡頭，還有三位村民，他們已打開話匣子，侃侃地談著。我同森叔招呼之後，便在長板上坐下來。呃，他們居然在談「吉寧仔砍人頭造橋」的事。

這時，森叔像是煞有介事，談得最起勁；他還舉例說當年建造新山橋（新柔長堤）的時候，便用了好多的人頭，而人頭是僱請印度人到鄉下偷砍來的。過去，我曾聽人略略提過這種「謠言」，心頭陡地冷縮一陣。——我每天要騎腳車到距離五公里的鎮上去上學，途中有幾處是數百碼不見住家的。偶然遇見賣麵包的印度佬，便視為凶神惡煞，打心底泛起一股寒慄；設法遠遠迴避他，甚至躲到附近的住家裡去。

森叔信口謅了好多話，聽的人無不聳然動容。嗜，「說到曹操，曹操就到」，那個黑如火炭的印度佬驀然出現了；他年紀約五旬，身軀又高又瘦，正如瘦黑猴；顴骨高聳，一對粗眉向下倒垂著，倒活像城隍廟前的謝將軍。他頭上正頂住大籃筐跨入棚子裡來，他那大籃筐上頭覆蓋了一塊漆布，竟然可以避雨。

我瞅了瞅他，不由心頭微顫著。

森叔突然踅到他跟前：「嘿，三美，拿個長麵包來吃！」

印度佬擱下大籃筐，伸手摸著短鬚、咧開嘴，露出潔白的牙齒，淺笑一下：「哦，賣完了。」

「我不相信。」森叔一面打量他。

「我騙你做什麼？」他聲如破鑼，刺耳之極。

森叔伸手要去掀開對方那隻大籃筐：「你打開讓我看一看，我才相信你。」

「不行，不行！」他老臉一沉，冷笑道。

跟著，他們爭執起來，印度佬臉容一獰，雙目迸射著閃閃凶光；森叔的臉色也變得像豬肝一般，難看之至，他陡然叫道：「嘿，三美，難道在你的籃筐裡，也藏有人頭嗎？」

森叔未免忒嫌莽撞了。印度佬又著手，氣虎虎地吊高嗓門：「明蚋單（畜牲）！你罵人？你聽誰說我砍過人頭？」相信他平時也聽人傳說過，要不然他怎能立時領會到？

「要是你沒砍過人頭，幹麼不敢把籃筐打開來給大家看看？」森叔冷哼一聲，又擺出那副向人挑戰打賭的神態。

「好，好，你就看吧！」印度佬橫眉豎眼地終於把它打開來：噢，籃筐裡頭空空如也，只有一條約一碼長的白布，和一雙褐色的布膠鞋。我這時才留意到他赤著足。

「哼，郭多（骯髒），鞋子也放進去，以後你的麵包也有臭味道。」森叔挖苦他。

印度佬的火氣更旺了：「郭多是我的事，你管不著！——我不打開就是這個原因。氓虱（Bangsat，壞蛋），你找到人頭了沒有？」他說罷，雙手握住拳頭。

在棚子裡的幾位同伴，似乎覺得森叔做得過份一點，而且很可能雙方動起武來；其中一位叫奇西的青年，走前去拿話打岔：「嘿，三美，別生氣啦！阿森是跟你開玩笑的。……」

印度佬的情緒原是十分激動，捋手捋腳地，但經過幾個人的勸解，他又冒著雨趕路回鎮上去了。

六月，是果類上市的季節。

這年，森叔又幫阿良伯照顧榴槤。阿良伯的榴槤樹約有三十棵，散布在面積約兩依格的咖啡園裡。園主自從種薑與烏龜豆發點小財後，早在前年便舉家搬到鎮上去了，平時這塊園坵常委託森叔找人看管。

放學後，在鎮上遇到阿良伯，他託我帶個口信給森叔。下午四時左右，我到榴槤寮去找森叔。

我走進榴槤寮，嚇，好熱鬧呀！小寮底下麇集了六七個人，談笑風生。我舉目搜尋森叔的影子——他為何不在？

咦！我望見一個人坐在榴槤樹下，頭上頂著厚厚的布帽，肩膀和盤屈的兩腳上披了兩三隻大麻袋，如僧入定，紋風不動。我仔細打量，咦，那不是森叔，還有誰來？

我感到十分奇異。兜搭之下，那位叫大叻的中年人回答我，森叔跟他正在打賭，因為森叔說榴槤有眼睛，在樹下走動的人絕不會被榴槤擊中。他不信這套「怪論」，所以與森叔進行打賭——森叔被指定坐在一棵結得最多的榴槤樹下；以防萬一，森叔可以披蓋著布料，但不許起立或走動，而若被掉落的榴槤擊中身體任何部分都算輸。時間限定兩小時，彩頭是六元。他大叻就在寮下監視著，有如鷹隼的眼睛正不停地橫掃著。

我在一旁看了半點鐘，殊有不耐的感覺，便揚聲道：「森叔，阿良伯吩咐你：明天七點以前，把拾到的榴槤載到鎮上去，因為要運上羅里，銷到外埠去。——知道嗎？」

「唔，我知道了。」森叔扭過頭來答腔。

良久。森叔清了清喉頭，又叫道：「喂，大叻！做年（為何）時間死父（特別）久？兩點鐘還沒有到？我真的不耐煩咯！」

大叻一臉油滑之色。這時用濃濁的嗓調說：「剛才，我也知道榴槤不會那麼巧，落到你身上去。不過，傻傻地坐了兩個鐘頭，一身披麻戴孝的樣子，就夠你挨受咧！」

「是呀！我剛才沒考慮到這些。」

「你怕了是不是？——你別忘記我們已經把話說在前面……」

「誰說我怕輸？」森叔急不迭忙地打斷對方的話：「我從來都不會輸的！」他決絕地。

森叔愛跟人打賭，已是慣常習見的事。我對這種「馬拉松」式的罰坐的打賭法毫無興趣，所以沒有看完就回家。

後來，我打聽到：又是森叔勝利了——他苦苦支持了兩小時，而榴槤果真「有眼」，不曾擊中他身體，讓他贏了六塊錢，增加他另一份新「榮譽」。

然而，這件事所引起的餘波，在幾天後卻騰湧起來了。原因是當森叔與大叻正在打賭之際，大叻帶來的幾個同伴趁森叔「罰坐」時渾水摸魚，溜到榴槤園去撿拾落地的榴槤，順手選七八粒扔到草叢裡去，蹲下來大快朵頤一番。森叔兀自懵然不覺。令人難解的是，這件事居然讓阿良伯知道了。

聽說阿良伯親自到榴槤寮來巡察，我跟父親趕去想向園主買一些黃肉乾包的榴槤。

在寮子裡，阿良伯當著我們的面，指著森叔數說一頓：「……阿森，我真不明白你為什麼這麼喜歡同人打賭？——人活著，固然天天要面對著生活的挑戰；可是，打賭卻是錯誤的挑戰。愛打賭的人，常常還會上人家的當。大叻要跟你打賭，他們的目的還不是在騙吃榴槤！」森叔微愕抬眼地：「噢，他們誆騙我！」阿良伯的神色一正，又道：「我對你說過好多次了，勤幹一點才是最實際的。你應當存點錢，做字把你妻子從唐山接過來，才成一個家。我同你相識十多年，算是老朋友了，你要是存有兩千八百塊錢，我可以把這兩依格（英畝）地賣給你。……」

父親在一旁鼓勵森叔：「兩千八百是很便宜的價錢。阿森，你不妨想想辦法呀。」

森叔搓著雙手，嘴犄兒往下一垂：「唉，我去什麼地方找錢！一日賺一日吃，存有一點錢，都走唐山批（信）用完了。」

這之後，行為跡近逞強的森叔，仍然是那副牛脾氣，任性執拗。

有一天，森叔與幾位同伴在我屋前的芭路上經過。我瞥見他拿著一捆粗繩子；他們邊走邊談。

當下，我好生突兀，旋即展開腳程，跟上去探個究竟。

我朝著隨在後頭的奇西發問：「喂，奇西哥，你們到什麼地方去？」

「哦，快去看！」奇西接口回答：「森叔看了大天球馬戲團的表演，又有新花樣要同我大哥打賭吶。」

我聽了，心裡暗喜不置。母親過去交代的話都盡忘了。

這時候，斜照的陽光已經斂去。

我們來到檳榔園；不一會，便纍集了十多位村民，一時好不熱鬧。奇西的大哥——奇東指著一株高達五丈的檳榔樹，用渾濁的嗓調說：「森哥，你就爬這一棵比較高又比較斜的，敢嗎？」

他目光一霎不霎地打量著森叔。

森叔神色自若，看樣子勢必穩操勝算；他振振有詞地說：「好啊，這棵就是這棵，難道我還怕？你有張良計，我有過牆梯。你們等著瞧！」

跟著，森叔脫了鞋子，先用繩索在腰間綁緊，然後把另一端的繩索置於地面；他呸地朝手掌心吐了口唾沫，不忙不迫地抱住樹幹嗦嗦地爬到樹梢上去。奇東在他測量高度繩索上繫草做記號。他森叔把它全拉上去，並在樹梢把繩子綁於檳榔籽柄基上，同時用小刀割斷多餘的繩索，連同小刀投落下來。

十月是多風的季節，這時高高瘦瘦的檳榔樹幹在半空中搖曳得格外厲害，教人真擔心樹幹會折斷下來！我望了腳底癢癢地，暗暗吸了一口冷氣。

森叔把一切準備妥當之後，便捉緊繩索，身體離開樹身，隨著繩索直掛下來。大家屏氣凝神地仰望著。

最初，森叔倒十分沉著，雙手一放一握緊地靠著繩索，片刻工夫，他已移墜約十尺了。

詎料，到一半高之際，倉卒間，森叔的手腳失去控制，身子在空中打旋了幾下，十分凌厲地猛然墜落下來，差幸他腰間的繩索量得相當準確，使他兩腳先著地，不致於跌了一個餓狗吃屎。但他彷彿嚇跑了魂魄，陷於半昏迷狀態中。

圍觀者竟爾哄然噱笑，拍掌稱快。奇東和奇西兄弟倆笑得最得意，這不僅是因為贏了而高興，而且還見到一齣精彩無比的「飛人墜地」的演出。

我悚然一驚，嚷道：「森叔嘴裡出血！」

大家圍前來，森叔清醒了，他吐了一口血，殺豬般叫道：「哎喲，我的腳，我的腳斷了！……」

森叔被幾個人輪流背回他那楹破亞答屋裡。回到家，他仍不忘記把輸了的十塊錢彩頭交還給奇東。奇東收了錢，低著頭走開，他許是愧疚了吧！

父親知道了這回事，噓了一口氣：「唶，森哥這回烏頭（倒霉）了！『禍福無門，唯人自招』就是這個道理。他喜歡把打賭當作遊戲，炫耀本領，我早知道他總有這樣的一天。還好，只斷了腳，這個教訓，也許可以使他改變過來。」

晚上，我跟父親去探望森叔，他的左腳盤部分已腫得好像一塊磚那麼大。第二天，父親和奇東送他到坡頭去找鐵打醫師。

經過「駁骨聖手」河婆佬的醫治，五個月後他仍然瘸腳，據說左腳短了兩寸。就在此時，通過親友們的資助和辦理手續，森叔的唐山老婆南渡了。

我聽母親同人家閒談時說：「森叔野心不小，他原本有意拋棄這位童養媳，再娶一個。現在成了跛子，大概沒有話說了吧。」

果然，我們的森叔改變了：他沉默寡言，而且絕少出門，整天與妻子埋頭埋腦地幹活，過著勤儉簡樸的生活。第二年，他們有了一個男嬰——勉實出生了；據說這兒子排行第三，前兩位都留在唐山沒帶來。

大家都想：森叔這一生人不會再同人打賭了吧，因為他技至於此，沒甚麼「本錢」啦。

韓戰期間（1950-52），膠價奇佳，森叔夫妻倆替人割了兩份膠，每天凌晨兩點半就出門幹活，生活益形忙碌。

不覺間，已溜逝了五年，只有四十五歲的森叔已像是一個老頭子，咳嗽症也加深了，身體瘦弱一如檳榔樹幹。

一個晴朗的早晨，森叔顏色稍霽地瘸著腳來找我父親。

父親含笑地：「有兩個多月沒見到你了，忙些甚麼？」

森叔眨了一眼，目光呆滯地：「以前太好勝，跌傷後，變成『元宵雨眾人囪』。最近，我好像比較乖了，很少出門。」

父親又一莊神色：「你有了改變，我也替你高興！」

「可哥，你還記得嗎？阿良伯說過他要賣園給我。咳……咳咳……咳……」他劇烈地嗆咳著，頓了一下又說：「我決定買下，請你做個證人好不好？」

父親皺著眉，尋思片刻，突地雙眉一揚，眼睛一亮：「唔，是的，你存夠了兩千八百元？」

「是啊！」森叔用左手搔搔頭皮：「一個錢也沒少。」

「哦，你真行！」父親在他肩膊上拍了一下：「沒想到你這回禾杆掩珍珠，積攢了一筆錢。——嚇，你簡直把買園坵又當作一場打賭呢。」

「唔，可以這麼說。」他把傴僂的背脊挺一挺，正容地說：「不過，這是最後的一次打賭吶。」

在父親的作證之下，阿良伯為了克盡前約，不好違拗，忍痛地（因為園坵的時價又漲了十五巴仙以上）把那塊有榴槤樹的園坵轉讓給森叔，而且第一次稱讚他：「阿森，你既然跟我打起賭來，我算是輸了；不過，這回你踏實的做法，我還是高興的。」

森叔聽了，蒼白而清臞的臉龐浮上了笑意，感到異常快慰似地。

然而，森叔這種自奉甚薄、自勵甚勤和實事求是的新生活，前後只維持八年，他便在生活的雷雨中永遠倒下去了。

我們搬到鎮上之後，森嫂有時也來我家走動。母親同她談起森叔生前的事蹟，她拿眼睨了我與母親一下，歪癟的嘴唇嘟噥著：「要是他不太莽撞，喜歡拿命去打賭，我相信，他可以活到今天的。可是——」

我趕緊岔斷森嫂的話頭：「可是，當年我還是個小孩，不曉得阻止他……」

跟著，我們各自噓了一口氣。

一九七一年二月二十日

選自小說集《靜靜的文律河》（一九八六年一月）

12 無根的花木

近些時來，范崇畜倒也心情平和地當起家庭教師來了。

華校高中畢業之後，他曾到英校去深造了兩年。

從此，他到處找事做，然而，在這人浮於事的社會裡，要謀求一份比較理想的工作談何容易！為了應徵職位，他幾度碰了釘子。幸好他是一位意志堅強、勤勉樂觀的青年，始終沒忘了「社會考驗青年」這句話。

那段賦閒在家的日子，他從不斤斤計較酬勞的多寡，經常跟人家去從事各門辛勞的行業，甚至連泥水匠或跟羅里等活兒，他都試幹過。

在朋友的慫恿之下，他終於到城裡來了。好友說，在城裡找事做的機會比較多，即使在大地方做家庭教師，也比蟄居在村鎮多閱歷一些事物。

通過友人的協助，他找到了兩組「家庭學生」。第一組有五個小孩子，第二組有三個兒童，他們都是小學生。

以范崇畜的資歷，要教導這八個小學生不是困難的事。由於每個月只有九十六元的收入，在通貨膨脹的今天，他連個人的生活費也不易應付，所以他決定再招收幾名「家庭學生」，以增加入息。

他看了看報上的徵聘啟事，隨即行到附近的電話亭搖個電話。接電話的女主人，操用英語跟他談了幾句，邀他在下午七時到他們的住寓與她丈夫會談，再作決定。

到了郊區，已是暮靄重疊，灰茫茫一片，而路燈開始在夜霧初升的淡煙中閃亮。搭車抵達這境地清幽的住宅區，他按址上門來了。

坐在半獨立式洋房的客廳，范崇裔見到了男主人，他自我介紹他是個商人，叫黃旺文。他額高眼亮，是一付高大粗漢的模樣，大鼻子，闊嘴巴，有一細長的脖子，眼神采灼灼的。

不一會，黃旺文突地改用華文與范崇裔交談，他的華語說得很彆扭。他說，他從小受英文教育，一年前才學會講幾句普通的華語，請對方不要見笑。

「范先生，我要先謝謝，你答應來教我的孩子。」黃旺文和氣地。

范崇裔微微一笑：「唔，黃先生，你客氣啦！」

喝了「利賓納」，黃旺文側著細長的脖子：

「我有兩個孩子讀書了，都念英校，大的女兒讀四年級，比較小的念二年級，他們的成績還不錯。」

范崇裔環目一顧：「他們都不在家裡？」

「哦，他媽媽駕車，載他們去姨媽家裡。」黃旺文略作一頓，又接下腔：「——我想請問你，你能夠教哪些語文？」

「除了英文和華文之外，我還可以教馬來文。」

「呃，范先生是三種語文都厲害呀。」

「不敢當。」范崇裔眉梢兒一剔：「我是受華文教育出身的，一向在學校裡頭，就注重三種語文的發展——除了母語母文之外，兼顧本國和國際所重用的語文。」

「我那兩個兒女在學校讀書，必須要學兩種語文，最近又選讀華文一科，每星期教三節課，安排在課外時間上課。我真擔心他們沒辦法學好三種語文。」黃旺文徐緩地說著。

范崇裔不明底細，茫茫地：「噢，他們也有選讀華文。」

「范先生，你覺得學華文有什麼好處？」

范崇裔心頭一動；他這廂略一思忖，回道：

「哦，讀華文的好處可多呢！德國的漢學家傅吾康教授就說過：『中國的學術和文化，不止對馬來西亞、新加坡有用，而且對全世界都有用處。中華民族五千多年的文化，是世界文化財產中非常寶貴的一部分。』最近幾年來，英、美、日本和歐洲各地，已經掀起一股學習中文熱，成為一時的風尚——他們喜歡學習和研究中文，而在好多大學裡頭，漢學是挺吃香的。在我們這個多元民族的社會裡，大家應當學會各種語文，才能夠適應社會的實際要求。有許多外國人，通曉幾種語文也是十分普遍的事。」

「我沒有念過華文。」黃旺文面上微有難色：「華人不懂華文是不好意思的，所以我希望孩子們能夠學習華文。」

范崇裔順勢又向對方發言：「黃先生，你鼓勵孩子接受一些母語教育，這種做法是正確的。華文越來越是國際所需要的語文，有將近十億人，也就是全世界三分之一的人口，直接或間接受它的影響。況且，華文是我們的母文。——語文是人類交往的一種有效的工具；在這麼一個多元的社會裡頭，學習當地的各種語文，必然可以更進一步地促進各族同胞的諒解。再說，多學一種語文，就等於多開了一條生活的道路；目前，有不少馬來和印度籍的兒童，被父母送入華校受教育，就是這個緣故。」

他說著，不由心中一陣激盪。而黃旺文的目中閃過一絲異色：

「你的意思是，語言是一種工具，工具越多越好，做起事情來更加方便，是不是？」

「唔。」范崇裔點了點頭：「我想再補充一點有關我們學習華文的原因。我認為華人讀華文是天經地義的事，而華文也是聯合國五大通用語之一。身為華人的我們，更應該學習華文。那位德國漢學家傅吾康還說過：『華人不懂華文，就好像沒有根的花木；沒有根的花木，它的生命一定不會存在。』……任何民族都有他本身的文化，愛護自己的文化，這是良知良能。母語教育也是最有效、最直接的教育，這是根據學理上的說法。再說嘛，學習華文也是社會的需要，因為華文是本邦四十巴仙人口的語文，凡是文化、經濟和政治活動，華文都是不能缺少的工具。為了使我們華裔公民不致於淪為沒有文化的民族，我們應該奮起接受華文教育，使民族文化發揚光大，跟本國其他多姿多彩的文化並駕齊驅，共同建立馬來西亞文化。……」他侃侃而談，頗有一種演講時激昂的神情。

黃旺文乾咳一下，微微一笑：「范先生真會說話，你把學華文的優點和益處都說出來了。」

「呃，我說得太嚕嗦了。」范崇裔略微一頓，拍拍頸背又接下腔：

「其實，受華文教育的益處還多著呢；在華校，學生可以接受嚴格的德、智、體、群、美五育的訓練。在優良的中華文化薰陶之下，學生培養了良好的做人基礎，人生觀更加充滿了智慧。」

「范先生，照你看來，在英文學校裡選讀華文，有什麼困難嗎？學了會不會有好的成績？」

「照我看是不會有什麼困難的，只是比在華校念華文的學生會稍微困難一點，不過只要認真，有耐心，多花一些時間去學習的話，相信一定會有好的成績的。你放心！」

黃旺文注視著他，平和地說：

「我這兩個孩子，已經請了一位專門教馬來語的教師。我原本的意思是請你教他們英文，剛才聽你講的很有道理，現在決定請你擔任他們的華文老師，這樣一來，就有更充分的時間可以學習華文。希望你會答應下來？」

「唔。」范崇裔立即答腔：「我可以試試看。」

這麼一說定，從第三天開始，他就多收了兩位「家庭學生」。

坐在回程的巴士裡，他凝望車窗外；窗外的世界是四處閃爍的燈火，那些珠寶般燦亮的燈光，使他聯想到「光明」那件事。

他止不住心頭的喜悅，忖思著：「哦，我那一席話，似乎是開導了黃旺文，使他決定讓自己的下一代成為有根的花木——請我教兩位小朋友學習母語，這不是挺有意義嗎？我要盡我的力量，把華族優秀的文化遺產傳授給小朋友們……」

范崇裔的教學是認真的，他深知做一位家庭教師必須具有忍耐與溫和的態度，循循善誘，替小朋友講解，幫助他們理解在校內不大明白的功課，進而使他們瞭解整個課程。他感到失望的是，好多家長把他們兒女的教育完全委諸於學校教師或家庭教師身上，本身卻漠視兒女的課業進展。

差幸黃旺文夫婦並不是這樣的家長；他察覺到這一對夫婦很關注兒女的學業，尤其是黃太太，她那一副沉靜淡漠的臉孔，每每顯現她絕不放鬆兒女功課的跡象。這加重了范崇裔精神上的負擔，他似有不快的感覺，因為黃太太彷彿在監視他教學，而那冷眼裡似乎射出自己高人一等的神色。

他覺得黃麗春和黃邦春這兩姐弟相當聰明，理解力強，唯有正確發音是他們學習華文時比較顯著的困難；而他儘量設法教他們操標準華語，力求抒發自然，發音精確，娓娓動聽。兩位小朋友都能本著一股熱誠的學習精神，而且開始對華語發生了興趣，所以進步得相當迅速。

姐弟倆在英校測驗華文時，都得八九十分的高分數。范崇裔感到一陣子喜悅，平日所受的苦惱都化為烏有了。他稱讚兩位小朋友，大家都異常開心。

晚上九時廿三分，范崇裔回到寓所，同房的呂振彬告訴他：

「老范，你的機會又來了，在斯多利路，有一個特殊的人家，他要請家庭教師，給他的兒女補習華文，因為你的學生都分布在那一帶，去上課很順路，所以讓給你。」

「呃，謝謝你。」范崇裔又補上一句：「他的家庭，有什麼特殊的地方？」

跟著，呂振彬說，那一家夫婦倆都是混籍人，男主人勞倫・史迪芬，是警察總部的高級職員，他有一個混種籍的父親和一個英國籍的母親。

勞倫・史迪芬與太太受英文教育，對於華文一竅不通，然而，他們都仰慕具有五千年歷史的中華文化，把兒女送進華校求學。由於他夫婦倆無法協助孩子解決功課上的疑難，所以要聘請補習老師，指導和幫助孩子溫習功課。

范崇裔聽了臉上綻出笑容：

「哦，在這麼一個完全沒有半點兒華文知識的家庭裡，父母親卻把子女送進華校，難怪你說它是一個特殊的家庭。」

「老范，明天下午我陪你去同他們當面談談。」

「唔，又得麻煩你嘍。」

范崇裔與勞倫・史迪芬第一次見面，兩人便談得十分歡洽。勞倫・史迪芬很健談，他說道：

「在我看來，中國語文在世界舞臺上的地位，一定會不斷提高。由於政治跟其他的原因，中文必然成為世界上一種最重要的語文。語文或者文化，原本是一種自然發展而形成的事物。它的本身，原本不帶有任何政治和種族主義的色彩。某種語文的年代愈久遠，使用的人愈多，它就愈豐富、愈有用。」

他頓了一下，又說下去：「英語和華語都是國際間最通用的語文，我們在公共或私人場合使用英文或華文，絕不等於我們是效忠英國或中國；同樣的，英國人會使用本邦的國語，未必是效忠我國一樣。——我送孩子到華校去，純粹是為了實際的需要，去研究和學習中華文化的優點。」

「哦，你有這種遠見，真教我敬佩！」范崇裔由衷地讚許。

之後，他每星期有三天到勞倫・史迪芬家裡，給兩位小朋友——小史迪芬和克莉絲汀・史迪芬補習功課。女主人還特地請了一位受過華文教育的女傭人，讓孩子們有機會用華語跟她交談，增加他們談話的練習機會。

漸漸地，范崇裔對這份教學工作愈來愈有興趣了。

星期五晚上，他從書房出來，正要跟主人道別之際，黃旺文卻留住他，聲稱有話跟他商量。而這當子，黃太太牽了麗春與邦春的手，驅車外出了。

黃旺文伸著細長的脖子，和氣地說：

「你來教導之後，麗春和她弟弟的華文，一天比一天進步了，可惜的是，他們的其他科目卻受到影響。」

「你是說，他們的別種功課都退步了？」范崇裔心頭一震。「——他們都很用功，勤力學習華文的精神，值得鼓勵和嘉獎。」

黃旺文又微微一笑：「唔，也許你把華文教得太有趣味了，他姐弟兩人，很喜歡收聽電臺華語的兒童節目，和收看華語的電視節目，天天學習標準的發音，難免忽略了英語和國語等科目。他媽媽查過作業簿和測驗簿，發覺他們的成績退步不少。」

「黃先生，你覺得我有什麼辦法幫助他們？」范崇裔仍帶著笑意，但卻改用英語交談了。他暗忖：「也許對方要我幫忙教一些英文課程，這一點，我當然會一口答應下來。」

可是，黃旺文的回腔是這樣的：

「我太太跟我商量的結果，決定請你改教英文；華文科的補習就到今晚結束。」他也操用英語了。

范崇裔不由一怔，但他鎮懾自己：「你們的決定太突然了，我要考慮考慮一下。」

黃旺文摸一摸他的大鼻子：「唔，你要考慮也好。——這大半是我太太跟她妹妹的意思，她們認為華文不是必修科，而幼小的兒童，精力有限，同時學習三種語文難免會分心，好比手上提著三桶水，爬上樓梯那樣的不容易，還是手上提著兩桶水，照顧時比較方便。為了提高英文和國語的水準，為了實際的需要，我們決定取消華文的補習。你的英文程度也很高，就改教英文吧，請別見怪！」

他斜著眼珠子，對范崇裔呆望了一會。范崇裔用手指按了按嘴唇，作了個慎重的手勢：

「關於這件事，我還是改天用電話答覆你吧。」

「這樣也好。」黃旺文又說：「呃，目前百貨高漲，錢越來越小，以後，我每個月給你加薪十元。希望你給我答覆！」

范崇裔走了出來，連腳步也顯得那麼遲滯而沉重了。

夜空望不到月亮，只有稀疏的星光，閃眨著朦朧的光芒。他透了一口氣。

為了去留的問題，他相當矛盾，自忖著：「那兩個小朋友喜歡學習母語，跟我學慣了母文，現在卻中途被迫放棄了。要我改用英語給他們補習的話，好像違背了自己，當初，若是姓黃的一開始就請我教其他語文，而我沒說過那一席話，我就不會有這種感覺啦。——我應該有讀書人的氣節。姓黃的夫婦飽受西方社會功利思想的薰陶，不是堅持原則的人，有些意義就不復存在了。勞倫•史迪芬一家人就比他們有見識。教我不放心的倒是麗春和邦春，但願他們不會成為無根的花木！」

這位個性耿直，溫柔中帶著剛強固執，好說時什麼都可以，鬧起彆扭時誰也奈何他不得的青年，終於在電話中回拒了黃家的續聘，他一點理由都不說出來。

他的做法，使黃旺文一家人大感意外。

星期二，范崇裔又通過廣告欄應徵了一份家庭教師的工作。

在電話中談妥後，他放下電筒，心忖道：「呵，太巧了，新的這一組家庭學生，就住在黃旺文左邊第三家。」

只上三次課，范崇裔的行蹤就讓黃麗春發現了。麗春跑到馬路邊來同他打招呼，他溫和地同她談了一陣，但卻婉拒了她邀他進屋喝杯茶的好意。

當晚，麗春把這件事告訴她母親。黃太太感到疑惑費解。第二天，黃太太特地到鄰家探詢，歸來時，她更難以明白：

「姓范的在那邊教的也是英語課程，每月學費比我丈夫要給他的還少十元，為什麼他不肯留在我們這裡呢？」

——像黃太太這麼簡單的人，她當然不會明白范崇裔的執著與想法。即使是黃旺文，也未必理解到這一點，因為那一席話，只有說者才記得，而且深受它的影響。

至於聽者呢，他縱然是信服的話，也未必肯放棄一些什麼而仿效的。

一九七三年七月二十七日

選自小說集《無根的花木》（一九九五年十二月）

13 讀報的良宵

遊子夜歸

一路上，他不停地左思右想，思潮起伏。

此刻，下了飛機，從機場走出來，他仍然心語道：「要回一次家可不容易呀！」這位已經廿五歲的青年，叫徐若旺，漂泊在外，已將近三年。雖則早已習慣了木山的孤單生活，然而與親友天各一方似的，加上沒有華文報刊可以閱讀，一到了那兒，從此消息渺茫，確實是「山遠水遠人遠，音信難託」。

過去，親友都稱讚徐若旺是個堅強者，必然可以在任何環境裡刻苦耐勞。置身在叢林密集的原始林邊緣，他感覺自個兒已到了遼遠的天涯，一寸離腸千萬結；他寤寐不忘的，是自己的故鄉、親人和友好！

久客他鄉，鄉愁如千絲萬縷，無法剪斷。由於愁情滿腔，所以他常難以入寐。

在朋友中，他最感激古雅靜，因為古雅靜除了每半個月給他寫一封信之外，還附寄一些國內的要聞剪報讓他閱讀，讓他解解鄉愁。——事實上，那一兩篇剪報也提供不了什麼近訊；今日的局勢，改變多，那些珍貴的剪報，由木材業集團轉交到木山給他的時候，每每已是一個月後的事了。因此，他對於家鄉的國事，頂多也只知一鱗半爪罷了。

如今，徐若旺有機會回國省親，自然樂不可支啦！

從國際機場乘德士到了市中心，為了趕路，他匆匆地到小販中心吃了一盤鴨飯；這時刻，高樓上的霓虹電管廣告，正射出赤光和綠焰，競相閃發光彩了。

他跟賣晚報的報販買了一份才面市的《聯合晚報》。第一次接觸到這麼一份由兩大報合併後改成的晚報，他有特別新奇的感覺。

獅城又增添了不少的風貌，顯得更巍峨壯麗。

提著沉重的行李，他在福祿壽大廈附近向路人借問，才知道德士車站已遷移到不遠處的一個新地點；新柔快車和一七〇號的巴士車站依然設在老地方。

奎因街一帶原是他熟悉的地方；福祿壽大廈已經營業。他暗忖：「新加坡的一切進展都是迅速的，擴展面積，推陳出新，處處顯得朝氣蓬勃！」

這裡也有他的幾位朋友，可是心想：「已經是夜晚時分，要聯絡朋友也不容易；我還是趕回西馬吧。帶了這麼重的行李袋，我乘搭德士過長堤比較方便……」於是，他提著行李，向街邊果販買了一些水果之後，便轉向德士車站走去。

德士開行了，車廂的冷氣設備使他清爽起來。縱然車窗外的夜景迷人，可是由於感到疲倦，所以閉目養神一陣子。

心神不定，他無法學人家入眠幾分鐘，忽又忖著；從木山步行出來，搭船、坐車、搭飛機、又轉機，前後已八天了，到現在，我還在途中，老家在柔南一新村，今晚我只好在丁城過夜——只要花多一些包車費用，我原本可以趕回老家的，不過，好友古雅靜住在丁城，今晚約他會面，可以徹夜長談，何嘗不是人生一大樂事！再說，「近鄉情更怯」，我將與雅靜先談故鄉事。

他不曾跟任何親友提到歸期，只約略在信裡提過，若是申請到假期，他很可能在四月間歸來一趟。因此，沒有親友來等待他、迎接他。

今天——一九八五年四月十二日晚間，他返抵國土，滿懷喜悅。

距離關卡不遠，有一間同鄉會館，以前通過黃姓的友人介紹，曾在樓上的一間客房住過兩晚。

這當子，他想：我先去找會館座辦，在那兒休息一會，順便撥個電話聯絡古雅靜，約他來載我。最近，他在信裡說過，他換了新地址——與友人合租郊區的一間排屋。我不想又包德士去找他，再說，不曾事先約好，也很可能他外出呢！

同鄉會館的老座辦已換人，不過新的座辦為人和氣；徐若旺一提到黃統今的名字，新座辦立即說他與黃統今常有來往，然後又道：

「你來得不巧，統今有事到吉隆坡去，後天才回來。你可以住在這裡，客房經過裝修後，住一晚要收十二塊錢。租金等統今回來之後，我才請他在介紹人的空格上補簽名。」

徐若旺尋思一會才道：「請讓我借用電話一下——打給本埠的一位朋友，如果他不在家，我今晚就申請在這裡的客房住下來，謝謝你！」

「不客氣。」座辦露齒一笑：「電話機沒上鎖，請用吧！」

徐若旺撥電給古雅靜，接電者的回話並不是古雅靜的聲音：

「哦，雅靜不在家；你有什麼話要轉告他？」

「謝謝，晚一點我再撥電話給他。」

「咯——」對方把電話掛斷了。

接著，他轉對著座辦：「我有一位姓古的好朋友，也有事出門了；今夜我就住在這裡。請你拿表格給我填寫！」

提著沉重的行李跨進客房，他的心情也是沉甸甸的，與友好喜相逢的想像情景，竟然也幾乎變成幻夢了，他怎能不心情煩悶！縱有滿肚子的話語，待與何人說？

報復式地追報

洗了澡，疲憊頓時消失了，頭腦清醒得多了。

這時刻，徐若旺暗忖：「我何必意興闌珊？流落異鄉，我不是早已諳盡孤眠滋味！聯絡不到友人，我一樣可以到處溜達。過去，鄉關千里危腸斷；如今，天涯倦客已返國土，為何要心煩意亂？……」

他邀座辦到樓下吃點心，座辦稱謝婉拒。

他獨個兒溜達；經過一個報攤，居然還買得到當天的六種報紙。以往，鄉思不堪愁，連一份華文報也無緣讀到；如今，他準備報復似地讀個飽，便毫不猶豫地買下多種報刊。他感到讀報是一種幸福，同時，它使他擴大視野，增廣見聞。

報販和顏悅色地幫他買下的各種報刊盛在一個塑膠袋，他提著它漫步，暗忖：「我找到了最豐盛的精神糧食，將好好地享受一番！」

街道上，車輛多，行人也不少；他突地想到治安問題，便加速腳步到一家餐館吃炒粿條和喝豆漿水。

九時四十分，他回到同鄉會館；再向座辦借電話機。古雅靜仍然未回家，他心裡悶悶不樂。躺在床上，他開始閱讀新馬的日報與晚報。嘩，單單今天（四月十二日）的報紙，就登了這麼多轟動的新聞，令他目不暇給，心驚膽跳。險惡的世風，使他深深感到，今天的世道人心，沒有以往淳樸了。

攤開報紙，他驚愕地忖著：哇！古雅靜在信裡談過的馬華黨爭問題，非但不能和平解決，甚而在升級、惡鬥過呢！

看完一些報道以後，徐若旺心忖：馬華黨爭和解告吹了！他們兩派只談私利，僅為自己的地位與權力而鬥個你死我活，還能為誰服務呢？

毒品，危險毒品！又是以往的老話題。徐若旺默念著標題「國會通過危險毒品法案隨時可扣毒販，法令暫行五年」。

他略略看了三分鐘，才瞭解馬來西亞國會於十一日晚通過一九八四年危險毒品特別防範措施法案」。除非獲得國會上下議院議決延長，否則，這項法令將只實行五年。這項法令由副內政部長拉茲雪阿末提出二讀，他說，雖然政府已擁有內部安全法令和緊急法令，不過前者只限於對付顛覆分子，而後者則只授權逮捕和扣留一名人士兩年，兩年後必須釋放。他指出：政府迄今共扣留了四百六十二名毒販，不過，政府要對付的是在背後撐腰的首腦，而不僅是這些受僱的毒販。……徐若旺暗忖：新的措施，將有助於杜絕販毒活動。

視線一移，徐若旺在要聞版讀到「馬尼拉十一日馬新電」一則新聞，馬來西亞外長東姑李道汀說，河內提出的解決柬埔寨問題五點建議，似乎是一項一個派系併吞其餘派系的計劃。

東姑李道汀抵達菲律賓進行兩天訪問對記者說：「我覺得越南外長阮基石所提出的建議，僅是一種一方被另一方併吞的計劃。我想，民主柬埔寨聯合政府勢難接受。」李道汀抵步時受到菲律賓外長卡斯特洛迎接；李道汀解釋說，柬埔寨衝突長期陷於僵局。他個人於是建議，民主柬埔寨聯合政府與河內支持的金邊森寧政權舉行一個「接近的會議」。……

徐若旺忖道：「好幾年了，柬埔寨人民一直生活在水深火熱中，如狼似虎的野心者處處皆是，暴戾殘忍，肆意搜刮，有時是生不如死哩！」

國與國之間的貿易是重要的。徐若旺興奮地讀到這一則專訊：馬來西亞貿易暨工業部截至四月十一日為止，至少已批准二百三十名中國貨商家前往廣州參加一九八五年的春季交易會。這些被批准赴華參加廣州春季交易會的商家包括各民族，不過卻以華商占多數。來自貿工部的消息說，為了鼓勵更多本國商家參與馬、中直接貿易，貿易部今年將採取開放政策，只要符合當局的規定，有關申請將會批准。今後，當局也會繼續採取開放政策，鼓勵更多本國商家前往中國參加交易會。可是，一些通過第三國家進口中國貨的商家，今後卻不受鼓勵採取這種傳統經商方式；政府也鼓勵這些商家直接向中國訂貨。……

徐若旺的手一翻，眼前出現「社論」一欄；早在中學時代，華文老師便鼓勵同學多看社論的文章。而他也培養了閱讀社論的好習慣。

此刻，目光所觸的社評題目是〈胡耀邦亞太之行〉；他細心看下去，才知道中國共黨總書記胡耀邦，明日（四月十三日）開始對亞太五國進行為期兩週的訪問，對促進本地區國家的經濟合作與發展，以及加強中國與本區第三世界國家友好聯繫，都具有重大意義。……近年來，中國改變了多年在經濟上閉關自守的態度，而採取經濟開放的政策，先後開放多個沿海城市和經濟區。此經濟體制改革對吸引外資和工藝，產生頗積極的效果。

長年漂泊異鄉，閱讀不到自己所熟悉的華文報章，這時重讀報紙，有格外親切的感覺；不過對現時的國際大事，他幾乎是隔膜了，顯得自己落伍與無知。他把這篇社評讀了兩遍，才不住地點頭，心想：是呀！中國最近決定參加萬隆會議慶典，以及胡耀邦展開亞洲之行，顯示中國的推行同美蘇保持等距外交政策的現階段，有意尋求與第三世界建立起更密切的關係，從而促進本區的繁榮與進步。從這個角度看來，中國所展開的睦鄰外交，意義自非尋常。……

在「世界新聞」版裡，徐若旺又讀了「東京十一日美聯社電」的短聞，知悉日本國防部發言人說：「中國軍事專家與日本防衛廳長加藤神在四月十一日的會議上同意：中國與日本兩國增加防務交流，有助於穩定亞洲的和平。中國人民解放軍前副總參謀長伍修權是應日中友好協會之邀，到日本訪問十二天……」

他的視線往下移，在另一則新聞裡，獲悉五個來自法國、加拿大和摩納哥的財團，已開始在毗鄰香港的華南特別經濟區──深圳，建造一座高八十八層、五邊形的摩天樓，總造費是四億五千萬美元。這座新建築物將比香港最高的高出二十六層；它將在第八十八層建有一個旋轉餐館，樓頂將有直升機場。

──咦！有這麼一回事？標題是這樣的：「印尼大學生爭睹英首相手采／撒切爾夫人被推碰／保持微笑略顯緊張」。

徐若旺讀了內容，原來英國首相撒切爾夫人於四月十一日訪問印尼萬隆時，被一間大學的印尼學生成群結隊地圍著歡呼和推擠；這是她到亞細安六國訪問所遭遇到最無秩序的場面。印尼憲兵和英國保鏢須將數百名湧向前的學生擠開，由她的保鏢拱衛著她走上一輛巴士；連印尼官員也說：那批大學生太過熱情了！……

跟著，有一則由「北京十一日路透電」發出的新聞披露：中共領袖胡耀邦於四月十日說，華盛頓已保證美國戰艦首次（一九四九年以來）泊訪中國海港時，將不攜帶核武器。胡氏說，這是中國與美國所達致的一項協議。華盛頓領導人拒絕說明在任何區域的哪些戰艦是有攜帶核武器……

在「國際新聞」第七版的左上角，他徐若旺讀到標題：「傳蘇聯空防能力改善／可能抵禦敵方飛彈攻擊」。

由「倫敦十一日合眾電」報道：一位蘇聯高級司令說，他的配備精良的防空部隊，可以「粉碎一切現代空襲體系」，包括巡航導彈在內。蘇聯空防部隊總司令戈爾杜諾夫說，他們的空防部隊現有超音速、配備飛彈的戰鬥機，它們都可以擊毀（敵方的）巡航導彈和配備導彈的敵機……

徐若旺又略略掃了幾眼，那則短聞報道：日本發生七級地震，幸未造成人命傷亡，震源在東京西南四百公里海底……

新聞圈起的漣漪

噢！中國的野鳥也正面臨絕種威脅。根據「北京電」報道：中國人濫殺野生鳥類，並偷運出境，以致境內的一千一百八十六種野鳥，面臨絕種的威脅。可嘆自由生活在神州大地江河山岳裡的各種鳥類，從此沒有安寧的日子。為了挽救這些可愛鳥類的命運，中國新近首次出版的《環境》雜誌，呼籲政府制定嚴厲法律，發出更多禁令和嚴禁出口，力求保護牠們……

徐若旺讀後，暗忖：「鳥呀，我那木山的同事愛殺生，我也吃了不少的鳥肉。聯想起來，心裡也不自在！」

呵，真的是禍從天降！據「新德里合眾電」報道：週二（四月九日）一架印度空用戰機，撞落在印度北部一村莊，至少導致十四人死亡，和傷及六名陸地上的村民。獨自駕駛戰機的機師，被彈出免遭劫數。發生意外前，往下直衝的戰機不能緊急著陸，也無法在千鈞一發之際避免撞向村莊。……

今日的醫學，著實昌明！徐若旺心裡暗自讚許。他目光觸及這麼一個標題：「挪威醫生經過十小時手術成功移植人造心臟，為美國以外第一宗。」

新聞內容是披露四十五歲的挪威籍心臟科醫生森布，他率領十二位醫生替一名五十二歲的瑞典人移植一副美製人造心臟。這位病人是世界上接受移植人造心臟的第四位。這種人造心臟在美國猶他州鹹湖城研製而成。該病人的原有心臟因為一連串心臟病而變得衰弱，經檢驗結果，他不適於接受心臟移植，因此醫生決定移植人造心臟……

在另一份報紙的「國際新聞」版，徐若旺讀到一則與醫學有關的短聞：在紐約，一位前研究工程師安德魯・西爾豐說，他已經研製出一種可以使沒有生育能力的男子，不必動手術就可以恢復生育能力的器具。

徐若旺暫時擱下手上的報紙，突地聯想到：「我有位在木山工作的同事，他是達雅人；他就是因為結婚多年不能生育而苦惱，常埋怨命不如人，不時到森林狩獵，吃了許多野味意圖補腎壯陽，結果呢，他太太仍然懷不出孕來。」——如果我有辦法從美國買一個器具送給朋友使用，今後能夠傳宗接代，那才是功德無量！

拿起另一份報紙，在第一版上，根據「華盛頓十一日法新電」報道：國務院發言人德譯利基思暗示：美國將考慮在非共柬埔寨游擊隊需要的時候，給他們提供軍事援助。——這項聲明，是在兩位柬埔寨非共游擊隊領袖宋山和施漢諾親王之子拉納立恩，於四月十日拜訪美國國務卿舒爾茨和亞洲事務助理國務卿沃爾福維茲後發出的。……越南軍日報於四月十日警告美國：援助抗越游擊隊將使美國再次捲入東南亞……

連翻三張報紙，徐若旺在「綜合」版讀到一篇專欄文章〈忘了越南難民〉，作者游枝。他細心讀完它，瞭解到世界各國政治的集中點，已經由越南繞過阿富汗，轉移到東非洲去了。以往，難民成為國際政治舞臺的相爭本錢，流落在泰國和香港的五十萬越南難民，已失去了政治效用，難怪要被世界冷落哩！

徐若旺忘不了：在十年前，越南和柬埔寨的大難民潮，是在越共統一了「祖國」之後發生的。雖則越南統一了，然而所謂的民主共產統治，使民眾覺得無法忍受，才造成過百萬的柬、越難民，不要命地投奔到自由世界來。——他心語道：「傷心柬越，生民塗炭，難免令『報』人一聲長嘆！」

約友夜敘不成

徐若旺翻身下床，把已看過的報紙放在床下，還未讀的日報擱在枕頭邊。之後，他閉目休息一會。

接著，他從袋裡拿出兩個蘋果走出房門，舉目找不到座辦，已是十一時零四分了，座辦睡了吧？他想。

踅到洗手間洗淨一個蘋果，回到房裡，吃完蘋果後，又暗忖：「夜深了，不好意思叫座辦起來，電話機上了鎖，等明天才聯絡古雅靜吧。兩年多沒讀到中文報刊，今晚我要『惡補』——把四月十二日的早、晚報全讀一遍，這也是人生一樂呀！」

於是，徐若旺又躺在床上閱讀報紙了。

噢，新身分證有了改變！據「吉隆坡十一日訊」，新式的身分證所包含的資料，將會跟報生紙一樣，其中的細節會填寫得比過去的完整。這種新身分證的尺寸可能比報生紙小，同時，其中說明如種族和血型也將記錄在內……根據國家註冊局披露：當局目前也正設法在製作身分證時實行電腦化，這樣不但節省時間和人力，同時也可將一切所需資料儲藏在電腦內。……

徐若旺自忖：「這種做法，是一項新猷。」

仄，賭博！本地人總跟賭脫離不了關係，多少人由於賭光輸淨而苦不堪言！如今，報上也出現了兩個這樣的標題：「非法字票怎樣對彩／地下廠商初步協定／每週四依萬能／週六日看馬會」。

「擔心萬能整蠱／北馬一帶部分字票廠本週六及禮拜日／暫時停止收注」。

細讀之下，徐若旺才曉得「萬能」已經宣布，該公司已被批准可自行搖珠開彩萬字號碼，並逐步在收注方面推行電腦化。換句話說，「萬能」此舉已切斷長期以來仰賴馬會開彩的關係而獨樹一幟。「萬能」自一九六九年經營以來的上述轉變，也在週六週日之外，增加星期四的發財機會。這項重大的改變，無形中也引起地下廠的困擾，聚商應對策略……

徐若旺自忖：「以前未離國之前，我在賭萬字票方面，也輸了不少的錢。後來到了一個禁止賭博的地方工作，總算與賭斷絕了關係。今後，我也盡可能不買萬字票吶……」

他思忖著，手一翻動，「吉隆坡新聞②」的頭條新聞吸引了他：「回教黨成立以來兩項新發展，兩華裔回教徒角逐要職，擬改黨章歡迎非回教徒。」

據這篇特訊披露：回教黨全國代表大會將於四月十三日早上，在吉隆坡語文出版局開幕，黨主席為大會致開幕詞，回青團的會議將移至中華大會堂舉行，黨中央宗教團和婦女組的會議則在語文出版局召開。回青團將在大會上提出一項提案，促請黨中央宗教學者團，研究修改黨章，以讓非回教徒也能參加回教黨成為黨員……

徐若旺自問道：「一切都是人為的；世界上還有什麼東西不會改變呢？」

他的目光繼續在「國內新聞」版搜尋，他默念道：

「教長表示我國學生英文水平逐年下降」
「衛生部密切注意防止愛滋病傳入」
「據悉馬大受到指示為新生施半學年制，學術界表示反對這項改變」
「本地食油市場已被棕油取代」
「沙巴州選舉招式新穎，出動吉普直升機收票」
「避免外債導致國家經濟癱瘓，李霖泰建議採五措施解決收入不平衡問題」
「馬鐵道局將多售車票以應付搭客們的需求，此亦為避免鐵道局生意虧本」
「同行競爭顧客要求高，芙蓉錄影商面臨困境」
「空氣汙濁人潮洶湧，陸路交通局令人生『畏』，除非不得已，公眾多裹足不前」
「政府實施姐妹大學課程安排，學生赴英國求學深造須在本地攻讀兩年」
「黨爭再爆發，被視為不祥物，梁派竟然相信風水搬開總部門前麒麟」
接下來，又有幾篇馬新新聞也緊緊地吸引著徐若旺的視線，他又默念標題：
「控方上訴推翻三年刑期，劫財又姦姐妹花，被告監十三年六鞭」
「剷除嗅吸強力膠運動取得成效，多個年輕嗅吸者主動要求協助戒除」
「拖鞋落河，探身拾回，新十五歲學生慘遭溺斃」
「因未患上愛滋病，新三名同性戀男子已獲准離開醫院」
「擔心腳部被鋸斷，一患糖尿病老婦想不開跳樓自殺」

「新加坡汽油三月暴漲以來，東主紛紛越長堤入新山打油，油站生意增，老闆樂呵呵」

「新積極採防範措施，以防止愛滋病蔓延，籲公眾人士提高警惕」

「日前怡鬧市與警駁火，槍匪是獨行盜，投降前圖以玻璃碎片割頸自刎」

「檳無頭裸屍謀殺案開庭研審，異鄉失蹤遭棄屍山麓，奧女郎沉冤五年未雪」

「新山兩家商行發出支票，被人竊取塗改領現，無端端被騙領兩萬五千餘元」

徐若旺輕嘆一聲，暗忖：「單單今天報章的新聞，就夠我看整晚了。擁有這幾份報紙，哪有孤寂之感！哦，遊子久不歸，不識陌與阡。——我連國內發生已久的一些變革，都一無所知哩！有不少的人事，真的是感心動耳，蕩氣迴腸。人家說：雁引愁心去。我說『報』引煩惱來。『遍人間煩惱填胸臆』，我疲乏之心容納得了嗎？我在外，幾年來，清靜得很，真的是『智者不愁，多為少憂』。如今，像個外人瞭望，『眼看人盡醉，何忍獨為醒！』——我會清醒麼？我始終是個悲天憫人的浪子，今晚約友歡聚不成，故鄉報紙作我伴，不怕夜長人不寐！」

（一九八五年五月二日）

選自小說集《無根的花木》（一九九五年十二月）

14 抓一朵友誼

過了一程又一程，已過了半個多鐘頭；前頭的沈校長仍自使勁地踩著腳車的踏板，向前馳行。我心裡暗叫道：「山芭學校好遠呀！」

白花花的陽光，熱烘烘的旱風；我和沈校長正在騎著鐵馬，襯衫被汗水溢濕了。這當口，腳板少踏了幾下，我漸漸地落在後頭；我又透了一口氣。

本來，當我開始騎上鐵馬之際，我底心就跟著這黃泥路上奔跑的鐵馬一樣震動著、跳躍著。「我開始要當一名教師吶！」我想著，有點兒高興，卻不免帶著幾分緊張。

又過了半句鐘，我與沈校長先後到了一個亞答棚，棚內有兩排板凳。棚子前面有一條寬約七八十呎的河流，沈校長指了指對岸，告訴我：

「舢舨在對面，一下子就會過來。」

我直瞅著退潮的河水出神。我還是第一次坐舢舨渡河呢！兀的，沈校長喚我了：

「呃，黃先生，來！我給你們介紹。」

我扭過頭，噢，棚子裡不知什麼時候多來了一位青年人，個子高瘦，穿淺藍的夏威夷襯衫，灰色的褲筒闊闊的，樸實模樣，但他卻顯露出一副淡漠的神態。

沈校長指著我說：「這是我們的新同事——黃遠哲先生，才考完高級劍橋，正在等成績。」跟著，他指著那青年，又說下去：

「這位是莫士維老師，教過六年啦！」

莫士維那呆板的臉上沒有表情，那稍微凸出的大眼睛橫了我一下；我正想伸出右手，他卻「嗯」的一聲把頭轉向另一邊去。沈校長神態自若地說：

「大家不用客氣。」

我卻有點不快。「他神氣什麼？」我想。

這當兒，一位馬來同胞把舢舨划近岸邊了。我一愕：這麼小的舢舨！

沈校長叫我先把腳踏車拖到船上去；我全神貫注地把它扶到舢舨的另一端去，我的雙腿早已抖動了。跟著，莫先生拖著腳車下船，輕敏自然地。哇，沈校長也要下來了！一條小舢舨，四個人，三輛腳車，我的手指開始抖動了。

我慌張的神情，也許是被莫先生發覺了，他竟好心地說：

「你不慣，把腳車交給我；你可以蹲下來。」

我照做了，有點兒高興地說：「謝謝！」

舢舨被划動了。由於適逢退潮，船身頻頻搖動，我立即蹲下來。我不敢正視滾動的河水，把目光投到岸上，唯有岸頭的綠色，才能消除我這時的慌張。

約莫十分鐘，小舢舨靠岸了，我首先跳上岸去，如釋重負似地。我從莫先生手中拉回自己的鐵馬，我微笑地說：

「莫先生，多謝你！」

他仍沒有作響。剎那間，他獨個兒騎上鐵馬，一馬當先地奔馳而去。我和沈校長被遺落在後頭，他望了我一眼，含笑地說：「他這個人，不拘小節，你不用跟他計較！」

「是嗎？」我漫應道。

我們終於來到學校。學校比我想像中的更小，四個教室，沒有所謂的禮堂。校舍後面是一排五間房子的浮腳型的教員宿舍，中間的那個房子權充辦公室。——我只對宿舍有點兒好感，對於學校周圍的膠林，則有陰森冷漠的感覺。稍後，我望見校舍的籬笆邊，有幾棵鳳凰木，樹身高三四丈，正開著鮮紅的花，密密的花簇，正托在層次分明的綠葉上，火一般地燃燒著。我底心一動，呈現一種莫可名狀的明朗愉快。後來，我又發現宿舍之前的空地上，竟長滿著開著淡紫小花球的含羞草。

沈校長交給我一支鑰匙，指配一間空房給我。

這時刻，來了三個小孩，其中一個較高的微笑地開口：「老師，校長叫我們幫你打掃房間。」

「唔，謝謝你們！」我高興地。

有了這幾位學生的幫忙，不消一小時，我的房間便整理與洗刷乾淨了。小孩離去後，我躺在這張陌生的板床上休息。一切在我都是生疏的，只有我帶來的枕頭、被單和拖鞋，才是我所熟悉的。

我忽然地想到父親昨晚告誡我的話：「……出外做事，應當跟人家合作；對人的態度，必須大方、謙虛、容忍和寬讓……」

我正在沉思與回憶之際，初認識的校工坤哥來敲門，吩咐我可以用晚餐了。

在飯桌上，我問道：「莫先生？他不吃？」

沈校長答腔：「他一向在房裡自己吃飯。」

坤哥也開口說：「莫先生愛孤獨，除了飯由我煮之外，其他的菜由他自理；這是他的主意。」

「唔，是這樣。」我說。

我在家裡，吃飯一向是慢慣了的；今天在這裡也由我「包尾」——校長和坤哥都離開了，只剩下我一個人。

這時刻，莫先生走進飯廳，我禮貌地招呼他：

「莫先生，請吃飯。」

「怎麼？」他暴叫地，金魚眼顯得更大更凸出。他直指著我：「你叫我吃飯？」

「是的。」我覺得自己沒有什麼不對。

「你以為我沒有飯吃，稀罕你來請客是嗎？」他咄咄逼人地咆哮：「我才不稀罕！」

「對不起！」我忍著。

「你是新來的，我可以原諒你。」他比較平和了。「我告訴你：你跟我說話非小心不可，我是頂怕人家講我的！」

他說完，便掉頭走了。我的氣焰也高了起來，我恨得牙癢癢地；世界上最不通人情的人，一定是莫小子了！我想。

第一晚，我失眠了。朦朧中，我和莫先生打起架來，他把硬實的拳頭揮向我的胸部；我在他的金魚眼上對準了一拳。他發起狂性來了，我畢竟因為年紀輕、個子矮，鬥不過他。他把我抓住了，哇，他那瘦長的雙臂竟然有那麼大的膂力，把我舉到他頭上去，正想把我摔到地上。嗒，我一探手，抓住了頭上的鳳凰木枝椏，爬上去了。隨即，莫先生也爬上樹來，我一躍跳下來，卻跌在含羞草叢間，渾身中了小棘刺，臉頰也被劃破了，淌著血……莫先生高興地笑著，叫著。我跳起身，醒了，原來是做了夢！

門上有敲聲，有人叫道：「阿黃，學生都來了，你還在睡。……阿黃……」

「好！」我應道。叫我的竟是莫先生，他叫我「阿黃」，真沒禮貌！不過，我倒覺得好聽。我趕著去洗臉。遇見他，我沒忘記跟他說：「莫先生，早！謝謝你叫我起身。」

「早？」他說：「這個時候了，還說早！」

我又碰上一個不硬不軟的釘子。之後，我盡可能避免跟他談話，免得自討沒趣，他也從不主動跟我搭腔。

學校裡只有五位教師（包括校長），兩班是複級。馬來教師是本村人，一位姓黎的女同事每天騎腳車回城裡。坤哥是當地人。沈校長因公事經常不在校內住宿，通常只有我和莫先生住在宿舍裡。莫先生表現得不通人情，毫無人情味，我等於沒有友伴一樣。

平時，莫先生總沉默得像木乃伊，一言不發。有一回，我看他獨自坐著，那副樣子頗像哲人，那雙大眼睛，彷彿已看破世間的蒼茫、淡薄和空虛，卻有充滿了無可奈何的意味。——我才開始踏入社會，便遇到這樣的一個青年，他的確在我心中激起了奇特的反應。

年輕人最怕寂寞。唯一不怕寂寞的，或許只有莫先生一個而已。

在馬來西亞山芭裡的教書生涯，果然是止水般的生活；可是，這對於我並不如二姐或楓表妹所說的味同嚼蠟。在課堂裡，當我的視線觸及那一群微昂著頭，眼裡充滿著求知慾的光芒的兒童時，我有什麼理由不在課餘時間裡多準備教材資料呢？於是，繁忙使我暫時沒有心情去比較城市和鄉村生活的差別。

不消一星期，我便觀察到莫先生是勤勉的，夜裡遲眠，凌晨即起身；課餘之暇，我常見他手上抓住一本書，似乎只有書本才是他生命中頂實在的東西。

出乎我意料之外，莫先生是校內頂受學生歡迎的老師；上課時，他談笑風生，學生們鴉雀無聲；下課後，總有三三兩兩的同學來向他請教有關功課的問題，他大有諄諄教誨、不厭求詳的精神。

我給六年級的學生測驗英文，第二天，他們便向我要簿子看分數。我回答說沒有這麼快改完。

潘正福站起來，說道：「我們的級任先生，今天交去的作文簿，明天就分回來。」言下之意，大有怪我疏懶的意味。後來經我查察之後，證明了這話的真實性。我油然對莫先生產生敬意。

有一天，我在六年級的黑板上見到作文題：「要靠自己」。我用黑板擦擦掉這幾個字之際，我故意對同學們說：

「你們年紀小，一切都要依賴父母、老師和同學，怎麼談得上依靠自己？」

比較多話而聰明的許良成開口了：「莫先生告訴我們，小孩子更需要培養起『靠自己』的精神，依賴別人是弱者的表現，除非實在是不得已，要不然，千萬不要隨便靠別人，這樣才有男子漢的本色，才是強者的行為。」

我心忖：「難道莫先生就是一位不要依靠別人的強者？」

我不假思索地對學生們說：「莫先生對你們真好！」

「當然咯！」潘正福說：「他不許我們向同學借錢，誰沒錢，又急用，可以跟莫先生借。測驗華文跟算術時，誰最多分，他就給誰兩角錢。成績差的同學，用功了，拿有六十分，也可領得五分錢，作為獎勵。」

午後，下了一場暴風雨。我跑去把飯廳的窗門關上，回宿舍之際，瞥見莫先生的窗門未關好。我朝窗口探望一下，咦？莫先生不在房裡。

由於窗口有鐵線格子擋住，我想不出法子來幫他關上窗門。我又瞟了一會，裡頭的擺設也很簡單，桌上桌下卻擱著四五個牛奶箱的書籍；最醒目的，是懸掛在壁上的一幅淡雅的中國水墨畫：一株挺拔的樹木聳立在山腰間，樹上的枝椏卻未畫上葉子，旁邊還有幾株低矮的樹木，卻畫有葉子。圖中內容簡單，所以光禿的樹特別明顯地現露出來。

我猜想，這幅畫一定是莫先生的作品。他是美術教師，喜歡繪畫，但我沒料到他會畫得這麼出色，用筆勁硬，蒼中含潤，造境頗佳，實在是可造之材。

回到臥室，風雨更加狂驟，我心頭更亂——我兀自擔心莫先生那幅寓志自勉的國畫會遭受雨水的侵襲。

星期三下午，我正想睡午覺，莫先生突然地推開虛掩的門鑽進來；他有點尷尬，旋即壓低嗓門，急急地：

「阿黃，請你幫個忙好不好？」

莫先生從不輕易要人幫忙，這回也許有急事；當下，我立時應承下來。

他急不及待地：「你出去，校門口來了一個老頭子，請你騙他，說我出門去了。」他說著，一面交給我三十塊錢：「請把這個交給老頭子，打發他走——我討厭他！」

「他是——」我正想問下去。

「他是我堂叔。」莫先生恨恨地：「這個人老是像一隻幽靈，纏著我幾年了！」

我照做了。那老人卻自我介紹：他叫阿河。莫士維是他的堂姪，實際上也等於是他的兒子，因為莫士維是他一手栽培出來的。士維五歲就喪父，母親改嫁去了，他只得投靠堂叔……堂叔又是怎樣疼愛他，給他唸書，他會做先生，還不是堂叔的功勞。

阿河伯說得不少了，但他仍想直扯下去。我不耐煩了，把三十元交給他，淡漠地：「阿伯，這些錢你先拿回去。莫先生回來的時候，我再跟他說你來過。」

我轉身要走，阿河伯疾步跨前來，喃喃地：「我一向把士維當作自己的兒子，他也太不孝了！要是沒有我這個老頭子，他哪裡會有今天！他每月只拿八十塊錢給我，當今世界，百物起價，錢很小，哪裡夠用！……」

我暗忖：莫先生有這麼一位堂叔，怪不得他要逃避。哼，老頭兒，別以為堂姪做了教師，就賺了大錢。莫先生教了六年多書，還是臨時教員，月薪只不過是二百餘元。老頭兒還不知足嗎？……我暗自為莫先生不平。

阿河伯終於走了。我回到房裡，莫先生的頸筋也紅脹脹地，他悄聲地：「那個老東西，到處批評我，說我的不是；他完全忘記了，我當年唸書，是靠賣油炸粿來交學費的。」

他牽動了唇皮一下，笑得挺不自然，彷彿是給人迫著笑出來的。我陡地心裡湧出點什麼，我肯定地想：性格錯綜的人，他的過去也往往特別坎坷。

月圓之夜，我徘徊在月光下，靜靜地想，緩慢地踱著方步；偶爾仰望夜空，銀色月華，清明如水。月亮旁邊有淡薄的白雲，悠然地舒散。我聯想到自由，覺得自己無拘無束，怡然自得。

我遐思著，信步由鳳凰木下走到宿舍前，跟著，在那一小片含羞草旁邊蹲下來。我又對這低矮的草本植物發生興趣了——我用手指碰一碰那些細細有致的葉片，兩片對生的羽狀葉立時閉合，萎垂下來，活像羞答答不敢見人似的。過了好一會，那嬌羞姿態的葉片才慢慢地舒張開來；我這邊觸動一下，那邊提弄一會，這一小片含羞草竟夠我玩賞了！

驀然，我瞥見一團影子，我吃驚一下，扭過頭，噢，是莫先生！他不知什麼時候站在我背後。我含笑地向他點點頭，他也微微一笑——這是罕見的笑容。

莫先生也蹲下來。他牽動著含羞草的葉片，徐緩地開口了：「這些含羞草，是我親手種植的。教書三年後，我督促六年級的同學，在這裡開闢一個小花圃，大家都十分落力，栽了不少的花木。可是，年假過了，回到學校，小花圃的面貌全非——它荒蕪了。我很難過，想了想，便自個兒種植一些含羞草。如今，已是一片蒼翠吶！」

他顯得蠻高興的。頓了一會，又補上一句：「阿黃，想不到你也喜歡含羞草！」我微笑地點頭。

「許多人都瞧不起這種植物。」莫先生吊高嗓門，又振振有詞地：「實際上，含羞草有什麼低賤？它只限於害羞畏避而已。要是我們留意過它葉幹上的尖刺，誰還敢再說它有弱者的行為！有許多花木，我們可以任意地把它連根拔掉，可是，誰敢隨便對含羞草下手？」

我點頭稱是。我暗忖：如果莫先生以它相比，也恰如其份——他身上不是也有好多無形的尖刺嗎？

半晌，莫先生又說：「含羞草閉合的動作，對它本身就有一種保護的作用，比如當吃草的牛、羊一碰到含羞草往往會被它這突然的閉合變化嚇一下，以為發生了什麼意外，只好趕快走開，不敢吃它了……」

三月間，高級劍橋考試公布了。下午，二姐和楓表妹專程來跟我報喜——我及格了，而且成績不俗。

她們停留了兩個多鐘頭，便告辭了。臨別之際，二姐正容說：「遠哲，這地方雖然不怎麼好，但也不錯，你開始住慣了，但也快要離開這裡了。——我們相信，你可以申請進大學的。」

幾天後，莫先生也有一個喜訊，教育部通知他，在假期內，他將進入假期師訓班受訓，為期三年，畢業後，即成為合格教師。

夜晚，我在火水燈下批改簿子。莫先生敲門後進來，手上提著三瓶大烏啤酒，另一手中則是一小包東西，他喜孜孜地嚷道：「阿黃，我請客——我們乾一杯！」

他這麼興奮，又特別熱情，我怎能婉拒？

三支啤酒都開了，兩個空瓶滾在地板上，第三瓶所剩下的也不多了。我堅持著少喝酒，他卻一直勸酒，而且自己灌了幾大杯。他臉紅了，脖子上的青筋暴漲起來，他說話開始不由自主了。我擔心他會醉倒，但他仍一邊剝花生，一邊自酌自飲。

「莫先生，我看你還是不要喝啦；我也喝夠了。」我說。

「不！」他決絕地嚷道：「我要喝下去，人生難得幾回醉，何況，我個人開心的事少之又少。……不是嗎？我苦等幾年，才有機會受師訓。過去，我有了一點什麼，人家就說我是他們扶助起來，培養成人的；有些不瞭解我內心的人，還指罵我是『瘋子』呢！喝酒真好，讓我有勇氣說出心底話……」

他打了一個飽嗝，隨即又骨碌地飲了一大口。跟著，他又說下去：

「很早以前，我就認定整個生活都是人們的騙局；世界上本來就沒有真正的友誼存在，大家的交往，只是一種利害關係和互相利用罷了。除了父母的親情之外，其他的情誼都是虛虛假假的。可惜，我早已失去了親情，而改嫁後的母親，下落不明。我喜歡以嘲笑和咒詛來對待人生，因此，我孤僻、傲慢、反叛和逞強，變成不近人情。在這幾年裡，值得自豪的，是我在孤獨中，激發自己奮鬥下去，不依賴別人，只靠自己！……」

我凝視他，他又接下腔：「不過有時候，我卻覺得我是在逃避現實，冷漠自己，奚落別人，這不是正常的態度吧？人畢竟是社會動物呀！——我應該要抓住幾朵友誼！」

莫先生帶著幾分醉意，但神志倒是清醒的。此刻的他，彷彿是另一個「他」，這個「他」才是真實的，我發覺他的靈魂的純潔，也看出他心靈的創痕，一切都充滿著奮鬥與悲劇性的氣息。

我的神志也有一分恍惚。我按著他那尖削的肩部，說道：「喔，你有不平凡的一面——照著自己的意志去生活，這是最高的人生哲理，同時，也就肯定人生的價值。當然，我們不能沒朋友！……」

夜深了，我扶送莫先生回他房裡去，他腳步蹣跚；我看他有五分醉意了。

大學當局正式回覆我，我被錄取了。我忽然地覺得山芭的環境原是蠻可愛的，它使我感受的不是欣奮，不是狂熱，僅是恬適與寧靜。然而，六月初，我將深造去了。

午後，我信步走到學校後面的膠林；膠林盡頭，便是一條綠蔭蓊鬱的山坡小路。我走到那裡，發現在一棵芒果樹旁，有一個廿尺見方的池塘，水色清淨，有幾條「美國魚」在池塘裡悠游。我臆度曾有馬來同胞在這裡搭過屋子，這池塘該是作為洗澡之用的Kolam池吧！這裡倒像是有人常到的所在，淺草也被人踩平了。

大熱天，我想到游泳，便覺得渾身更加熱黏黏地，於是，我脫剩一條底褲，毫無顧忌地下浴。

池水清涼，我張開手臂，踢著腳跟，我游得如同一隻下水的「番鴨」。不一會，我差點叫出聲來——糟了！我的腳底一陣刺心的痛楚。水裡冒起一道紅絲水紋。

我趕忙爬上岸來，旋即穿上衣服，按住血流如注的左腳板，使用單足跳著要回宿舍，我大聲呼喚莫先生。

不久，莫先生奔過來，馱著我回宿舍，進行一番救傷包紮的工作。我謝他，他埋怨地：

「你侵犯我的小天地，所以受到懲罰。——那個池塘，是我美化過的廢井，每天，我都到那邊去一趟，不是讀書，就是散步，讓我的身影映現在明淨的水面上。」

他略停一會，徐緩地吐露：「五年前，我愛過一位比我大一歲的少女，她跟我同過班，對我挺不錯，常常買書借我看。後來，她嫁人了，丈夫是三十歲的商人。這給我的打擊可不小，我每天借酒消愁。半年後，我想透了，因為那位同學何嘗知道我暗戀過她。於是，我打破了所有擱在樹頭的啤酒瓶，把它丟到井裡。——你今天受傷，也可以說是我間接害你的。」

聽了他「初戀」的故事，我的傷痛減輕了不少。

片刻，他又責怪地：「你也太大意了，為什麼不先問過我就下水？」

我橫了他一眼，口氣冷冷地：「你不想想，我們幾時好好談過話？」

「噢，是呀！」他垂下眼皮，喃喃地：「我們不算是朋友，我怎會理睬你呢！」

稍後，他又補上一句：「老實說，我要交你這個朋友——我要抓一朵友誼！在空幻的人生裡，能夠抓住幾朵友誼，倒也算是實在的東西。」

我腳板上的傷口痊癒時，正是我辭職離開山芭之日。為了升大學，我結束了五個月的教學生涯。

我踅到池塘去巡禮，但見莫先生在樹幹上釘個板牌，寫著「池底有碎片，勿下浴」等字樣。教我最難忘的是，同學們那一雙雙、一對對的充滿著求知慾的眼神，那幾棵鳳凰木和一小片的含羞草。而最珍貴的，則是莫先生送我一幅畫。

送畫時，他誠摯地：「阿黃，請收下這幅畫作個紀念！希望你見到這張畫裡頭的樹木，就聯想到我。我想透了——我會改變自己，去追尋一些真實的東西！……」我與他緊握住手。

那朵友誼，我們不是抓到了嗎？

一九六六年一月二十五日

選自小說集《飛向子午線》（一九八一年九月）

15 霸王載妖姬

另一地域

從一個人的成長、謀職到自立，誰不是經過多次的變化嗎？

由蛹到蝶，牠的生長過程便是一種巨變，這個變化，使牠美麗了、新生了。——近些時來，譚水勃對自己是否要改變舉措未定；如果要徹底改變生活，不知未來將變成怎樣，是好、是壞；是正、是邪……有一點他還敢肯定的是：在社會的熔爐裡，從好變成壞的總比從壞變成好的來得多。他又想，為了生活，為了三餐溫飽，誰不是火燒眉毛，光顧眼前？於是，人們對於善惡之分似乎愈來愈模糊了。

譚水勃來到都市謀生約莫一個月，在表哥穿針引線之下，花了五千元買下的一部福特柯蒂娜舊車正在修車場修理和噴漆，還得等四五天才能駕到街上奔馳。正在等待修車期間，他有更多清閒的時間思索問題，於是，他又矛盾了。

他原本住在村鎮，高中畢業後一直在園坵幹活。五年來，他方方正正地處世，規規矩矩地做事，克勤克儉，好不容易才積蓄兩千五百餘元。近年來，連鄉村的移民也遽增了，治安欠佳，謀生更不容易。於是，他毅然地離家——投靠到表兄杜叻貴家裡來。

杜叻貴是個德士司機。以前，這對表兄弟很合得來；如今，叻貴一家妻女共四人，車期（分期付款）未清，生活擔子不輕。由於境況拮据，他的情緒低沉，過去的熱情也銳減了。譚水勃滿以為表兄瞭解他的處境後，會很快地為他安排出路，但表兄沉吟一會才說：

「目前在都市裡，除了幹粗活之外，其他較輕鬆的工作都不容易找到。你表示已經厭倦勞苦的工作，準備靠駕車謀生。」

站在一旁的表嫂突地插嘴：「阿貴，你白天駕德士，晚上休息，讓水勃駕夜班車不就行了嗎？」

「我有想到這一點。」杜叻貴平和地：「不過，我目前還不想有個換班的助手，最大原因是我還頂得順，而我早晚一個人駕車，可以多賺點錢。」

譚水勃知道表兄另有難處，趕忙又說：「你的德士自己一個人駕好了。有很多駕德士的規矩我都不懂，需要你指點；要是你肯讓我學駕幾天，是最好不過的事。」

杜叻貴直視著表弟說：「你說你有駕德士的手牌，而且在小地方駕過幾天德士，這是不夠的；在大地方載客不是簡單的事，尤其是你不熟悉這裡的街道名稱，車資多少也得學一個時期才曉得。總之，充當德士司機，也有不少的專門學問。」

「是呀，我等著向表哥多多請教！」譚水勃謙和地。

「不客氣。」杜叻貴一斜眼道：「你暫時在我這裡住下來，我盡可能抽空教你一些。等你熟稔了之後，即使我這裡沒機會讓你駕車，不過因為我認識的司機朋友不少，他們也常要有人替工，到時，你不怕沒車好駕。最重要的一點，是你除了有高明的駕車技術之外，還得會愛護人家的車子，注重保養和整潔。」

「嗯！」譚水勃微笑地點點頭：「我會做到。」

多虧表哥的指示及教導，約莫一星期之後，譚水勃在都市裡充當德士司機已能獨當一面了。

杜叻貴面上微露喜色，雙目炯炯地凝注表弟：「你眼明手快，學東西容易上手，人家的德士，讓你去替工，他們是會放心的。不過，對於汽車的保養，你還得學一學。」

「我會的。」譚水勃目光神采連閃道。

之後，譚水勃也有機會駕德士載搭客了。

然而，這機會不是每天都有的；一星期裡頂多只有三四天有事做，誰會知足呢！

他賦閒在家，無所事事的煩躁心理，杜叻貴是看在眼裡的。

晚膳時刻，杜叻貴咂咂嘴，帶笑地開了口：「阿勃，我建議你買輛汽車，駕『霸王車』撈世界，你看好不好？」

「不好。」譚水勃心頭猛地一縮，立時回腔：「因為那是犯法的工作。」

杜叻貴面上不動聲息道：「也許是我出來『撈』得比較久了，看慣了不少非法的事情，所以我不認為駕霸王車是嚴重的犯法工作。」

「誰也不否認駕霸王車載客，不是正當的職業，會撞板的！」

「那當然。」杜叻貴望著表弟，輕咳了一聲道：「本來嘛，我們駕德士的最反對霸王車的存在，因為他們非法載客，搶走了德士司機不少的乘客。」

譚水勃擰著雙眉問：「那你為什麼建議我去駕霸王車？」

杜叻貴略作沉思，然後幽幽一嘆：「呵，因為人浮於事，要想找份理想的工作談何容易！而你身邊有兩三千塊的儲蓄。我認識的一位朋友，剛好有一輛福特柯蒂娜牌舊車要賣；我看過那輛只有四年七個月車齡的車子，認為值得買下來。如果你有膽量跑霸王車的話，相信生活就不成問題了。」

「那個車主要賣多少錢？」

「他索價五千五；我幫你說項，大概五千塊就可以成交。」杜叻貴面色沉鬱，眼珠子一翻：「要是你有意思，向銀業公司貸款兩千塊不就沒問題了嗎？」

「貴倒不貴，」譚水勃目光四處一掠：「問題是我的勇氣不夠；我總覺得那種非法載客生涯，會教人直不起腰桿來！」

杜叻貴一揚下巴，道：「那是因為你太老實的心理在作祟。——你要曉得，在這個都市裡，少說也有八百輛霸王車，天天在載客。」

譚水勃驚訝地插腔：「哇，有這麼多霸王車！」

杜叻貴徐緩地：「由今年二月開始，當局在市區已經扣留了七百輛霸王車，而且記錄在案；相信至少還有兩三百輛以上的霸王車，未曾被當局扣留。」

譚水勃朗聲地：「我們讀報紙，曉得當局經常採取行動，檢舉霸王車，為什麼還有這麼多人知法犯法？」

「他們為了活下去，只好鋌而走險，現實生活是無情的！」杜叻貴輕揉著額門又說下去：「我只是跟你建議，一切由你作主——你好好地考慮吧！有一點我要補充的是，連本州的車輛註冊局總監也說過，在這個都市的交通方面，霸王車扮演著重要的角色，缺少了霸王車，市區或郊外有成千的居民，便會面對交通上的難題。可見霸王車的存在，也不是百害而無一益的。」

「謝謝你提供寶貴的意見！」譚水勃一摸後腦勺，道：「我會好好地考慮一番。」

杜叻貴收回目光，平和地：「你必須考慮周詳，等到決定後，才通知我。」

之後，這位木訥老實、頭腦清醒的青年人，內心經過一番劇烈的矛盾鬥爭。他嘲笑自己：「哼，你是小學時代的模範學生，早就瞭解做個好公民的基本條件。一個有思想、有頭腦的時代青年，不論作出什麼事，都必定有其目的。我只為了個人三餐糊口，便決定改變自己，這是正確的路向嗎？……」

許多人改變了

為了瞭解霸王車司機的生活，他特地乘搭霸王車，伺機跟他們交談，藉以作為抉擇前的參考。

現年二十八歲的印籍司機納堅回答說：「怕什麼？一家大小沒飯吃那才可怕！」

「據我知道，警方不時採取嚴厲行動，掃蕩霸王車，你不怕被扣留嗎？」譚水勃又問。

「你太不瞭解我了！」納堅調高嗓門：「我這個人為了顧家養兒女，簡直是天不怕地不怕。坦白對你說，我前後已經被扣留了十八次，繳交了將近六千元的罰款，我還是要繼續駕駛下去。」

「你沒有其他工作可做嗎？」

「我要求生，比你們更困難，因為我是一名非公民。」納堅略頓一下又接下去：「我家中有六個孩子，年齡從八歲到三個月大，一家生活完全靠我駕駛霸王車載客的收入來維持。這年頭，幹其他行業，根本就不能維持我一家人的開銷……」

「你這樣的天天搶走德士司機的搭客，你不覺得對不起他們？」譚水勃眨了一眼，微笑地。

「為了生存，找口飯吃，人都是自私的。」納堅沉吟一會道：「其實，街上的搭客是載不完的。我們承認，霸王車已威脅到德士司機的收入。不過，德士司機以各種理由來拒絕前往某個地點的搭客，這也是造成霸王車興起的原因之一。我個人的做法，是儘量不要搶合法德士司機的搭客，也不要在合法德士活動的範圍內載客。有些居民，是由於當地公共交通不足，才依賴霸王車的服務。」

譚水勃目光一凝，又說：「霸王車沒有載客的執照，對搭客也沒有保險，而且霸王車多太陳舊了，噴黑煙汙染空氣。車主是冒險地操這個行業，而乘客多為了趕時間的方便，就冒險地搭霸王車。——你對將來，有什麼願望沒有？」

納堅雙目泛出閃閃精光，縱聲笑道：「這還用問！——我們為了生活沒有法子，只得冒險地繼續操這門行業。大家無不希望有關當局能夠發出德士執照，讓我們能夠安定生活，不致於每天為了三餐而提心吊膽地開車。」

正午，譚水勃走在熙來攘往的人群中；正茫然漫步間，他被迎面而來的一位中年人叫住了：「水勃！你好！」

他連忙趨前與對方握手：「章近，許久不見，你好！」

章近曾經到譚水勃居住的村鎮擔任過三年的臨時教員，由於打乒乓而結識譚水勃。此刻在街頭重逢，章近坦率地告訴譚水勃：由於裁員，早在五年前，他就無法再任教師而搬到這裡來。如今，他那不光彩的職業是霸王車司機。

譚水勃「哦」了一聲，微愕抬眼道：「從當教師到駕霸王車，你有什麼感想沒有？」

章近昂然答道：「為了生活，我還能有什麼抱負和理想！以前有意認真地教下去，但卻失去受訓的機會。因為身體不好，我不能從事粗重的工作，在走投無路之下，我只好跟親戚朋友借了一筆錢買了一輛舊車，駕起霸王車來，到現在已快要五年了。」

「駕霸王車，這不是一門好的工作吧？」譚水勃的目光一轉再轉地問。

「這個我當然知道。」章近聳肩低笑：「呵，駕了四五年霸王車，這種『捉迷藏』的生涯我怕了，也體會到這門行業沒有保障；所以，在三年前，我就向當局申請合法的德士執照。可是等呀等地，一直等到今天，都沒有下文。」

「你家裡有幾個成員？以後，有什麼新計劃沒有？」

「我有四個兒女，三個在唸書，妻子只理家務。」章近眉鋒微微一皺，聲線低沉，但卻強有力：「在朋友群中，算我最沒出息，心中很慚愧！為了一家大小，今後，我還得繼續駕駛霸王車。」

譚水勃緩緩吁了口氣：「呵，霸王車是社會發展的產物。從事這一行業的人，大部分都有他們難言的苦衷。像你這樣跑車，每月平均有多少入息？」

「要是車子開得順，沒有意外，又沒有交通警察來干擾的話，我每個月大約有七百到八百元的入息。目前，生活費用實在高，百貨騰漲，我一家人要租屋子，還水電費，還好車期在三個月前還清了。」章近喘了一口氣，潤一潤喉，又說：「生活迫人，我不可能放棄這份工作。我身無一技之長，過去到處碰壁；在這高度競爭的商業社會裡，為了生存，我只好繼續選擇這條謀生的道路。」

譚水勃拿眼瞧著這位有點自卑感的中年人，淡笑地：「我們是相熟的老朋友，不用客氣！如果我也買輛舊車子跑霸王車的話，你會說我改變了，變得毫無出息嗎？」

「真的，你也想跑霸王車？」章近滿面詫異地望著這位廿餘歲的青年：「我說駕霸王車沒出息，那是指我本身而言；這是因人而異的事。也有人靠這一行業而撈得不錯，很快就轉行了。」

「我表哥看我找工作困難，曾經建議我跑霸王車。」

章近疏淡的眉毛扯橫，啞著嗓門道：「唔，為了暫時解決生活問題，你跑一個時期的霸王車也好；不過，依我看，你年輕有為，最好不要長時期幹下去，因為這是最沒有保障的一行！」

「以後，我要向你多多地請教，先謝謝你！」譚水勃說著，又吸了口氣。

「歡迎歡迎！」章近淡然一笑：「——告訴你一個事實，一位退休的校長，也在不久前，加入這一行。」

「哦，他也有不得已的苦衷吧。」譚水勃神情呆了一呆才道。

與章近分手後，他又在繁忙的十字路口彳亍，來往的車輛頻頻發出車笛聲，它哪能提醒他甚麼呢！

他又忖道：變了，許多人都改變了；為了生活，也許變則通吧。……章近曾經是一位備受讚賞的小學教師，目前竟然變成一位違法者。還有，章近提到的那位退休的校長，也充當霸王司機，難道他也忘記了這種生涯是屬於非法的？我是失業漢，固然明知這一行業是違法的，也無妨試試看。……

終於，譚水勃接受了表哥的建議，而且在表哥的介紹與協助之下，擁有了非法霸王車，從事那種與交警「捉迷藏」的生涯。

違法奔馳生涯

體驗了實際的生活，也聆聽了許多搭客的言談，譚水勃的犯罪心理才逐漸地減到最低的程度。當初沒想到，霸王車居然是一部分搭客的「救星」，尤其是在工業區，霸王車的存在的確已為人們提供廉價、利便及快捷的服務。

晨霧迷濛之際，他便載送工友到工廠上班。

曾經幾次乘搭他的霸王車的一位叫阿務的工友說：「我們都喜歡搭霸王車，雖然工業區晝夜有巴士川行，可是巴士車的服務，畢竟是僧多粥少，供不應求。」

「是呀，目前交通上的一些難題多未解決，搭客常搭不到車。」譚水勃附和地。

「你不是親眼看到了嗎？」喜歡聊天的阿務又說下去：「許多工友，在早晨上班或傍晚下班的時候，集合在巴士車站，伸長著頸項苦苦等待，好辛苦才等到一輛巴士姍姍來遲，可是來的這一輛，卻使你大失所望，不是因為車裡頭搭客已經爆滿，就是等車的人太多，大家你推我擠，上車難如登天。因此，我們只好望車興嘆。」

「我也有發覺到，上工廠做工的工友，比較喜歡乘霸王車。」譚水勃報以一笑道。

「這是自然的現象。」阿務又露齒一笑：「很難搭到巴士車，德士又不載短途的搭客，沒有保險和保障的霸王車，卻成為搭客的『救星』。這也是都市交通的怪現象。」

「老實說，搭霸王車的乘客是冒險的。」坐在後座的一位中年工友突地插腔說道。

「這還用說！」阿務揚聲地：「可是大家為了方便，明知不對，也樂意搭霸王車，因為準時上班和下班，比什麼都重要。」

那中年工友眼珠一翻，淡淡地道：「我們有時搭霸王車是不得已的事。在法律上，駕霸王車是屬於非法的事情。非法霸王車司機是甘冒危險載客，以身試法。」

阿務眨眨眼，目光凝注道：「我比較不滿的，是霸王車司機在開車的時候，經常會魯莽大意，使搭客沒有安全感；雖然他們是在爭取時間，想跑多一兩趟，以增加收入，可是這種態度，卻對搭客的生命，構成了一種威脅。」

「這是實情，而且絕大多數的霸王車，是上了年齡的老爺車。」譚水勃淡然頷首道。

那中年工友又正容地：「我們是消費人，付出了車費，希望霸王車司機能安全第一，改善他魯莽的駕駛技術；同時，儘量不駕車齡太老的霸王車，以免機件出了毛病，而在半途死火，耽誤我們工作的時間。」

阿務一皺鼻頭兒說：「他們駕駛陳舊的霸王車，這也難怪，因為購買霸王車原本就是冒險的投資。你想，霸王車司機整天在路上找生活，萬一被警方逮捕，提控法庭；一旦罪名成立的時候，車輛可能會被充公。所以，充當霸王車的車輛，大部分是『老車』的二手車。」

「你們覺得我這輛二手車怎樣？」譚水勃右手輕拍了兩下車盤，問道。

「有你這樣的二手車來做霸王車就行了。」坐在前座的阿務環望了車廂一眼，又說：「不過，萬一你的車子被扣留了，你一定很心疼的。」

「幹我們這一行的，冒險性大，但願大伯公特別多隆（幫忙）我！」譚水勃撇撇嘴，加強語氣地。

「說真的，跑霸王車在路上找生活，你非小心不可！」阿務提醒他。

「我會小心！」譚水勃伸手直拍腦袋說：「我這種生活充滿著緊張刺激，因為在路上奔馳，必須眼明手快，一方面得注意路旁的搭客，一方面又得提防警方的突擊行動，所以在精神上的負擔，不是局外人所能領略到的。」

「是呀，你們最苦惱的，是警方採取行動——取締非法霸王車。」阿務又喋喋不休地：「你一定經歷過吧？」

「嗯——」譚水勃微一沉吟，道：「當局時不時都會採取嚴厲的行動，掃蕩霸王車。」

阿務又發表他的見解：「當局要是只一味採取行動，取締非法霸王車，那是治標而消極的辦法。這項行動，徒然加深當地工友們交通上的不便，何況，在杜絕非法霸王車的活動上，也只是屬於暫時性而已。」

「是的。」譚水勃頻頻點頭：「凡是在工業區、郊區和短途的地方，由於公共交通工具不足，所以居民唯有依賴霸王車的服務。我們希望當局考慮，發出正式的德士執照，給真正需要而有駕車經驗的霸王車司機；這麼一來，大家才有安定的生活，不至於每天為了三餐，而提心吊膽地跟警察『捉迷藏』。」

那位坐在後座的中年人又噴了一口菸說：「為了協助解決市郊短途搭車的問題，同時讓霸王車司機得些微利謀生，我認為交通部，有必要發給短途載客的執照給原有的霸王車，使這一行成為合法化——這也是徹底解決霸王車的辦法。」

「謝謝你們在精神上，支持我們這一行！」譚水勃由衷地致意。

不幸的遭遇

譚水勃專程邀請表哥一家人到「海珍餐館」吃頓飯，藉以答謝他們的關照，並為他安排過著「新生活」的恩情。

杜叻貴夫婦眼看表弟已適應違法奔馳的生涯，也感到欣慰。他們提醒譚水勃樂業敬業；縱然這不是很光彩的行業，但拿了人家的車資，不能不處處為搭客提供最佳的服務。他也約略勸表弟不宜與巴士和德士搶載搭客……

他這回宴請表哥一家人，大家盡歡而散。——早在譚水勃從事駕霸王車行業後，便由於個人的方便，離開表哥的家而另租房間居住了。

海風，在車窗外刮得呼嘯作響；月亮，被滿天的烏雲遮掩著。勤力的譚水勃在夜裡也驅車四處奔馳，希望上車的搭客給他增添一些入息。

在鑽禧紀念堂前面，有四位青年阻截他的汽車，其中一位說出抵達的地點名稱。他不疑有他。沒一會兒工夫，其中有兩名亮出利刀，喝令將他們載到奔南；他只覺背脊上寒意陣陣，心頭發毛。

車抵距離奔南一公里之際，譚水勃被推往後座，由其中一名歹徒取代駕駛，任由他轉彎奔馳，徑行了約八公里，再折入紅泥路，然後推他下車，搶走他身上僅有的十七元現款，復以尼龍繩將他捆綁在一棵膠樹上。

搭客變成了悍匪，他的車子被劫走。環視無燈無火，雞犬不聞，黑黝黝的一片大橡林。他使勁地掙扎了半小時後，始自行鬆綁；他幾乎是摸索地行到公路旁，終於要求一位路過的摩哆西卡騎士載他向警局報案。

五天後，警方發言人仍是答稱：被劫走的汽車下落不明。譚水勃直了眼，憂心如焚，只得乾巴巴地枯候下去。

正走出警局，驀然遇見章近；譚水勃將自己的遭遇摘要說了一遍，向老友訴苦一番。詎料，章近也鬱鬱地說，前天警方採取嚴厲行動肅清霸王車，他由於載客而不幸被檢舉。警方發覺車主有多次觸犯交通條例的案底，絕不能予以寬容。

「這回我才慘！」章近滿面淒迷地苦笑：「除了罰款之外，恐怕我的『老爺車』會被充公，連老本都賠上了！」

譚水勃臉上浮起了陰殘的笑意：「這回，我們走到了絕路……」

一瞬間，章近目光陡亮，語意森森地：「我曾經告訴你：一位退休的校長也駕霸王車。現在有戲看了，那位叫嘉尼的校長，也跟我同時因載客被扣留。你一定沒有想到吧，向他採取行動的是他第二的兒子——一個交通警察，在他頂頭上司的監視下抄牌拉車；兒子捉爸爸，天下奇聞！」

「他兒子的上司，不知道他們是父子關係嗎？」

章近回答譚水勃：「也許。——嘉尼很痛心地對我說，他絕不認罪；他準備上法庭時，宣布兒子們沒有照應他，比如那位當警員的第二兒子，工餘只曉得享受和跳『爹死歌』（迪斯哥），已經有兩年多沒給父母一毛錢了……」

譚水勃搖著腦袋，微一沉吟道：「這世界又刮起了外來的風雨，許多人好像都變質哪！……」

好一會，章近收回目光，臉上有恍然的神色：「我們是同病相憐的人！」

譚水勃目光四巡，一副無可奈何的神情道：「我原本最怕警察，這幾天以來，卻天天自動到警察局來，希望他們會回答我：你失蹤的車找到了。」

「你還有希望。」章近眨了眨眼，緩緩吸口氣道：「你暫時就痴痴地等吧。」

譚水勃立時目光神采連閃，神色稍為緩和了點：「哦，快一點半了，我們到巴剎（菜市場）吃潮州粥，我請客！」

司機與風塵女郎

表哥杜叻貴聽了譚水勃的報告，目定口呆一會；稍後，他聯同幾位朋友參與尋車的活動。終於，還是讓杜叻貴找著了，地點是距離都市約二十五公里的一個膠園的紅泥路上。車子尋獲了，想到自己不至於失業，春風吹在譚水勃面上，心坎兒又充滿著新希望。他興興頭頭地與失蹤了七天的車子見面了，嚇！車的前面大鏡被敲破，兩條前輪的輪胎也遭利器割破。頓時，他的心在萎縮著。剎息間，體內的血液彷彿凝固了，暗忖：要車子恢復在公路上奔馳，我又得花一筆錢，而且起碼也得等上幾天，才能把車子修理妥當。

由於他事後報過警，所以杜叻貴催促他即刻通知警方，設法銷案。跟著幾天，他仍得往警署去跑動。這麼一折騰不知什麼時候才能重托那隻飯碗，他正為經濟失去泉源而擔憂。

杜叻貴嘿嘿一笑，眼珠子一翻：「我看，你最少也得失業半個月。這樣吧，你暫時替我駕夜班德士——每晚六點半，你到我家裡拿車。」

他一顆心頓時活了：「謝謝表哥！」

「青年人沒有不栽幾個筋斗的。」表哥又說：「吃過一次虧，以後更要事事留心！」

杜叻貴帶他到咖啡餐室吃點心。這時候，他從鄰桌借到了當天的日報，翻閱著新聞。杜叻貴向侍者點了一些飲品和食物。

譚水勃的目光已讓一個標題吸引住了。

××警方為防止色情架步

前晚突擊九間非法按摩院

近百男女被帶返警局盤問

他把報紙移近一點，投進眼瞳的是：「……警方人員與自治市衛生組人員，昨日傍晚進行一項聯合突擊檢查行動，在市內檢舉了九間非法按摩院，將九十八名青年男女帶回警局盤問，並錄取有關詳情；同時，有關當局也表示密切注意市內某些掛羊頭賣狗肉的女子理髮廳，在適當的時機，也將對酒吧及夜總會等場所採取同樣的行動。……被押回警局盤詰的六十七名女郎和三十一名男子，於較後被釋放。不過，按摩院的主持人和屋主，將被提控上法庭；他們將面對控狀，指他們非法在屋內售賣飲料、非法擴建住屋、非法經營按摩生意，以及利用住屋從事商業活動等罪名……」

侍者捧來了炒麵，杜叻貴目光微凝：「看什麼？這麼入神。——吃麵吧！」

譚水勃露齒一笑：「哦，警方突擊這裡的九間按摩院的新聞。哇，我們這裡有十六間沒有執照的非法按摩院，只有兩間領有執照。」

「你來這裡幾個月了，難道你不曉得這裡的按摩業很出名？健康中心的招牌到處都有。」杜叻貴一邊用筷子挾麵條一邊說。

「我曉得；大地方的色情花樣也比較多。」譚水勃已把報紙擱在旁邊的圓椅上，也舉箸垂下視線挾麵吃了。杜叻貴乾笑一聲，突問道：

「你一定也載過一些風塵女郎吧？」

「那當然。我也載過一些搭客去那些地方消遣娛樂。」

「有些男人認為那是娛樂消遣的好去處，給予人們調劑身心，鬆弛忙碌緊張的生活。阿勃，你嘗試過沒有？」杜叻貴目光如電逼來，又問道。

譚水勃感到臉上有些熱辣辣地：「他們在報章上刊登廣告，說什麼有溫柔體貼的女人，為你全身按摩，鬆弛緊張的情緒和疲勞的肌肉；又強調『問君何處享受人生』。使人看了，心頭怪癢癢地，不過，我還沒勇氣去領略一下。」

「你有興趣，不妨去試試看嘍。」

「我相信我還能夠坐懷不亂，而且我怕——」

「怕什麼？怕染上性病？怕警方人員突擊帶上法庭？」

譚水勃點點頭：「對對，這些都是主要的原因，加上我們有自己的道德觀念，可以約制自己。」

「我早就想跟你談這些事，不過看你很純潔，怕你聽了不高興。」杜叻貴咂咂嘴，瞇著眼道。

譚水勃心頭一凜，沉吟一會輕聲地：

「這是現實社會醜惡的一面，作為都市人，加上我們是載客的德士司機，免不了跟歡場女郎和尋芳客扯上一些關係——比如載他們；有些搭客，坦白地要求你載他們到那種地方去花錢，我們又怎能不載！」

「顧客和搭客永遠是對的，我們只好聽他吩咐，為他服務。」杜叻貴面色一肅，又接下腔：「我們本身要潔身自愛，因為變相的按摩女郎太多了。」

「聽說，有人去了按摩院，回來之後，也會中性病，是真的嗎？」

「嗯。因為那種風月場所，也常常變成賣淫的地方。」杜叻貴壓低嗓門：「按摩女變了相，跟妓女有什麼不同？所以，她們也是傳播性病的媒介。而性病是可怕的。」

「呃，有這麼嚴重？」譚水勃直了眼。

「那當然。」杜叻貴沉穩地：「——一刻的風流，可使人遺憾終生，輕者染毒，重者殘廢，更嚴重者連性命都受到威脅。」

「現在的社會風氣太壞了，而且許多人是笑貧不笑娼的。而男的呢，也不知羞恥為何物，甚至認為嫖妓是大男人最基本的風流事。」譚水勃晃著頭道。

「你這麼說，可見你對歡場的男女也相當瞭解了。」杜叻貴神色和緩地：「我同意人家所說的：妓女的存在，是社會罪惡的淵藪。要是你細心地觀察，就會發現許多案件都跟妓女有關；妓女的確給社會帶來許多的問題。」

譚水勃問道：「你認為我們應該同情妓女嗎？」

「以我來說，我不同情妓女了。」杜叻貴的神情冷肅，氣度莊嚴地：「以前做妓女的，大部分都是生活所逼，才幹那一行最古老的行業。然而，如今已不同，那些高級妓女並不只是為了生活那麼簡單——她們都是追求物質享受；可以這麼說，是虛榮心趕走了她們的靈魂。於是，那些高級神女，只有一身美麗的軀殼，早就變為一具沒有靈魂的行屍走肉。」

「依你這麼說，風塵女郎是不屑一顧，根本是自我作踐，對嗎？」譚水勃聳了一下眉毛，問道。

「可以這麼說。」杜叻貴嘴角流露出一絲揶揄的笑：「歡場女郎多是自甘墮落的，她們是下賤的；可是，社會上卻有一種男人比妓女更無恥，這些就是假女人，夾在妓女群中爭顧客。」

「你是指『阿官』——人妖，是嗎？」譚水勃插嘴問。

「沒錯，是人妖。」杜叻貴一頓話鋒，又低沉地：「除了這些假女人，還有一些龜公龜奴，都是靠妓女吃飯的；更有一些地痞流氓，也常吸著妓女的血，美其名曰收保護費。而那些無所事事毫無志氣的小白臉，也是依賴妓女供養的寄生蟲。呵，我們這個社會，真是千奇百怪！」

譚水勃目中帶著沉思的神情，徐緩地：「我不完全同意你的看法，我總覺得，有不少墮落的女人，她們都有一段辛酸史，值得同情，最好是能夠協助她們，跳出火坑。」

「問題是她們一墮落之後，很快就適應了環境，整個人也變質了，自甘作踐，養成了種種壞習慣：賭啦、吃啦、喝啦、玩啦、亂買東西啦，最後也學會了養小白臉玩男人。這時候，有人要救她跳出火坑，或者改造她，她都會拒絕。」杜叻貴滔滔地，帶點不屑的語氣。

一盤炒麵和一盤炒粿條都吃光了，譚水勃又在表哥的空杯裡斟茶。方才，來了一場陣頭雨，天空的雲層仍很低。

這兩位表兄弟是破題兒第一遭談及當地色情活動的話題，兩人談興正濃；這當兒，杜叻貴又抬眼瞟望天角一眼。表弟又抓個問題發問：

「據我所知，在本地的法律上，是賣淫有罪，嫖客無罪；這對尋芳客，是不是太寬大一點？」

「我也想知道這個問題，跟你有同感。」杜叻貴一凝目光，口齒啟動了一下道：「我們這裡，是絕對禁止任何形式的賣淫事件發生，不過，對於賣淫者的處罰，卻顯得太輕。」

「你知道罰款多少錢嗎？」

「聽說，不管女方在任何情況下進行賣淫活動，只要男方否認他有付錢給女方，那麼女方的賣淫罪名便無法成立。」杜叻貴從容不迫地接下去：「要是賣淫者被提控於法庭，初犯者最高罰款不得超過二十五元；如果沒能力繳款者，監禁最高不能超過十四天。要是賣淫者是第三或第四次以上，被提控於法庭的話，最高的罰款也不超過一百元，或者監禁不超過三個月。」

譚水勃恍然領悟地：「這就難怪許多歡場女郎，都不怕上法庭。」

「我跑了幾年的德士，載過各行各業的男女。」杜叻貴略作忖思道：「我喜歡跟許多搭客談天，所以比較容易瞭解他們的生活情形；有時，也曉得他們的思想感情。」

「女人淪落風塵，不知道最大的原因是為什麼？」

「這個問題，也許我可以答對一部分。」杜叻貴侃侃地說：「失戀和失身，是婦女淪落風塵最大的原因之一，這點一定沒錯。有人調查過，導致婦女賣淫的原因共有五種：第一，是因為她們被男友拋棄，失戀了，不甘過普通的生活，結果淪落。第二，因為她們受男朋友所騙而跌下火坑。第三，因為缺少教育與宗教。第四，是因為家境貧窮。第五，因為賣淫是最容易賺錢的方法。此外，也有些婦女是自願賣淫的。」

「一個少女或婦女，不管在怎樣的情況下轉變為娼妓，都是不幸的，也是人生的慘劇。」譚水勃帶著悲天憫人的口吻說。

「有什麼辦法呢？我們只是個卑微的小人物，幫得了什麼忙！」

「如果有什麼女郎，從豔窟裡頭逃脫出來，要我載她去報警的話，我一定免費地為她效勞，讓她從色情騙子的手中逃脫出來。」

「那當然；我們不能見死不救。」

「從你剛才提到的那幾個原因看來，我們可以綜合起來說，婦女淪落為妓女的原因，除了是社會環境問題外，主要還是家長應該對女兒加以管教，給她們宗教上的教育。」

「嗯。」杜叻貴睜大眼睛點點頭：「少女失蹤的新聞，報上幾乎每天都有刊登，可見被男朋友的花言巧語欺騙，而上了人肉販子的當的少女多的是。我認為，要避免誤入火坑的少女們，應該不要貪求虛榮。」

「愛慕虛榮的少女，被愛情騙子以職業做釣餌，騙離鄉村地方後，到了都市，由於無依無靠，只好在男友的威迫下，任由擺佈，而推落火坑裡去。」

「從最近報上披露的例子，色情騙子常以介紹薪水高的工作，騙鄉鎮的少女掉入火坑。」杜叻貴輕揉著額門：「無知少女的受騙，多數是因為她們嚮往都市的生活和工作，卻不知都市的醜惡、人心的奸險。」

譚水勃訕然一笑，突地口鋒一轉：「我們是載客的司機，有些搭客要你介紹按摩院的時候，我聽說也得為他們服務：分發名片，扮演『皮條客』的角色。」

「這名稱不好聽，不過像許多都市人一樣，我們也是兩面人。」杜叻貴一揚下巴，悄聲地：「不瞞你說，我受某間『健康中心』的媽咪所托，搭客提出的時候，我一定替她們打廣告，載顧客去給她們。當媽咪望見我的德士的時候，她會登記我車子的號碼，我可以根據她登記的次數跟她抽點佣金。」

「有些德士司機，不是也要扮演『帶街』者的身分了嗎？」譚水勃拿眼瞧著表哥，直問道。

「為了增加外快，許多德士司機都樂意為按摩院效勞。」杜叻貴皮笑肉不動地說下去：「再說，那些尋芳客，有時也會給我們一些小費。」

譚水勃雙目忽然異彩一閃，道：「過去，我用霸王車載過三幾位按摩女郎，有的長得很漂亮哩！」

「是的，有的的確很美，很文雅、清秀，不像是風塵女郎。」

「難怪有些人會迷戀按摩女郎。」

「你是單身漢子，千萬不要迷戀歡場女郎，因為那是有刺的玫瑰。」

譚水勃面上一紅，坐正了身子道：「麗宮健康中心的五號，長得好美，她坐過我的霸王車三次。」

「你趁機跟她聊聊天，是嗎？」

「不。因為她長得很文靜，而我遇到女人，就說不出話來。」

「也許是你打心底裡，瞧不起她，因為她的身分是不光彩的。」

「不——不，我並不是因為她的職業而看輕她。」

「在歡場世界裡，她們是『一天下了三次雨——少情（晴）』。你最好少跟歡場的女郎打交道，不管她出身怎樣，我的眼光總是世俗的，我希望我未來的表弟婦是清白的——」

「咦？」譚水勃笑容一斂，目光凝視地：「你想到哪裡去了，我幾時跟歡場女郎泡在一起？——我是『小蔥拌豆腐』——一青（清）二白。」

杜叻貴又咂咂嘴，沉緩地：「你一來都市謀生，你表嫂就跟我提過，要我開導開導你一下，因為這裡的色情場所太多了，一個青年人要是不檢點，又沒有定力的話，很可能工作還沒著落，本身卻學壞了。」

「謝謝你們處處為我著想！」譚水勃由衷地。

又見按摩女

晚霞褪失，天色已暗。

雖說都市的夜裝是多彩明麗的，不過多半的地方卻沐浴在濃濃鬱鬱的暗流裡。許多夜生活，已在夜的舞臺上演，罪惡的行徑也隨著夜色加濃而增加滋長；在生活線上受盡煎熬而掙扎的人們，仍然得在水深火熱的生活一角苦挨著、打滾著……

這當子，譚水勃駕著空車子在郊區奔馳著。方才，麗宮健康中心的五號按摩女郎乘他的德士趕去上班。

他邊開車邊回想她上車後的情景；這位歡場女郎，面皮白淨，一雙水汪汪的杏兒眼，輕巧的身軀，丰姿颯颯，沒有豔光四射的衣著，沒有嬌滴滴的嗓子，她的聲音很低沉。她穿一襲黃色藍格子的娃娃上衣，很有學生的格調。倘若不是先清楚她底細的話，誰也猜不著她會是位風塵女郎。她竟然認得他，快要下車時，她啟齒問道：

「不駕霸王車了，改駕德士？」

「不，還改不了行；我那輛霸王車正在修理，大概要再等四天才修好。這輛德士是我表哥的，讓我跑夜車。」

「最近，警方很嚴。」她盯著他敦厚的面孔和結實的骨骼，微一沉吟，沉聲地。

「唔，對我們都不利。」譚水勃的這個「我們」用得很妙，因為警方的突襲是針對他們兩方面的。

「沒辦法，為了生存。」她滿面淒迷地苦笑一下。

德士泊住了，她急忙下車，往麗宮健康中心的樓梯口疾行。直望著她背影消失，他輕吁一口氣：「同是苦命人，為了吃飯，只好作踐自己！」

回想到這裡，忽地憶起幾年前看過的一部華語影片《夜女郎》，它以北投神女為背景，取材夠大膽。此刻瞟望周圍夜景，心想：那部《夜女郎》描寫在夜間討生活的女人群像，反映社會的現象，相當寫實。現在自己駕夜班德士，也算是體驗了夜生活。噢，夜是美的象徵，也是罪惡的代表，到處鬼影幢幢，無所不在，時時有罪惡的勾當發生。而女人呢，在迷濛的夜色中，藉著黑暗的掩護，不計自己的尊嚴，炫耀著自己的色相，利用原始的本錢，換取相當的代價；這就是《夜女郎》的故事。

思忖到這裡，他陡地又想：不，這位五號不僅是夜女郎，她們白天也營業；她的工作是不分晝夜的，也許她付出的代價更多，也許她的日子更難挨……

譚水勃那輛非法霸王車，又在都市四處出現了。

日頭狠毒；赤道的陽光曬烤著大地，從車窗吹進來的風也毫無涼意，連吸一口氣都透著那等的焦灼味兒。坐在車裡那位五旬出頭，一臉絡腮鬍子的老人突然發問：

「這裡的按摩院，哪一間的貨色最好？」

「我不清楚；不過聽說每間都有年輕漂亮的女人，為你服務。」他漫應道。

「天時熱，最好找個有冷氣的按摩院，讓美女揑揑骨、抓抓筋，全身的筋骨，馬上就會鬆軟下來。」這老漢人老心不老地扯道。

譚水勃眉頭一皺，顯露出憎嫌的神情，但他平和地問道：「阿叔，你孩子有多大了？」

「哦，我最小的女兒也有二十歲了。」老人的眼珠一轉，用痰塞的聲音道：「——你問這個幹麼？人老風流是壽徵哩！我說，你一定知道——美麗熱情的女人，哪一間最多？」

譚水勃暗忖：老傢伙喜歡揑骨抓筋，又愛年輕漂亮的女郎，介紹他去找『麗宮』的五號，也許他老會滿意，而且也幫五號介紹新顧客。

於是，他淺笑地：「送你去『麗宮』好不好？聽說那邊的女郎溫柔、熱情又大方。」

對方立時擺擺手，粗聲地：「不，不要！我不要去『麗宮』，因為那邊不好。」

「為什麼不好？」

「哦，是這樣的，我去過那邊，見到一位很像我最小的弟婦的女人，年輕美麗，我最喜歡看她笑；她就是五號的安妮。」說到這裡，譚水勃心頭一震，接著又聽對方說下去：

「我一眼就看上五號，只好排隊等她。誰知道這個小妞太吝嗇，一點也不慷慨；不准我抱，不准我親她面孔，更不許我動手動腳。她口口聲聲說她只做按摩，其他一概免談。我準備給她一百元，請她脫光讓我欣賞。她不答應，還罵我『老色鬼』，我吃不消，就跟她對罵幾句；沒想到按摩院的負責人，也說我過分。我發了脾氣，便發誓不去『麗宮』……」

「唔，你以為每間『健康中心』，都是變相的妓寮，有妓女，又有脫衣舞？」譚水勃那語聲，好冷好漠。

「我才沒有這麼老實，要不然，我何必花錢花時間，換了幾趟車，老遠地跑來這裡找享受！……」老漢又嘮叨地。

之後，譚水勃覺得五號的安妮有她可取的地方。

再次見面時，他問：「你叫安妮是嗎？」

她掠掠頭髮，盯住他：「嗯。——你在打聽我的事？」

「有人說，你有自己的性格，有自己的脾氣，一點也不讓步。」

「請當我是人，不要談我工作的事情好不好？我並不看得起我自己，但我也絕不向人家示弱。」

「好，有志氣。」

「志氣個屁！我是在扼殺我自己。」

「我相信你有不得已的苦衷，所以——」

「我說過，不要談我行業的問題！除非我親自告訴你。」她的眼神看起來還是那麼蕭索，那麼憂鬱。「我只希望有一天，過去的我會死掉，今日的我會活起來。」

她要了他的電話號碼，他抄給她：「電話是我房東的。我每天往外跑，你用電話聯絡我，恐怕不太方便。」

「不要緊，留下你的電話號碼，說不定有一天會急用到。」她帶點詭祕地說。

妖姬別霸王

星期天早上，一位老婦女包他的車子到中央醫院。正巧在那裡遇見安妮，她的面孔和手臂都受傷了。

「是跌倒嗎？」譚水勃關切地。

「遇到一個喝了酒的混種人，他有虐待狂，樣樣要欺負我，我差點逃不出房門，手臂被他拖傷了，面孔還撞到牆壁。」

「妳那一行，不是人幹的！」

「妳駕非法霸王車，頂多只強過我一個馬鼻。」

譚水勃呵呵一笑：「根據法官的罰款，我們霸王司機的罰款，比妳們來得重呢！可見罪名不比妳們輕。」

安妮忽地開朗一笑：「你有點像《小城故事》中的阿B——鍾鎮濤，土土的，鄉土氣息很濃。」

「是麼？」

「這幾天，交通警察又在掃蕩霸王車，你還是少跑動為妙。」

「在這種生活線上找飯吃，遲早會遇到麻煩的。」

「哎，但願我們都有改行的一天！」她慨嘆著說。

安妮第一次搖電話給他：「譚先生：請你幫個忙！因為我父親病重。載我回北馬，大約五百公里，車費隨你說，我一定奉還……」

當晚八點，他們就啟程了。趕路是辛苦的，幸好有月光，月亮一直在追隨他們。

安妮披露：二十一歲那年，父母要安排她的婚事，她絕不嫁給園坵經理的大兒子，因為他曾調戲她不成。父親亟需一筆錢醫治頸部的血瘤症，由於她堅決抗婚，園坵經理不僅不資助醫藥費，甚且不許她母親繼續割膠。現實生活逼人，她的脊梁骨軟了，只得自我犧牲——南下當按摩女郎，賺了錢匯回去家用和治病。但她始終瞞著家人，因為那是不光彩的行業……

一路上，他們顯得十分愉快。她要譚水勃講《茶花女》的故事給她聽；她深深地同情那位叫薇奧列塔的風塵女子。她想：只要人們肯給女主角一點同情，在她就已經是很幸福的事了。……

開車疲憊，他含笑地要求她替他按摩一陣，她婉拒了，卻準備了「力必達」請他喝。

抵達老家，大家都以為他和她是一對情侶，她對他也表現得親密些。她悄聲說：

「請不要誤會！我父親是要見到我有了伴侶，才會安心而去的。」

「好，我算是演員，妳儘管吩咐就是。」他笑笑地說。

她噙著眼淚微笑了：「朋友，多謝您！」

那幾天，他也落力幫她料理父親的喪事。南歸後，他們不再見面，譚水勃只收到她一封短信及支票：

「車費六百，你一定要收。我已經改行了，決心要做個裁縫師。生活是應當過得安分一點的。我聽懂你的話，可是我配不上你的。你戲稱的『妖姬』已死了，你別理她！倒是你——霸王：幾時改行呢？……」

一九八二年七月三十日

選自小說集《靜靜的文律河》（一九八一年一月）

16 白鴿西飛

誰都不否認吧，鴿子是一種和睦共處、平安自由的象徵。

一般人都愛護鴿子；而鴿子卻常使我懷念起一個人來——他是我父親的朋友。

天空的鴿子群振翅翱翔，欣賞牠們迴旋在空中的美姿，我又有點神往地想起了舊事，那位息隱蝸居、閒雲野鶴、嘯傲煙霞的中年人，他的形象又在我腦際映現了。

老家在一個寧靜淳樸的山村裡，民風淳厚，當地人士都給這位方正之士一個雅號：「和平莊主」。凡是認識他的人，都認為他正直耿介、碩德清望、賦性豪爽、有人情味、胸懷坦蕩，是血性人物。

我父親只受過四年小學教育，每天早上騎電單車到甘榜賣魚，下午幫母親耕耘種菜，傍晚或晚間則喜歡與友伴到山林狩獵。

父親擁有一把雙管長獵槍，他說過，打獵的娛樂節目，使他交上不少的朋友。

自從交上了和平莊主，我父親對他的人品胸懷十分傾服，甚至因而感到榮耀，執禮甚恭。

關於和平莊主的故事，都是父親帶回來講給大家聽的。

有一位流落到山村的老乞婦，暴斃在街邊，和平莊主捐了兩百三十元買棺木，幾位好心人把她抬上黑廂車，載往殮屍房去。

大前晚，有兩位幪面劫徒，撬開後門竄入屋裡。和平莊主醒覺了，走出房門，使用一把長手電筒照射著。

一名歹徒立時拿刀衝前來，和平莊主趁勢騰身躍起，給對方一記飛踢，不偏不斜正中胸膛；那傢伙「哎喲」一聲翻倒在地上。另一名歹徒也持刀撲襲過來，他又一個旋風腿，橫掃在那惡客的面上，把他踢翻了，衝前一步，將他的手臂使勁一扳，他喊叫饒命。早先受傷的賊徒及時逃跑了。替他管工的登叔也醒過來了，協助主人把被擒住的賊徒捆綁起來，解下他幪面的手巾。

第二天早上，和平莊主釋放那賊徒；賊徒喜出望外，大受感動！臨走前，他跪下去拜謝，並發誓再也不幹這勾當了。

於是，有更多人對莊主感到由衷的敬仰。

一個大熱天，我父親頂著驕陽到甘榜賣魚，午後又到菜園幹活。傍晚，他沒有跟朋友去打獵。

日落了，天空有雲霞。

晚飯後，我們在屋前的草坪上納涼。

父親突然朝對著母親喟然興嘆：「莊主說，我的命不好，所以凡事不成功。——我改行了幾次，沒有一次賺過錢！」

「他會看相？從什麼地方看出來？」母親問道。

「哦，莊主說，我的額小早貧，鼻小窮苦，口小必窮，而且鼻孔仰露，不能聚財，所以跟富貴無緣，凡事只好聽天由命，不是人力所能改變的。」父親徐緩地說著。

大哥十五歲了；他在一邊插嘴：「爸爸，那是江湖術士的論調，您為什麼要相信？」

母親也立時開口：「看相算命，是騙人的東西，是屬於無稽的迷信！」

「不，不。」父親慌忙地自以為是地糾正：「我對相命是相信的。因為莊主說得合乎情理，不是瞎扯。相人是根據經驗而來的，而莊主看了我的掌紋，講我的過去，都相當準確！」

大哥注視著我：「弟弟，我們絕不要跟爸爸一樣——做一個宿命論者。我們的前途要由自己去決定！要是把一切歸到命運天數方面去，就會把自己的力量估計得太小，更沒有勇氣去改造環境了，只會變得更消極。其實，做人唯有靠自己去奮鬥，才是正道。」

我點了點頭：「是呀，大哥的話比較有道理！」

父親並不太固執，沉吟片刻，他凝視著大哥：「年輕氣盛的人，大多數不相信命運會支配人生。這樣也好，那些命相不好的人，才會向命運挑戰。而不認命的人，才是強者。」

母親突然又發言：「人都有姓有名，和平莊主到底叫什麼名字？」

「我問過他——」父親徐緩地答腔：「他告訴我，他叫莊仁義。他的祖籍跟我的相同，所以，他和我有同鄉之誼。他搬來這裡定居，屋後和左右的土地，都被他買下來。他的洋房被一道六尺高的圍牆圈起來，雖然位於馬路旁邊，不過你經過那裡，也看不見裡頭的景物。」

頓了一下，父親又接下腔：

「『和平莊主』這個名字，是誰替他取的，我也不曉得。莊仁義很喜歡人家稱他為『莊主』，因為他姓莊，所以大家就這麼稱呼他。」

「呃，原來他是一個富翁呢！」母親恍然地。

父親立即補充：「莊主有產業，達必（但是）他沒有銅臭氣息。他說，他喜歡閒雲野鶴的生活，所以決心在我們這個小地方定居。他還說，他不善於交際，所以不願意和外人交往……」

「莊主不是一個怪人的話，便是一個隱士。」大哥的神色有幾分茫然。

※

晴朗的下午，和風拂拂。

父親教導了我一番話，然後帶我去拜會和平莊主。

進了圍牆，領路的是四十歲左右的管工——登叔。這當子，一切豁然開朗；首先映入眼簾的，是一幢富麗的洋房，美奐美輪。屋前的草坪，綠草如茵，屋後果園，一片青蔥，真是別有天地。

莊主迎前來，雄渾的話聲響起來：「柯哥，你們準時光臨，歡迎，歡迎！」

久聞大名的和平莊主儀表非凡，頎長的身材，肩背挺直，天庭飽滿，但目光偏斜，眉毛疏薄，顴骨高，口闊大。他露出閒適的神情，態度溫和厚重。

在客廳坐了下來，我兩手交叉著放在胸口，環顧廳裡的擺設，然後凝視靠牆的兩大書櫥的藏書，我心頭兀自惴惴地。

莊主與父親搭訕一陣子，便用那雙明銳的眼睛瞅住我。不旋踵間，他咧嘴一笑：

「柯哥，這是你第二個兒子吧？——初中一又考到第二名。」

父親連聲稱是。我站起來，恭恭敬敬地：

「莊主，請多多指教！謝謝。」

莊主招手叫我過去。我心如鹿撞。他看了看我的手掌，目中異彩連閃地笑道：

「柯哥，恭喜你有這個兒子！」

「唔，好說好說。」父親堆著一臉笑容。

莊主慢條斯理地說下去：「這位阿弟，氣色明朗紅潤，五官不錯，耳朵深，眼睛黑白分明，鼻準梁直，顴有肉色，為人正直。更難得的是，鼻大嘴唇厚，頭大而額角高，有氣魄，有正義感，聰明伶俐，而且必定富貴。呃，阿弟的手是「金形掌」，掌心圓厚，手指渾圓，掌色光闊……這些都說明阿弟的命好……」

我聽著，不由得心下甜絲絲地。

莊主瞟了我們一眼，嚴肅地：「相術易學難精。我說過，不一定都準，再說，命相裡頭有積德、損德之說；一個人命相雖然好，還得做些積德的好事。否則，幹了壞事，便可能由好變壞。

所謂『相隨心轉，命可自造』，就是這個道理。相命不靈，也是這個緣故。」

「唔！」父親面上閃出一種難捺的喜悅：「謝謝莊主指點迷津！」

我們喝了茶，莊主忽然提出一個問題：

「阿弟，你告訴我，禮貌的『禮』字作何解釋？」

我聽了一默神，繼而訥訥地：「『禮』是誠懇的表示，對人尊敬，和氣親善。」我好容易才搪塞過去。

莊主目注著我：「你很聰明，答得有幾分對。我問過其他的初中生，他們所回答的，多是『跟孔子媽讀的』（不通）。」他略頓一下，接下腔：

「所謂『禮』，是人類社會裡，人對人交際的種種儀式，久而久之，便成為一種共同遵守的習慣。在以前，『禮』是王道的一部分，根據儒家的學說是通『情』的。儒家所稱道的禮，包括政治制度、宗教儀式和社會風俗習慣等。古時候的『禮』，是治亂的根本。這種禮，教人節制，教人和平，從而建立起社會的秩序。」

「哇，莊主的學問淵博呀！」父親讚嘆地，旋即朝對著我：「莊主的話，你要聽吶！」

「『禮』的學問太深了。」莊主一副平和安泰的神情：「阿弟是少年人，只要知道禮是教人和平，教人節制就行了。」

「嗯。」我點了點頭：「我記得。」

我們走到門外，但覺惠風和暢，暑氣全消。站在青地毯似的草坪上，左邊有一棵約三十尺高的遮蔭樹，右邊有小花圃，種植著美人蕉、雁來紅、鳳仙花和茉莉花等；盛開的花朵，色澤豔麗，交織成美麗爽朗的圖案。

莊主指著那棵遮蔭樹，吊高嗓門：

「根據相書的說法，在屋子的西北面，種一棵大樹，可以守護住家，帶來福氣，所以，我叫阿登種了一棵黃花盾柱木……」

驀然間，我瞥見一群鴿子飛過來，停駐在草坪上，發出咕咕鳴聲。

我挺喜歡鴿子，看牠展翅飛翔，靈巧嬌憨，悠逸自由，多麼有趣。這當口，我慢步向前，目不轉睛地注視。

呵，鴿子是和平溫雅的，瞧牠的儀態，溫馴平和，有一派紳士的風度，雍容大方。這群鴿子，或白或灰黑，或兼有頸胸呈暗紅色的，惟腳趾都呈紅色。

莊主踅過來，和氣地：「阿弟，你也喜歡鴿子，是嗎？」

「嗯，鴿子很可愛。」我答腔，旋即問道：「莊主，您養有多少隻鴿子？」

「唔，大概養有整百隻。」莊主目光炯炯：「養鴿子是為了樂趣，鴿子是善知人意的鳥兒，看牠悠逸自由的樣子，也能夠陶冶人們的性情。」

「鴿子是一種『和平之鳥』，一點也沒錯。」

「阿弟真聰明！」莊主微微一笑：「鴿子是大家公認的，和平的象徵。」

我陡地心頭一動：哦，這是「和平莊主」雅號的緣由吧。

莊主又一疊聲地讚道：「鴿子的智慧很高，記憶力特別強，而且有敏銳的眼力，能夠辨別路程、方向和顏色。所以，經過訓練後的鴿子，能夠替人傳遞書信，還可以在工廠裡幫助工作。」

正當此刻，由屋後暗澹的小路折過來的登叔聽見了，他送給我兩枚果球似的紅石榴，然後插嘴：「鴿子是溫和的，不過牠有時也愛打架，爭風吃醋，甚至寡情寡義，很勢利眼呢！」

莊主沉聲喝叱：「阿登，你懂什麼？──哼，『壞戲鑼鼓多，小人言語多。』我養過二十多年的鴿子，我不瞭解而你更瞭解？」

登叔立時恭順地：「是是，你說的對！」

半晌，莊主瞟了父親和我一眼，繼而仰望高飛的鴿群。好一會，莊主說：「鴿子是人類的好朋友。養了鴿子，會更瞭解和平的可貴！我們每個人都應該是個反戰主義者。」

莊主臉上顯露憂鬱的神情，侃侃地：「戰爭是恐怖的。在太平洋戰爭期間，我爸爸被日本鬼殺害了。後來，日本的廣島和長崎，挨了美國的原子彈，那時候，日本人才知道戰爭的悲慘。今天的人類，應該保衛永久的和平，反對核彈！」

「是呀，戰爭是文明人最殘忍的行動！」父親附和地。

莊主正容地說下去：「以前的原子彈，能夠在一秒之間屠殺四十萬人，可是，現在的核子彈，比原子彈增加了百倍到千倍的力量。要是強國不能禁止核子武器，不幸發生一場核子戰爭的話，所有的人類都會死光吶！」

父親的面色也凝重了：「目前，我們人類最大的威脅，就是核子戰爭。」

「好彩（幸好）目前的美蘇，勢力均衡，國與國之間的力量均衡的時候，戰爭才不容易發生。而第三世界的國家，應當馬上搞好關係，結成強大的統一陣線，防止戰爭的危機和霸權。唯有這樣，人類才有和平共存的希望！」莊主頗有見地地發表高論。

我們到屋後參觀那十多個丈餘高的鴿舍。屋宇後邊是一片樹木蔥蘢，蒼蒼鬱鬱的果林和椰園。可惜的是，這不是果實成熟季節。

踅回屋前的草坪，父親忽然發問：「莊主，聽說你練過功夫，有一副好身手，是嗎？」

莊主聳了聳肩，雙手一攤：「這個嘛，要請你們保守祕密！——中國功夫，是包涵廣大而宏博的；我所學的，只不過是一點皮毛罷了。練功夫的人，最需要講究謙虛，要不然，萬一遇到高手，就有苦頭吃嘍。」

「你跟人家打過架沒有？」父親笑笑地問。

莊主尋思一會，才回腔：「大概在我二十六七歲時，我跟一位賣風油的朋友到了馬泰邊界——巴東勿剎，有一個泰國青年向我們勒索，我跟他比劃了一次。」

「莊主，您勝了？」我插嘴。

莊主陡地一臉驃悍神色，目光炯炯：「呃，當時他一動怒，馬上一個旋風轉身，以『高擺腿』向我頭部橫掃，腿風有勁；我不慌不忙，使用詠春伏手一閃，同時趁勢上馬，用左腳踴著對方的右腳彎。對方並不示弱，腰身一扭，很快地換腳橫掃我的腰部。這一下，我馬上以撒手接住，而用另一隻手作拍手夾他的腳，然後猛力地使出蹬腳一撐。那位泰國青年跪地翻倒，爬起來之後，逃跑了。我們接受當地人的勸告，趕快開車南下，避免對方尋仇。」

正說話間，有一位近卅歲柳眉花嬌的少婦走出門外，嬌甜語聲傳過來：「我在柴房捉到四隻小老鼠，未發毛，你要嗎？」她是衝著莊主問的。莊主嘿嘿輕笑：「要，當然要，你幫我留起來，今晚送酒吞下去。」那少婦笑盈盈地轉身，風擺楊柳般地折返屋裡。

莊主直視著父親，壓低聲線：「紅紅的小老鼠最滋補，我曾吞過整百隻。這小東西能養陽驅風，還能夠促進腎機能喏……」

父親咧嘴一笑：「莊主什麼都懂，自然也曉得藥性，曉得怎樣採捕。」

「談到藥性，使我想起我替人醫過病。」莊主的疏眉一揚，滔滔地：「十年前，我住在北馬；有一回，一個孩子因為出痲疹發高燒，而昏迷不省人事了，我叫他的父親用新鮮的牛屎，塗滿小孩身上，又叫人用日久風乾的牛屎，煲水給小孩喝下去，後來，那小孩便痊癒了。——你相信嗎？牛屎乾被稱為『百草靈』，有清涼、散熱和解毒的功效。」

「是嗎？」父親有幾分困惑地。

莊主口中嘵嘵不住地：「後來另一回，一個生產後血虛的婦女，她的丈夫請教我治療的方法。我叫他買西瓜給他太太吃，每次都越吃越多，等到她肚瀉的時候，就不要再吃西瓜，馬上買點高麗參煲水給她喝。很快地，他的太太便復原啦……」莊主說得活龍活現，確鑿有詞，不由得你不相信。

晌午時分，莊主送我們到鐵柵門口；他倏然拍拍我的肩膀，溫和地說：「阿弟，我送你一句俗語：『將相本無種，男兒當自強』。希望你記得！」

「謝謝莊主！」我致謝。

「柯哥！」莊主囑咐父親：「你每天到處跑，要是見到什麼野味，請你替我買來，我什麼野味都愛吃，果子狸和四腳蛇最好……」

從和平莊作客歸來，大哥聽了我的述說，他沉吟片刻，說道：

「我不相信命運，所以我才不跟父親去拜訪莊主。他說孔子也相信命運，可是據我所知，孔子所指的，是不強求名利，盡人事而後聽天命。孔子不是有說過：『天行健，君子以自強不息』嗎？我總認為：人是萬物之靈，有創造和操縱萬物的才智；唯有弱者才認命。」

母親卻提到鴿子：「我不喜歡養鴿子，因為牠是一種很勢利眼的飛禽。以前，我家養過鴿子，後來，因為附近人家也養鴿子——那姓何的是有錢人家，飼料豐富，我們的鴿子便搬家了，住到何家的鴿籠裡去，絲毫沒有顧到我們養育的恩情。我和你祖母向何家要回鴿子，他們賴帳，害我們兩家吵架起來。哦，鴿子帶來的並不是和平！……」

※

我離開山村了。在異鄉深造，每當望到振翼在高空飛翔的鴿子的時刻，家鄉的舊事便猶如走馬燈上的紙人，又在我腦際轉過去——對於那位父執給我的印象，仍然是鮮明的。

返鄉時，父親回答我，他好久沒去和平莊串門兒了，因為莊主到歐洲住了兩三年，歸來後，更不願意與人交往，過著息隱家園、韜光養晦的生活。

翌日，我貿然地以熱誠的心情去探望莊主。

他那寬大的家園很靜；這份凝固似的寧靜，對於孤雲野鶴、恬澹自甘的隱士是挺適合的吧。

莊主的記性果真很強，他還認得我，叫出我的名字。他略帶一些蒼老相，但聲音仍是雄渾的。不過從言談和神態觀看，他似無復當年之勇了。莊太太的樣子娟美，但面色有點蒼白、眉黛籠愁，還有一股憔悴的精神。

「莊主，」我開口了：「您出國那麼久，我還以為您不回來呢！」

莊主的目光泛散，但仍和善有禮：「喝茶吧！——呃，我們像一對鴿子，不管飛得多遠都會想家，一定會回來的。」

他撇了一下嘴，又說：「我們要見識廣博，一定要遠遊四方，所謂『行萬里路，勝於讀萬卷書』就是這個道理。」

我忽然想到從圖片中見到的威尼斯聖馬可廣場上的鴿群，便問道：「聽說，意大利的聖馬可廣場有幾千隻鴿子，真的嗎？」

「是啊，那邊的鴿子很多，而且不怕人。在英國的維多利亞火車站裡面，也有數不清的鴿子，那些白鴿在行人路上來往，好像要跟人們競走一樣，一旦賽不過人的時候，便展翅高飛了。」

「你還打算養鴿子嗎？」

「哦，我當然要再養鴿子。」莊主疏眉一揚：「和平莊，豈能沒有白鴿呢！——不過，我倒喜歡遊歷，說不定不久又要出國——飛往美國和加拿大去吃風……」

我忽地想到開放的西歐，報章常刊登當地的風情，便笑笑地發問：

「莊主，聽說歐洲的夜生活很胡鬧，很刺激，而法國女人還是過剩，所以法國小姐熱情奔放。巴黎的拉丁區，有不少的阻街女郎……我又聽說，在倫敦的蘇壕區，妖精打架的黃色書報，也公開售賣，這些都是真的嗎？」

莊主滿臉肅穆的神情，搖搖頭輿嘆地：「我沒有親自參觀過，不能回答你，只聽說西方人的性生活很隨便。——呵，你們年輕人，老愛打聽風花雪月的事，真是人心不古啊！」

我感到不自在。莊主是正人君子，滿口禮義廉恥，我失言了吧。我靜默了，莊主徐緩地說下去：「年輕人應該關心世界性的經濟問題，比方西歐有很多青年人失業；歐洲共同市場的九個國家，現在有兩百多萬青年沒有工作，尤其是在英國和意大利，將近一半的失業者，是青年人……」

我禮貌地點點頭；莊主又接下腔：「我在英國住了兩年，其餘的時間是在法國、荷蘭和意大利居留。我有一個弟弟在倫敦開餐館，他們供我旅費，又留我們協助他們營業。要不然，我們早就回國了。」

他眉鋒皺了皺，又率然地：「如今，我學會了英國人的沉默，不喜歡多說話，絕不會騷亂別人，所以跟外界更少來往了……」

坐不到三刻鐘，我便從和平莊出來，直覺得很不是味兒。

※

黃昏已盡，暮色朦朧。我奉父命去載和平莊主喝喜酒，因為這天是大哥的成親之日。莊主不在家，莊太太推說沒有空。我恭請再三，結果她叫登叔作代表，臨走時，她吩咐登叔不能喝酒。

在筵席上，觥籌交錯，來賓們開懷暢飲，登叔不知被誰強迫地灌了兩杯，面孔漲紅，沉默寡言的一個人也變得多嘴了。

我扶登叔上車，送他回家。酒使他心裡藏不住事，我心裡盤算上了，於是我頻頻地套問他，稍後，乾脆泊下車來。

他說，他叫譚元登。莊主是他的堂妹夫──莊太太是他的堂妹。莊主原本有妻室，是大富人家的獨生女，又矮又胖，而且神經不太正常，每天傻兮兮地笑著。莊主為了獲得三十依格園坵，情願被招贅。他和妻子生下一男一女，都跟女方同姓。他狠起心來，把園坵變賣之後便出走了。不到一年，他追求登叔的堂妹，便到山村來隱居。

這當口，我念頭一轉，又問道：

「登叔，你堂妹夫倒是一個人材，你同意吧？」

「噫，他，他很聰明，過目不忘，所以能夠賣弄學問。」登叔睜大紅紅的眼睛，揚聲地：「嚇，奸奸狡狡，朝煎晚炒。他有手段，嘴巴甜，又懂得畫符念咒；我的堂妹念完九號英文不去教書，卻甘願嫁給一個結過婚的人，而且年紀比她大十四歲。來到鄉下，堂妹專門養鴿子，燉給丈夫吃補，讓他滋陽補腎……」

月明星稀，我把車子停泊在路邊，詢問了這麼多話，我終於發現了莊主心靈深處的奧祕。此刻，酒精使登叔不問自說了：

「我的父母早死，我是我堂妹的父母養大的；為了報恩，所以，我願意做他的管工，不在乎工錢給多少，處處照顧自己的堂妹。」

「你堂妹夫還不錯嘛，存了錢，帶你堂妹去歐洲玩了兩三年。」

「哼！萬事到了他口中，總有一個理由的。」登叔恨恨地：「他說大話不用本錢！他掛名去倫敦吃風，事實上，他是協助人家走私海洛英，結果破水——『搶灰連棺材去』（本利全失），被判坐監兩年半。這是我堂妹跟我偷講的。他坐牢，我堂妹到一家餐館做女工……」

「啊……！」我相信自己的嘴張得好大，半晌合不攏來。

「他的臉皮夠厚，自鳴清高，滿口道義。五年前，他還教我偷種幾十棵大麻哩！……」酒精使登叔心底的積怨沸騰，他激動得宛如一鍋沸水。

我心下突有所感，又發問：「莊仁義不是他的真名吧？」

「那當然；他的真實原名叫鍾人譯。」

「我不明白，莊主為什麼對我爸爸特別好？」

「理由很簡單。」登叔吊高嗓門：「你爸爸人老實，常常送野味給他；榴槤開花時，替他打蝙蝠……」

送登叔到鐵柵處，莊主正好在那邊等候。我扶登叔下車，莊主煮熟狗頭（笑臉難看）地瞪著他：

「這傢伙很貪杯！平時，我只准他在家裡喝酒，因為他不會喝酒，喝了酒就亂性，而且亂講話……」登叔拖著踉蹌的腳步走入圍牆。

我瞟了莊主一眼，撒謊地：「登叔喝了酒，在我車裡睡了幾分鐘。」

在歸途上，望著車窗外的月色，我緊綳的胸腔的一口氣仍無法舒出。在善惡的邊緣，我聯想到鴿子的另一面。我失望啦！

清明節，我又返鄉。母親告訴我：和平莊主和太太又環遊世界去了，連登叔也跟去。

「莊主很好心，連管工的登叔，也有福氣坐飛機遊世界。他們把和平莊賣掉了，很可能到外國去定居呢！……」母親言下之意似乎極羨慕哩。

我心裡卻默默地祝福忠厚善良的登叔，有一次愉快的旅行，藉以補償長期的苦幹辛勞。

今天早晨讀報：（阿姆斯特丹十七日路透電）司法部發言人昨天說：上週在這兒，法庭判四年徒刑的四十五歲馬來西亞籍毒販，前天被發現死在他的囚室內。這名男子譚元登，在荷蘭中部登波茲監獄其囚室內上吊……他是從吉隆坡走私海洛英到這兒被捕的……

讀完這則短聞，我悚然一凜：登叔犧牲了！

我要告訴母親，莊主帶人免費旅遊是另有目的和預謀的。我更要詳盡地告訴父親，讓他從魔鏡裡看到西飛的白鴿，使他比我更吃驚、更失望！

一九七七年七月二十一日

選自小說集《靜靜的文律河》（一九八六年一月）

17 飛向子午線

迥異之夢

人活著，總有一個未來，總有一些夢想。

誰不祈望自己所編織的夢能成真？——朱今適的男朋友何思輝也常織夢，他是個家世殷實的子弟，經常編織的是「大學夢」。他父親也擁有他的夢，那是付託於兒女身上的「成龍夢」。夢與現實之間，往往有一段距離；現時的何思輝，由於考獲的高級劍橋文憑成績欠佳，不被大學當局錄取，所以感到有幾分的失意。

朱今適瞭解他的個性，來信安慰他，還在信裡強調：求學不一定是非唸到大學不可；一個人的服務精神和價值表現，絕不是由學術資格肯定下來的。我們只要抱著服務人群、忠於君國的生活態度，去實踐個人的目標，便盡了一己的責任，成為人群中堂堂正正的一分子……

何思輝跟朱今適成為一對情侶，已經快三年了。他倆是同學，華校高中畢業後，他轉入高級英文中學深造。朱今適的家境困苦，離校後便出來謀生；她做過店員、補習老師和書記。在現實環境裡，熬受過幾許的折磨與考驗，如今，她較少以夢想來作為心靈的寄託了。她明瞭，夢只是個美麗的藍圖，夢多是虛幻的影像，縱然它比現實來得使人嚮往，然而美麗的夢不容易實現，浪費時間去編織那些空幻的夢，又有何用呢！

她並不是容貌很出色的少女，但身材健美，那一雙寒光炯炯的眸子，使何思輝覺得它正照亮著自己的生命。她領悟力強，有見地，見識似乎高他一等。她出生貧寒，不是個養尊處優的閨閣千金，可是，何思輝欣賞她，因為她純樸而重現實，有原則，肯苦幹，樂觀與積極，而且做事俐落。

何思輝的父親是富商巨賈；自小他的生活問題一一由父母安排，幾乎沒有什麼難題使他操心而苦惱過的。

朱今適眨著一雙大而亮的眼睛調侃他：「你樣樣東西都必須問過家長，每天只會迷書；我說你呀，沒有見過風浪，你是溫室裡的一朵花。」

「不，別小看我，我有決心，我會吃苦！」何思輝抹臉摸了摸下巴，雙眉一揚：「我要做烈日風雨中的一棵樹，茁壯挺拔，茂盛長青……」

「我看你倒是個幸福者。」

「何以見得？」

「哦，身在福中不知福！」朱今適笑盈盈地：「我跟許多過去的同學，在社會大學裡碰過好幾個釘子，你卻能安安樂樂地在學校裡唸書；在家裡，你又是一個標準型的公子哥兒；這還不夠幸福嗎？」

他微微一愣，旋即哂然一笑：「呃，還有，我最幸福的，是我有妳這位女朋友——妳是我心裡的太陽！」

她白了他一眼，才撅起嘴道：「等你再被我指責，說你沒有個性和勇氣的時候，你就知道是不是幸福哪！」

他咧嘴窘笑：「妳的指責是有道理的話，我一定遵從，我一定改過。」

「你的雅量，倒是教人喜歡。」她凝眸看著情人，柔聲地。

他心上泛起一絲甜意，朗朗一笑地：「呵呵，妳呢？樣樣都教我喜歡，因為妳是我的靈魂，妳是我的生命——」

「不要油腔滑調，討厭！」她神色一正：「你要記得：愛情的表達，不是用言語來吹的；正確的方法，是通過一些方式，可以讓自己的愛人知道、感覺得到，同時也體會得到：你是在關懷她、愛護她、協助她……真正的愛情，應該是使自己和對方體味到溫馨融洽，覺得人生更有意義，對生活更有信心……」

載夢飛

在這個華麗的敞廳，天花板上高吊著一盞巨型的琉璃燈，千片萬片的水晶玻璃，照耀得使人刺眼。那些家私、地氈、電視機、電唱機等設備，都是整齊和精美的，給人一種舒適安逸的感受。然而這當子，何思輝卻全無這種美好的感覺。

父母親坐在沙發上，何思輝被召到他們的面前。每次父母跟他商議一些要事時，他都是站立著，感到很不自在。瞧他們的神容肅穆，他通常都是唯唯諾諾地極少回話。

父親輕咳一聲，然後徐徐地：「我寫信給你叔父，你是知道的；今天，我收到他的回信，他贊同你出國——」

何思輝迫不及待地搶著說：「去到加拿大那麼遠的地方唸書，我本身沒興趣。」

母親揚起眉梢兒，臉色一沉：「先聽你爸爸說完！——有機會到外國讀書，是人生樂事；你飛到那邊，自自然然就有興趣嘍！」

父親雖然已有五十六歲，但他硬朗明快。此刻，他橫了兒子一眼，又說：「你叔父答應照顧你，許多其他的問題就不必顧慮了。我決定向最高專員署提出申請。你就有機會飛過子午線，到多倫多五湖學院唸大學先修班囉！你應該高興才對。」

何思輝心中空茫，不知是喜抑是愁。沉吟片刻，他淺笑地說著：「我從來不曾離開過家，我真捨不得離開這裡！——加拿大離開大馬太遠了。」

母親目光一凝，溫和地：「年輕人最容易適應環境，你慢慢就會習慣的。」

何思輝壓低嗓門，鬱鬱地：「一想起來，我心裡就不安！您們想想看：到了一個陌生的國家，生活習慣不同，語言不同，文化背景也不同，免不了有許多隔閡的地方，還有，在外國，每一餐都是西餐，實在不合胃口。」

「你有叔父在那邊，他地頭熟，會照應你、幫助你；你的英語又行得通，還擔心什麼？」母親說。

父親摸了摸下巴，回憶了半晌，然後徐緩地：「在一九七六年，我到加拿大去觀光，在那邊的城市，比如溫哥華、多倫多、渥大華和蒙特里奧，這四個大城市都十分美麗；溫哥華市內有一座中國城——也叫唐人街。住了八萬名華人。這個唐人街，非常繁華熱鬧，餐廳也很華麗。而首都渥大華，市區內有運河讓遊客泛舟，到處見到鬱金香，鮮豔奪目……」

何思輝心中轉念，深呼吸一下，壯了壯膽：「爸爸、媽媽：本地的大學，無法提供足夠的學額讓我們申請，我就死了唸大學這條心吧！——我不想留學，也不想遊玩外國的名勝地。再說，在加拿大的唐人街，你只能聽到粵語，很少聽到當地的華人，用華語交談；我不會講粵語，不是很不方便嗎？」

母親的面上剎時罩上了一層寒霜，冷哼地：「不要再找藉口啦！——我知道你是為了賣報紙的女兒，你那個姓朱的女朋友，才不願出國留學。」

何思輝的俊面一紅；母親何等聰明，早已洞燭兒子的心意。

父親臉色變得冷肅，嗓調裡充滿著不快：「哼，真沒出息！有了女朋友，就準備放棄學業，這種人不配做我的兒子！」

他垂下視線，輕聲地：「爸，一個人不出國或者沒攻讀過大學，還不是可以出來打天下，做鬥士？」

「廢話！」父親的性子暴躁，嚴厲保守，這時他老吊高嗓門：「你這渾蛋，真沒頭腦，完全不瞭解父母的苦心！」他一頓話鋒，輕嘆著說：「多少人要出國求學，一直沒有機會，經濟也不允許，結果失望地留下來。每年，約有一兩千人，申請到加拿大去求學或定居。你有這樣好的機會，還不好好地把握著！將來，學成歸來，繼續搞戀愛而結婚，不是更好嗎？」

何思輝遲滯地：「我和她……她不能分離；我覺得我跟她的愛情，比留學更重要！」

母親神色不動地說：「要是你們是真心相愛的話，她再等你幾年是應該的；萬一她不能等待，那就算了吧！將來成為專業人材，還怕找不到好對象！」

「媽，話不是這麼說。」他正一正顏色，訥訥地：「我們很重……重感情，我希望跟她有始有終！」

「你費一番唇舌，跟她解釋吧！」父親的語氣緩和一些：「你那個姓朱的女同學，我看不出有什麼特出的地方，不用為她太痴迷！——你一定聽人家說過吧？愛情是男人的一部分，是生活的點綴；男人創造事業，才是頂重要的。你留學歸來，事業便容易成功吶！說不定你在加拿大混得好一點，有機緣可以在那裡定居下去，成為當地的公民，那就更幸福咧！」

何思輝在意念流轉中，又壯膽地開口：「爸，我比較容易滿足，我沒有什麼野心。請您讓我再考慮考慮吧！我目前，是不想到加拿大去找機會的……」

父親老臉發青，眼冒凶光，恨聲道：「嘖，你不聽從父母的安排，就是不孝不順，何家沒有你這樣的兒子；要是你不願去留學的話，家裡也不容許你住下來——我們將趕你出去！」

他瞭解，父親並不是那種胸懷坦蕩、謙虛可親的人。他聽著，豎起了寒毛。

父親有事驅車出去了。廳裡只有他與母親。母親扭開電視機，觀看連續劇《小李飛刀》。

他思忖一會，臉上一熱，有點不好意思地對母親說：「媽，今適跟我提過，她父親患病，到處求醫；她們一家相當窮苦，我們是不是可以幫他們一些？」

「幫些什麼？」母親明知故問地。

「哦，我們可以不可以出一筆錢，給她父親治病？」

母親沉吟不語，顯然她在全力地思索；好一會，她搖了搖頭：「這個嘛，我辦不到！目前，我們跟今適一家非親非故，不必盡什麼義務。即使有一天，他們的女兒跟你結婚，我和你爸爸也可以不理他們……」

「你和爸爸有時候對人是無情的。」他有幾分不滿。

「胡說！」母親微愕抬眼，大聲地：「你不能隨便批評父母，我們都是要你好的。」

他不禁心底一涼。一會兒，他又仗起了膽子：「爸爸有時也是自私的，而且虛榮心很強，他把大哥和二姐送到英國去深造，其中有一個用意，是藉此象徵著一種顯赫的地位。」

母親悍笑一聲：「呵，你太放肆了，連你父親也批評起來；你好像不滿他，是嗎？」

「嗯，因為您們把朱今適看得太低了。平時，父親又愛說門面話，所以，我要打抱不平。」

何思輝燦然一笑。

「如果你肯到加拿大唸書的話，我可以送五百塊錢給姓朱的——轉送給她爸爸做醫藥費。你接受嗎？」母親放緩顏色，強自和氣地。

何思輝急忙斂笑，神色一正：「我也許會接受，然而，今適是絕對不領情的。有一次，我準備把自己的儲蓄拿來幫助她，她也堅決不要。」

「那麼，為什麼你剛才又要提到幫助今適的事呢？」母親瞪眼發問。

「哦，我是在試探您。」何思輝的口齒啟動了幾下：「我總覺得您跟爸爸，不願我跟今適好下去，我不知道真正的原因是什麼？」

母親雙眉陡揚，頭微一擺，直率地：「你想一想就明白嘛，你的女朋友是個派報者的女兒，年紀跟你同樣大，傲氣呢，卻高人一等；你爸爸跟我，都不歡迎這樣的女人做媳婦……」

他聽出一些端倪來了，目光灼灼，笑容中有苦澀之意：「媽，今適有她許多優點；我相信我的選擇是不錯的。她有她的個性，絕不隨便討好奉承別人；她有幾分傲氣，並不是一種缺點……」

母親又神色不動地瞟了一眼：「我比較『民主』，我不想堅決地反對你跟今適的來往；倒是你爸爸，他講究門當戶對，他認為送兒女留學是體面事……要是你不照他的意思去做，恐怕他會在經濟方面為難你。」

他的面容轉為莊肅，決絕地：「媽，有很多事情是不能夠兩全的。我準備出來做事，我會獨立的！」

西出洋關無情人

週末的傍晚，何思輝與朱今適見面了。

她銜著他燦然一笑，一雙寒光炯炯的眸子直視著他。他帶她到附近的茶室喝杯茶，他知道她不喜歡上咖啡座的，因為她認為那太破費了，可省則省才符合節儉之道。

何思輝把心事說出來之後，朱今適心中湧起一句話，但終於忍住不說了，跟著露出一排潔白的牙齒：「這是喜事呀，恭喜你！」

他凝注她，她眼裡的表情複雜而奇異。他微微一笑：「有機會到外國，升入大學的問題便解決了；可是，我不能離開妳，幾年的分別，是痛苦不過的事！我沒有意思去編織『異鄉夢』，只想留在這裡做『情人夢』。」

「這是一樁大事，你應該好好地考慮！」

他瞭解，今適對某些事的看法，往往是果斷而獨立的，這與她幼年困苦和畢業後深入體驗生活有關。現在她竟然只是恭喜；他感到茫然：

「適，妳為什麼不提供一些寶貴意見呢？」

她略一沉吟，暗忖：思輝留學的事，是他父母安排的，這原本是件好事；他是養尊處優的，當然也有詩和夢一般的情懷。我還是少說話為妙。

她又笑盈盈地：「這是你的家事，也可以說是你自己的事，不用我操心！」

「有了妳，我根本不想放洋啦。」他推下一臉笑意。跟著，他從衣袋摸出一小張白紙，執筆在白紙上面，邊寫邊唸道：「因為西出『洋關』無情（故）人！」

「難得你念舊，對我有情分。」她頓了一下，又說：「可是，魚與熊掌，不能兩全……」

「不，我要的是兩全。」他用溫柔的充滿了感情的嗓調說：「妳聽，『兩情若是正當濃，又豈在朝朝暮暮？兩情若是長久時，心心相印靈犀通。』——我們有著深厚的感情，要是父親堅持要我出國，我不得不離開妳的話，請妳為我等待幾年，好不好？」

她目光微轉，繼而搖了搖頭：「不，我絕不付出這種諾言，希望你也不要答應我太多，因為未來的事，是很難預料的，誰也無法保證幾年後的事。」

他臉上的肌肉跳動一下：「妳以為我經不起考驗？」

她掠一掠秀美細長的烏髮，面頰微紅：「等到幾年後，那時候，不知道我會變成什麼樣兒！許多事情都是很難說的，世界上的任何東西都會腐壞變質的；人類的感情，原本就是千變萬化的……」

他感到侷促不安，雙眉一揚，又激動地：「我先跟妳求婚——我倆先訂婚好不好？訂了婚再出國，雙方就有保障了。」

她又一掠頭髮，似乎要拂去什麼，平靜地回腔：「你想得很天真。在我看來，訂婚是多餘的，愛情的變化，是沒有任何形式可以約束和保障的，有時連婚姻也無法確保夫妻的感情不起變化；許多人鬧婚變，便是這個道理。」

「妳看，我應該怎麼辦？」

「你必須有自己的個性。」她凝注他：「我覺得一個人長大了，不應該只會跟著別人走；否則，就永遠沒有自己的個性。」

「我必須要怎樣做，才會有強烈的個性？」他搔耳抓腮地。

她徐徐地回答：「每個人必須有自己的想法和抉擇，瞭解自己想要的東西跟自己想做的事；這些意念和慾望，在個人一定的原則下表現出來，久而久之，便可以形成一個人的個性。」

「妳放心，我的個性是言出必行。」他的意念流轉中，忽又嘮叨地：「我是一往情深，用情專一的，我可以發誓！」

她猛地臉色一沉：「瞧你這樣，不僅是天真，而且是幼稚呢！——在現實生活裡，我看得比較多，我已經覺悟了：愛情，不是狂熱的熾火；愛情，不是瘋狂的慾望。」

「妳比較理智，我比較重感情。」

「我對人生的得失，看得比較淡了。」她綻唇一笑道：「我們對眼前所得到的，不應太高興，失去的也不必太失望。」

然而，何思輝為此方寸大亂，心裡像吞下一條毛蟲那樣地難受。好一會，他問道：

「伯父的病，比較有起色吧？」

她抬起垂下的雙睫，低沉地：「喔，我看還是老樣子。我父親患的腎臟病，醫生已經證實他兩個腎臟已經失去了機能。前後已經三次，送他到中央醫院和阿松大醫院治療，都沒什麼見效。」

「如果開刀移植，也許有得醫吧？」

「不。醫生說，我父親的兩個腎臟都壞了，若要開刀移植，也是不行的。目前，我們每天送他去看一位中醫，每天都得吃藥，一天不吃便不能行動。」

「患腎臟病不是絕症，你們不用太擔憂，只要照醫生的話去治療，一定有起色的。」

「但願如此！」她露出慵倦的樣子，又說下去：「那位中醫告訴我們，腎臟病可以治好，不過時間要很長，而且治好後，也需要調養好久。而那筆醫藥費，教我們吃不消！……」

何思輝不知如何，被朱今適這番話說得心神一蕩，旋即回憶與母親談及資助朱今適的情景；事實上，他不曾幫助他們一個子兒……這麼一想，他廢然一嘆，說道：「我不配做妳的知心人，因為我不曾跟妳同甘共苦。」

她面上沒有半絲笑容，但溫和地：「你有心就好了。」

矛盾與狹縫

朱今適的生活忙碌；何思輝賦閒在家，有的是時間。他搖了幾個電話，她才騰出時間來與他見面。

她嬌笑地：「好多天不見了，你忙著辦理出國手續吧？」

他聳了一下眉毛，目光一凝：「唔，出國的問題完全由父親的祕書幫忙處理；我不關心這件事，父親不滿了。」

她曼聲低吟道：「你應該跟父母合作，做個孝子，將來才能名成利就，成為一個不平凡的人。」

他「哦」了一聲，眼梢向朱今適一轉，淺笑地：「我希望妳反對我出國深造，使我加強決心。」

「我說過，這是你家裡的事，每個人有各自的立場或出發點；我不願意勉強別人，也不可能影響別人，所以我保留自己的意見。」

「嗯。」他點點頭，眼裡閃漾起明亮的異彩，徐徐地說著：「上個星期天，父親帶我到××校友會會所，出席一個由校友會主催的講座會，主講者是加拿大多倫多大學教授柳義振博士。柳博士主講『加拿大各大學近況』，出席者相當踴躍。主講人口才是第一流，而且幽默風趣，聽他這麼說，我的心也動了。」

「本來嘛，留學是人生一大樂事，也是一生中最美好的時光。」她一莊神色，溫婉地。

「嗯，我不否認，有時我很矛盾。」他臉上一熱，低下頭來：「柳博士說，加拿大的教育體系是複雜多樣化的，大學相當多，如果要申請進入大學接受普通教育，是不成問題的。他說，在加拿大並沒有一個統一的考試制度，一名學生只要受完十二年或十三年的中小學課程，成績及格，就可直接進入大學深造。所以，新馬學生如果要申請加拿大的大學，就要將所受過的中小學成績列下，寄給有關大學，以便申請。」

「哦，那邊的學費和生活費，一定相當高吧？」

「柳博士有說，在費用方面——包括學費和生活費，要是節省一點的話，每年都要一萬元；如果要唸完四年大學課程，最少就要花上四萬元。」

「你們家境富裕，花幾萬元供你留學是不成問題吧？如果經濟成問題的話，半工半讀也可以幫補一些費用……」

何思輝立即接口：「不，不行；目前的情況不同了，要是打算去那邊一面讀書，一面工作賺外匯來幫補學費的方法，是行不通的了；凡是沒有工作准證而工作的話，被移民局抓到，將會被遣送回國的。」

「留學加拿大的畢業生，要申請成為當地的公民，應該是有優先權吧？」她又發問。

他答道：「柳博士那晚也有提到這一點；他說，過去的時代，跟現在的時代已大大的不同；在以前，如果年輕的學生出國，希望他回來的成分很低；現在的情形已不同，畢業後學生必須先回到出生地，然後才可以申請移民，而被不被批准還是另一個問題。」

「你父親希望你在外國紮根，有更理想的出路；要是你學成後，必須回來，也許這點會使他不滿意吧？」

「嗯，他的確有這種感覺。」他直視著她，滔滔地：「柳義振博士十分誠懇，很坦白地提醒家長們，將子女送往加拿大深造，不應該抱著希望子女成龍的想法，因為所學習的不是像醫學等比較賺錢的學科，而通常只是普遍教育而已。」

他倆呷了幾口茶。這當口，朱今適凝注何思輝，那雙清澈深邃的眸子一眨不眨地：

「也許我是吃不到葡萄說葡萄酸，我始終不以為歐美的一切，一定是比本國的好；也許他們那邊比較自由，比較有深造和發展的機會，可是等學成後還是要回到老家來。你想，一個學生在加拿大讀了四五年的書，習慣了那邊的生活，畢業後又要回國，那時候，又得使自己適應國內的生活；二來是由於他只是受普遍性的教育，在國內找工作也比較困難，說不定找到工作時，他的待遇還比專業性職業者待遇低呢。這些，都是值得考慮的問題。」

「可是，我說服不了父親。」他眨了一眼：「他想得太遠，甚至為他的子孫後裔著想。還有他那種先入為主的觀念，即使妳在辯論方面占上風，他也不可能採納妳的意見的。」

「像他這種人，都有強烈的崇洋心理，認為外國的月亮特別大。」她聳肩低笑著。

何思輝「噗哧」一笑，又說：「我父親對世界地理，倒有一些認識，他旅遊過幾個國家。」

「你知道嗎——加拿大離開我們這裡有多少遠？那邊的華人有多少？」

「喔，加拿大離開這裡約有兩萬哩；華人差不多有三十萬名。」他稍頓一下，哂然笑道：「如果是從吉隆坡起飛，必須經過馬尼拉，然後再經過夏威夷的火奴魯魯和舊金山，最後直抵加拿大的愛明登；前後大約要花二十八個小時——算是兩天的時間。到了那邊，日期好像是倒退了一天，因為已經飛過了子午線的緣故。」

「聽說，加拿大是個寒冷而冬天又長的國家，那冷冽的寒風是難挨的。」

「妳最近對我的感情，也是冷冰冰的，好像是進入了寒冷的地帶。」

她心中雪亮，立時接口：「是的，你說過，我比較理智一點。對於一個行將出國的青年，我的感情狂熱不起來，因為愛情，應該有心靈的共鳴，相愛的人有為對方爭取不分離的義務。唯有在一起，他倆的脈搏才能共同的跳動。」

「以前，妳對我很熱情，處處關懷我；現在，妳好像不太愛理睬我，我覺得很不是味道。」

「不是這樣說，你應該諒解我。——你知道我爸爸有病在身，使我忙上加忙，每天在趕時間。你呢，你是天下最幸福的人，正忙著申請出國。我何必再花太多的心思，去想愛情的問題！」她神容肅穆地說著，聲音清脆。

頃刻間，他混沌的心境竟澄明清澈起來——恍然悟到她對自己若即若離是有原因的；我只樂於接受，卻吝於施與，這是不公平的。於是，他心中泛起了一陣慚窘。

「適，又是我不好！」他淺笑地直瞅住她，她穿著樸素，說話談吐都高雅得體，姿態優雅，動作清爽利落，看起來蠻有魅力的。他又開口：「適，願妳玉體安康，與日月同壽！我希望我永遠會適合妳；要是我真的飛向子午線的話，總有一天我會飛回來找妳的！」

她呶著嘴唇，冷冷地：「我很自量，從不強求；愛飛的人，並不適合我了。——愛飛的人，最喜歡作夢；有時想想，倒覺得好笑。」

「有什麼好笑呢？」

她放緩顏色，強自和氣地：「我想，那些愛飛的人，總是以為美加各地，有金可掘，想盡了辦法，飛到西方去掘金。只有等到碰釘的時候，他才會想到故鄉的可愛，『月是故鄉明』。」她一頓話鋒，旋又接下腔：

「比如在幾年前，有幾千個英國人受了高薪和包裹入口免稅，以及有相當可觀的額外津貼……等方面的引誘，紛紛帶著妻兒飛到千里迢迢的中東去──在富有的阿拉伯油國做事。後來，他們所編織的美夢多不能實現，現在都覺悟到那不過是鏡花水月罷了，因為他們每個月的收入，只夠維持在產油國的生活費，高薪對他們是沒用的。」

「我的情形可不同，我是飛去求學──是個自費攻讀的留學生，不是去掘金、謀高職。」

「我知道，不過你父親的目標是──他希望你到了那邊，打好基礎，將來有機會成為當地公民。」

「這點倒是事實。」他朗朗一笑：「我從報章雜誌裡讀了一些報導文字，我告訴父親，加拿大已經開始取消了學生或者旅客，可在當地申請移民身分的條例。目前，在那邊的移民找事也不容易了，連那些專業人士，通常也要花一段時間，才能找到比較滿意的工作。還有，我告訴父親，留學加拿大也得吃點苦頭了；最近，外國留學生的學費提高啦，當局是有意苛待第三世界國家的留學生。這是事實，可是父親卻指斥我胡說八道。妳說，我還能夠表達什麼？」

「有些地方，是不能怪你的。」在她目光閃漾的那份幽怨神色消失了，她平和地：「我們應該深入地想一想：在新馬，華人人數不少，有完整的華文教育系統，有華文報章，有各種各類的社團和宗親會；以我們這一代來說，都是吮吸中華文化的乳汁成長起來的，具有了東方傳統的道德觀念……也許有某些方面不如理想，可是大家不要在乎個人的物質享受。」

「我們的命運，操縱在自己的手中。」何思輝說著，挺起胸膛：「我的前途，也應當由我來掌握，由我自己來開拓。——適，妳說是嗎？」

「那當然嘍！」她口齒啟動了一下，欲言又止，終於，她坦率地說出來：「在新馬受英文教育的人，往往自以為了不起，可是在英國、美國、澳洲或加拿大等國家，他這一點優勢就不存在了。有些人患上了『幼稚病』，滿以為一移民到了西方國家，就到了天堂；實際上，多少在異國飄零的移民，暗地裡在掉著一把一把的『移民淚』，特別是老一輩的人。而年輕一代的華人，卻夾在東西文化的衝擊之中，一方面很難維護固有的道德和傳統思想，另一方面，又很想融入西方的社會裡頭，這是很不容易的事情；那種心理壓力是極大的，而且最苦惱不過。我們何必在狹縫中喘息呢？」

「適，妳知道的東西不比我少哩！」

「是麼？」她乖巧地一笑：「我還知道呢，加拿大的國徽是楓葉。」

在歸途中，何思輝的心情又蕭索了；他忖著：我必須解開心中的結；我該怎麼解脫自己呢？若是違抗了父親的意思，他會趕我出家門的，我還沒有那個膽子吧……

一點金芒

回到家裡，已是夜晚十時四十九分了。

母親一瞥見兒子，便嚷道：「阿輝，你又去找今適？」

「唔！」他微笑地點頭：「會見了今適，我才去探她爸爸的病。」

「你去睡罷！明天早上，你爸爸要帶你上移民廳。」

「媽，我決定不唸大學了，我不願意飛去那麼遙遠的地方。」

「你敢不聽話？你不怕他發牛脾氣？」

「媽，我就讓爸爸發一次脾氣吧；他要揍我，我也只好讓他揍一頓。」他居然豪邁地一笑：「我考慮了很久，我想為了愛情，我必須犧牲一些東西，和放棄一些機會，因為愛是一種犧牲。——無論如何，請您和爸爸饒我一次！」

「他會把你趕出去的，不認你做兒子。你知道嗎？」

「走出家門，我可以找工作，今適跟朋友合股的電版公司，後面有一個空房，我可以暫時住下來。」

「你不要媽媽了？也不要這個家啦？」

「等爸爸氣消之後，我一定帶今適回來拜候您們。請您勸爸爸不要生氣！」

「呃，你不要做傻事！我會跟他談談，也許他會改變主意也說不定。」

原是一層銀白色的東方天際，突然泛現一點金芒，轉眼工夫之後，金芒已擴展面積，隨即化成千萬道金光，照耀天際。這當口，何思輝悄沒聲息地跨出了鐵柵門，心境倏然舒展了。

他暗忖：父親讀到我留下來的信，眼睛裡一定冒出了火焰。這麼過分地拂逆他老人家的意思，我心中好生不願；不過，但願我很快就可以回家。如果我飛向子午線，那就不容易歸來探望今適啦！……

一九七九年七月十一日

選自小說集《飛向子午線》（一九八一年九月）

18 西歸又南飛

留學的榮耀

可以這麼說吧：方湘湘是我的女朋友。

為了她，我有六分得意，也有四分愁鬱；不過，結交了湘湘，總是我的幸運。因為我總算深一層地認清了一些問題，明白了一些底蘊。

五年前，升大學不成，父親亡故，承獲了他遺下的一座市價約十八萬元的雙層店屋，我靠收屋租過活，生活便安定了。但我老覺得這是平庸的人生道路。可幸的是，誠如楊太太所說的，我沒有不良的嗜好，更沒有一般紈絝子弟的壞習氣。我愛看書，愛凝思，也學人寫點文章，談談人生的意義與價值，自以為是開拓了觀念和理想的世界，並肯定沒有觀念主導的行動終究只是無意義的盲目之行動。

方湘湘，是一位二十四歲的留學英倫歸來的姑娘，聰慧敏感，有一股特別的氣質，眼神微露憂鬱，但並不朦朧，而是冰涼透澈的。經過楊太太的介紹，我認識了湘湘；楊太太是她的姑媽。

為了表明我獨立謀生的精神，除了協助老詹採訪一些新聞之外，我還替三個中小學生補習功課——他們是我的家庭學生，而楊太太就是他們三人的母親。

楊太太約四十歲，嬌小玲瓏，秀麗端莊，和氣健談；她那稍嫌過多的動作和手勢，並不使人覺得她好吹噓。從幾次的交談中，我知道了，她有一位弟弟落籍在加拿大，獲化學博士學位，在當地的學院任講師；她有一位姪兒，澳洲大學土木工程系畢業多年，已決定移民；另一位姪女（就是湘湘）即將畢業於英國護士專科，還有一位胞妹留學紐西蘭，跟外國人結婚後也定居異國了。……留學海外，是一項榮譽；移民他國，是一項殊榮。可不是嗎？你瞧，楊太太津津樂道，還有不少寄回大馬的圖照為證呢。

我心裡卻暗忖：人材外流，大量湧向歐美澳加紐等國，他們是崇洋心理在作祟，自私自利，似無效忠本國、服務故園的觀念，這樣的外放者，我一點也不欣賞。

我靜靜聽著，禮貌地點點頭。這當子，我不假思索似地說道：「我真羡慕妳的親人！他們搭飛機來來去去，就跟我坐汽車一樣平常。」

楊太太眉梢兒一揚，吊高嗓門：「要不是我高中一畢業，就跟丹尼搞戀愛和結婚，我也有機會到英國學護理，看看西歐的面貌。」——丹尼是她丈夫的名字。

「你們的環境不錯。」我徐緩地說下去：「要是有時間的話，隨時都有辦法跟楊先生到外國去遊玩。」

「喔，有了四個兒女，家裡的工作多的是，想要出國旅遊，談何容易。」

我立時想到鄰國的協和機，又說道：「現在的航空業太發達了，要到倫敦去，乘搭新航的超音速協和客機，每逢星期二、星期四和星期六上午，從新加坡啟程，當天只需要九個多小時，便抵達倫敦。」

楊太太接著說：「呃，協和機能夠以音速的兩倍飛行，大大地縮短了航程——從新加坡到英國倫敦相距八千哩，只花八九個小時便到了，不過票價未免太昂貴了，每人票價新幣四千三百元，它不是普通人所乘搭得起的。」

我微笑地：「乘搭747B珍寶客機，也很方便嘛，每天傍晚飛離新加坡，第二天早晨便抵達倫敦，不是也很迅速麼？」

我們正閒談著，兀的，我的家庭學生——十四歲的司默把一張彩色照片送到我面前：「傅生，這是我表姐的照片！從英國寄來的。」

我看了看照片，覺得影中人面孔秀麗，英姿颯爽，背景莊嚴綺美。抬起頭來，正想向楊太太詢問，她竟先開口了：「她就是我姪女方湘湘，唸護士專科，就要畢業了。她在信裡頭說明，照片的背景是泰晤士河畔和西敏寺教堂。」

「久聞不如一見，方湘湘的確長得漂亮！」我讚美。

十一歲的麗舒驀地調皮地說：「傅生，你老婆會比我表姐美麗嗎？」

楊太太立即呵止：「阿舒，又多嘴啦！——傅生還沒有結婚，哪來的老婆！」

跟著，我們都朗笑了。半晌，楊太太問道：「傅生，你有女朋友了吧？」

我搖搖頭，然後有點不自在地：「我喜歡參加社會活動，也認識了不少男女朋友，大概是太忙的緣故，到現在我還找不到知心的女朋友。」

楊太太沉吟片刻，肅容地：「再過三四個月，湘湘就畢業回國了，如果她真的還沒有要好的男朋友，我介紹你跟她認識。」

我擺了擺手，率直地：「不，不——人家是留學生，我很自量！」

楊太太怡和地一笑：「你客氣什麼？做做朋友又不一定就是追求。我說嘛，你有型有款，人品好，肯上進，家境也蠻好，要是你想找對象，你的條件倒是很足夠的了。」

「謝謝楊太太。」我和氣地：「妳過獎吶！」

楊太太正色地：「我知道，有些男人並不喜歡結交太洋化的女性，因為那些崇洋的人，常有一些不切實際的想法，甚至連東方固有的文化習俗也放棄了。」

「一個人在外國住久了，當然不容易保存華裔的道德傳統。」我凝注著楊太太：「況且，處在目前這個瞬息萬變的時代裡，好多的觀念都可能受到衝擊而起了變化。撇開外國不說，就是在新馬的華裔子弟，他們對東方的道德觀念也不太重視了。」

楊太太和婉一笑：「我們一向受到舊傳統的薰陶，對固有的美德和傳統道德觀念相當重視，也因此，我一直給孩子們灌輸東方優良的觀念。」

沖了涼，換過睡衣的楊先生坐在一旁靜靜地翻閱報紙；他是沉默寡言的。這當口，他忽地插了一把嘴：「依我看，黃種洋人是這個時代的產物。不過，話說回來，並不是所有的洋思想、洋觀念都是錯的或不好的；相反地，不少的洋思想、洋觀念也有可取的地方，只是在於你怎樣去取捨。而怎樣取捨、怎樣去蕪存菁、怎樣取人之長補己之短，這就要看你的衡量標準和觀點，以及你想要培養怎麼樣的下一代來決定。」

「我同意楊先生的看法。」我點了點頭。

楊先生坐正了些，揚聲地：「我不喜歡親友們移居到其他國家去，比如有些人在英國居住了三五年之後，便很容易變成一個典型的英國佬，連起碼的中國傳統人情味也失去了……」

現實與夢想

在這南方第一大城，許多人都以為我是某日報的正式記者了，其實，我只是老詹的一個助手罷了。

老詹是該日報的辦事處主任，在中學時代，他比我高四班；他看得起我，替我申請到記者證，曾要我成為受薪的專職記者，然而我卻婉拒了。

「老詹，我過慣了自由自在的生活，不願讓別人綁住我的時間，所以我只希望做個小小的通訊員，以稿計酬。當你忙不過來的時候，我可以協助你，但請你不要用上司的身分來命令我！」我懇摯地。

「我知道你生活很寫意，不必靠寫新聞吃飯。」老詹淡然地，似乎很不滿意我的作風。

「人各有志嘛！」我也裝作口氣冷然：「我寫新聞是娛樂，不是工作。我學你們去採訪，主要是為了興趣、增廣見聞和吸取生活經驗。在另一方面，我卻希望有充分的時間，充實自己，做個現時代有用的人，不但本身的生命充實，生活有意義，而且對社會、國家和人類，也有正確的信念。」

「我知道。」老詹似乎在譏笑我：「在採訪圈裡，你是超然的，準備做個舉止言笑，揮灑自如的男子漢，自以為有一副悲天憫人的心腸，以及洞悉世情的慧眼。」

我不高興地瞪住他：「老同學！說話別帶刺好不好？——你一切走在我前面，熬受了不少的折磨和考驗，富有採訪的經驗，如今卻變質了，不再像過去那樣任勞任怨，為正義的事業出盡力量，卻做了半個經紀人，介紹地產和房屋買賣，到處招收廣告賺佣金——」

我瞭解他的性格，他涵養好，絕不是個「聞過則怒」的傢伙。此刻，他岔斷我的話，聳聳肩：「誒誒……老同學，不要把我貶得那麼低嘛！我是成熟男人，所以比你現實得多。而你呢，還是個夢想者——不，是理想者。也許是我在社會混久了，比較俗氣。我現在覺得，趁年輕的時候多撈一點錢，比什麼都實際；有了錢，就有保障，有了雄厚的資金，可以伺機從事某種投資事業，運氣好的話，一本萬利，我們的後半生便不愁沒有著落啦！」

我幾乎是傻愣的了。瞧老詹那副福泰相貌；發胖的肚子，腦滿腸肥，臭銅油光。我彷彿嗅到銅臭味。中學時代，他是學校的油印刊物《青少園》半年刊的主編，我是個常投稿的習作人；年輕時的豪情萬丈，思想積極，如今自認是成熟男人，健康的觀念竟然讓時光蕩滌了。……我又想起伏爾泰說的：「他們在物質享受的浪波上隨波逐流，沒有任何固定的文化或道德準則……他們不知道自己屬於哪一種人。」

由我採訪、撰寫和發出的一篇新聞稿，今日刊登了，登得相當顯著，我心頭一樂，默念著標題：「××聯委會主席×××，批評本地一些專業人才，不滿現狀，紛湧海外移居，是懦弱而逃避現實的行為。」

我寫下那位主席的言論：「人類生來俱有貪婪自私的弱點，他們奢望更多的錢財及享受。專業人士也是人，有一部分人經不起這種引誘，結果弄得身敗名裂，走投無路。……我們應在提高道德水準，和為人民創造一個更舒適的生活環境方面，發揮一份作用；尤其是專業人士，更應當為提高道德水準和為社會國家帶來更甜美的生活，發揮一份作用。大夥兒的將來與前途，是操縱在自己的手裡，以及通過適當的步驟去爭取的。……」

中午時分，老詹又邀我到餐館吃午飯。

他笑嘻嘻地：「專業人士移居海外，這是個社會問題，不過對我來說，卻有利可圖——我已介紹三位醫生把食風樓賣掉，賺了佣金一萬五千多元，以後，我可以天天請你吃午餐。」

我另有所思，問道：「本地的一些優秀的醫藥人才，移居到國外去，你不感到惋惜麼？」

「人各有志，他們有自己的打算和計劃。」老詹頓一下，又接下腔：「誰也挽留不住他們！——那些專業人士，本身受過高深教育，他們也希望自己的下一代，將來能夠受大學教育，得到公正平等的待遇，出路不成問題……」

我冷冷地評道：「那些專業人士，有的自以為是先知先覺者，事實上，他們多有一份優越感，以為高人一等，無論到哪裡都備受歡迎，具有這種思想的人，不值得我們尊敬。」

「也許是各人的感受不同吧。」老詹不以為然地說：「在他們看來，可能是壓力太大，對現實有一種無能為力的絕望，所以非飛走不可。」

我繼續自以為是的發言：「世界上有多少人一生都為理想為觀念而奮鬥，可是世界的現狀還是令人大感失望，要是沒有人繼續向這方面努力，我真不敢想像我們的世界將會變成怎麼樣！」

老詹淡然一笑：「大家都有牢騷，你也有感慨。目前的高級知識分子，都比較理想派，上不在天，下不在田，所以他們比賽飛——看哪一個國家比較歡迎移民，他們就飛過去。好多年前，臺灣就有這種現象了。」

我又說：「我們不能干涉人家，不過，我們可以這麼閒談。——人是應當有一個堅定不移的目標的；如果每一個都站在自己的崗位上努力，各盡所能，必然可以給我們帶來一個美好的環境。」

「友通，我發覺你最近很愛談論，——」

我旋即截斷他的話頭：「連你這位新聞記者，對一些社會問題也漠不關心。我不能不提出來跟你討論。也許你覺得嚕嗦，不過，我的目的是純正的。」

老詹的目光有點詭異，喝了一口茶才說：「友通，你可以拿這個問題，找一些資料寫成一篇特寫，下筆之前，你最好找幾位有關的人士訪談一下，這樣才會寫得比較深入。」

我覺得老詹說話總有一些保留的地方，我體會得到，他要我去接觸一些現實問題。侍者把飯菜送齊了，老詹又催我動筷了。我拿起筷子，暗忖著：要是楊太太又提到方湘湘回國的事，我不妨也跟她們探問一些。除了書之外，許多現實的人事，定然加強我對社會問題的分析能力，對事對人的認識，也才有了深度……這麼一想，我陡地覺悟似地吁了一口氣。

英倫歸來

這一天，楊先生伉儷邀我跟他們去巴爺禮巴國際機場接機，我欣然答應了。

我們所迎接的，是學成歸來的方湘湘。

我跟她還是第一次見面呢。見到自己的親人，她泛出愉悅的笑容。我第一眼覺得她並不是個很愛化妝的女性。

從機場走出來，我們協助她提取行李；這當子，楊太太介紹她和我認識，她禮貌性地跟我握了握手。

楊先生請我開車，我知道他夜裡眼力較差，在他的指示之下，我把他那部豪華 VOLVO 244 款型轎車開至一家酒樓附近。這酒樓內部設有高貴大方的梅、蘭、菊、竹廂房式餐廳，環境清幽，情調宜人。

楊太太徵詢姪女的意見，點了幾樣該酒家馳名的特別菜色，那是咖哩魚頭、佛跳牆、鳳英紅子雞和海參烘鴨等。輪流去洗手間之後，我們六個人坐定了，這當口，我才清楚看到方湘湘有一把很黑很亮的秀髮。她沒有豔光四射的衣著，沒有嬌滴滴的嗓子，她的聲音低沉，然而她面皮白淨，展露的笑臉，正如一朵剛剛開放的清麗的白芙蓉，具有東方女性的美質。

味道鮮美的菜餚上桌了，方湘湘開始動用筷子，我留意到她一雙修剪整齊的手，纖長而細緻，很像她的人，沒有蔻丹，只有一圈淡紅的瑪瑙戒指。

「在倫敦，」她橫了大家一眼，平和地：「天天吃西餐，難得有機會吃中餐。今天，雖然很疲倦，可是我的胃口很好咧。」

楊先生說：「妳就多吃一點！」

「吃——吃，我不會客氣。」她陡地直望著我：「密士特傅，我好久沒有用華語講話了，我怕會講錯，有講錯的地方，請你不要笑我！」

我立時答腔：「不，妳說得很好嘛，包管沒有人敢笑你，你放心！」

十一時卅分，我們從酒樓出來；夜深了，楊太太催我加快車速，目的是儘早解一解方湘湘旅途的勞頓。

返國初期，湘湘賦閒在家，時間可任由她自個兒支配，她喜歡到姑媽（楊太太）家裡作客。我每星期有三個晚上替楊太太的兒女補習功課，因此常有機會與湘湘晤談；我們是用華語和英語交談的。我約略知道她底家世和她受教育的情形。

又是星期三，灰黯的暮色漸漸籠罩四周，按了門鈴，我又出現在楊家了。替我開門的是麗舒，湘湘正在看電視片《米老鼠卡通》。客廳中央的吊燈並未開亮，四周的荷花型小燈，透出柔和的光芒，與窗簾布上素雅的圖案及色彩配合起來，隱約地，浮著一種充滿寧謐的安適氣氛。

三位家庭學生跟我到書房補習功課。約莫半個小時後，楊太太親自端來一杯橙汁，跟著，她徵求我的答覆：

「傅生，湘湘的國語（馬來文）程度不高，她想請你替她補習，行嗎？」

「哦，不敢當！」我謙和地：「我的國語也是『有限公司』的。不過，互相研究倒還可以。──我的交換條件是她教我英語，請她答應。」

經過楊太太兩邊一傳話，補習結束時，雙方見面之際，又謙讓了一番，便這麼決定下來了。於是，每次教補習，我提早一個鐘頭前來楊家，與方湘湘研究巫、英語文。於是，我與方湘湘暢談的機會增加了。

「在英國住慣了，回來有什麼不同的感覺沒有？」我問。

她的眼睛深黑，直盯著人看，隱含著一絲莊重與精明，這時，她又盯著我回答：「我沒有特別不同的感覺，只是有點感想，在英國的街道上，都是牛高馬大的白人，那裡的天氣很難預測，夏末或冬初，溫度大約是華氏五十度左右，必須穿上寒衣。好冷的天氣，使我更懷念新馬的熱；然而回國後，我開始找工作，和每天看報紙，我覺得這裡又跟四年前不同了──好多改變使我不容易適應。想到前途，我的心也在華氏五十度左右。」她說著，眼神微露憂鬱。

我安慰她：「暫時的失意，不要把它放在心上！妳要樂觀，守得雲開見月明。」

「古詩說：月是故鄉明。不見得吧？」她笑了，苦澀流自唇間。

「看樣子，妳很懷念英國。」我略頓一下，又說：「我從一些報刊知道，英國的經濟早已衰落，連倫敦大橋也賣給美國，富有歷史性的『瑪莉皇后』郵船，在美國也變成了『海上夜總會』。英國已經淪為跡近美國的附庸，外強中乾，只能勉強保持第二三流強國。」

她怡和地一笑：「你知道得很多，果然是新聞記者的眼光。——英國還有什麼不光彩的地方，你再說吧！」

我不知道她的本意是什麼，尋思一會，我又接腔：「我不是在講英國的壞話，我是根據報刊的報導，說明英國並不像一般人想像中那麼的美好。——你不是知道得更清楚麼？直到今天，英國仍擁有歐洲最差的貧民窟，孩子們仍在廢礫中玩耍，超過一百萬以上的屋宇，仍然缺乏基本的浴室、熱水和室內廁所等設備，而全英國的失業人數，在一百五十萬名以上……」

「這是事實。」湘湘聳聳肩，目光閃爍：「你說的那些屋宇多數是黑人移民住的地方。記得大約二百年前，英人莊施說過：『當一個人厭倦倫敦的時候，他便是厭倦生活了。』——我本人對倫敦是十分懷念的。」

我靜默了。她的聲音充滿了愉快：「英國已經成為新馬留學生的第二個家鄉；現在英國，共有一萬三千多名大馬學生，比起其他共和聯邦國家在英國讀書的學生人數都多一些。」

稍後，她又告訴我：新馬的時間跟英國的相差了八個鐘頭，這裡是早上十時的話，英國是在凌晨二時。英國的天氣有時十分冷，有次她在戶外走動，氣溫又在零下五六度，連手指腳趾都凍麻了。她又說，一般上英國人的服裝整齊，伙食廉宜，他們大多很安分，沒有什麼亂花錢的嗜好。

「在英國，除了上課讀書，你們有什麼娛樂？」我發問。

「我們是學生，沒有什麼閒錢可以花，也就談不上什麼娛樂了。生活是相當緊張和枯燥的。那些當地的英國人，工作回來後也多半留在家裡；有家庭的人，星期天和家人到唐人街去吃頓晚飯，或者看場電影外，唯一的去處，就是到郊外——比如溫莎堡、鹹頓宮等勝地去旅行。他們有的全家大小帶著旅行伙食，前往公園、湖畔，在樹蔭下野餐，便消磨了一個假日。年輕人喜歡在週末晚上，到酒吧里喝一兩杯『生啤』，互相交談，便算是一種人生享受。」湘湘臉上帶著笑意，瞳孔發著柔和的光亮，滔滔地述說。

「聽說英國人最愛旅行，是嗎？」

她瞟了我一眼，帶著嬌意，扳高嗓調：「是呀，他們很重視旅行。旅行已成為他們的一種習慣，通常工作了兩三年，有了一筆積蓄，便和家人到歐洲大陸旅遊或度假；這是他們最高的享受。」

「改天，我帶妳去星洲遊玩好不好？」我伺機問道。

「好哇，先謝謝你！」她欣然地：「新加坡的進展相當快，我想參觀裕華園和聖淘沙島；這兩個勝地，我沒到過咧！」

愛的旅程

難得有這麼一天的假日，湘湘與我兩人驅車到鄰國新加坡觀光。我的心情宛如天空悠遊的浮雲。

我們首先遊覽裕華園；我利用上午的陽光，挑選了幾個綺麗的背景替湘湘拍了幾張照片。她還請一位路過的遊客幫我與她合拍兩張相片。一路走走拍拍，終於走上斜坡來到七級浮屠大塔之下；在我的鼓勵之後，她不甘示弱地步上那迂迴梯級直上塔的頂層。這座塔塔尖離地四十四公尺；她額上在沁汗，喘息地拉住我的手，由我牽引她爬上最高一層，眺望周圍的絢美的風景，包括星和園、裕廊公園、裕廊湖及裕廊鎮全景。

我攙扶著她緩步走下迴梯石級，她嚷著疲累難行，便在塔下的石凳上休息一會。折回白虹橋之際，我與她凝眸相對，問道：

「在英國四年，妳到西歐大陸的幾個國家去玩過？」

「我到過巴黎、西德、哥本哈根、羅馬跟荷蘭等地，享受那裡的生活情調。」湘湘眉兒梢一揚，聲音充滿著恬適：「我最欣賞巴黎，那裡的凡爾賽宮、凱旋門、埃菲鐵塔等等，都宏偉壯觀；而那座羅浮宮裡的博物院，收藏著豐富的亞歐古代的文物，很值得參觀，可惜我當時是走馬看花，印象不深。」

「有機會留學的人，他回來後，都有無窮、美麗的回憶。」我有所感地隨口而出。

「可是回憶過後，卻有淡淡的哀愁！」她神情冷悒下來；我不由得心中一動。

她瞟了我一眼，神色一黯：「在倫敦，我也聽到了鳳飛飛唱的《我是一片雲》——我是一片雲，天空是我的家，朝迎夕陽升，暮送夕陽下……自在又瀟灑，身隨魂夢飛，它來去無牽掛。」

看她受困擾的神色，我知道她滿懷熱忱地返國找工作，申請有關的空缺職位，但並不如想像中的順遂。我不是一個善於安慰別人的人，更不是一個會說謊者，這時我低沉地說：「人活著總有一個未來，總有夢；妳也應該有個彩色的夢。」

「你知道我又在編織美夢？」湘湘瞠視著我：「不瞞你說，幾天前，我寫了三封信給海外的親戚——」

我心頭一凜，岔斷她的話頭：「妳想到外國去？」

她微微低下頭，唇邊掠過一絲抽搐：「我想得很長遠——甚至為下一代的高等教育著想，所以想申請到外國去。」

「唔。」我心頭陡地說不出感觸。如果是在過去，我會這麼貿然地下斷語：時下的青年男女，深受西方的功利觀念和捨群為己的精神影響，一旦有什麼風吹草動，首先看到的便是那些所謂的飽學之士、學有專長的人，紛作蟬曳聲中過別枝的打算，似乎除了這一著之外，他們就別無他路了。……然而現時體會到方湘湘那層憂鬱的陰影，在這個複雜得可怕又虛幻得可憐的時代，那一個個在奮鬥中烘托出來的精神掙扎的側影，我們是不該太苛責他們的；不是嗎？

在裕廊鎮用中餐的時候，我輕聲地告訴她：「據我所知，不單在本地難以找到適當的職位，就是在外國也是鬧職業荒。我有一位老同學在巴黎，念完了英文系碩士學位，中、英、法文都相當了得，卻沒有勇氣回國，目前還在法國教補習，吃不飽，餓不死。」

「我的目標是澳洲或者加拿大。」湘湘推開了一臉的凝重，淺笑地：「我勉強算是個專業人士，也許他們會接受我的申請。我有一位堂哥在澳洲做工程師，有一位叔父在加拿大做副教授，大概他們也會幫我一些忙。」

我出神聆聽，她又接著說：「從一九七三年開始，澳洲政府對亞洲人的態度略為寬大，接受了不少新馬人移居過去。」

我訕訕地回著：「我一向反對人材外流。我不認為妳申請移民是對的。」

「你跟我不同。」她凝眸相對，我平緩一下心中的激動——我揣度她自視過高，自以為高人一等，頓時不快——聽她接下腔：「你有你的社會關係。你住慣這裡，沒有特別的感覺。我曾經懷抱著一份遠大的理想，然而我學成後，回來申請服務，卻有被委屈的遭遇。我的父母都去世了，所以覺得老家也沒有什麼溫暖，甚至有迷失的感覺。還有一點，我始終覺得真正的自由民主，只有西方人才能領悟，而且確實做到。我們亞細安的人太小心眼了，還不能充分體會到什麼才是真正的民主思想……」

「我尊重妳的看法。」我肅容地：「不過，我不能完全同意妳的見解。——我們的祖先，具有冒險家和愚公移山的拓荒吃苦的精神，所以，今天有幾百萬的華裔同胞在新馬定居下來，成為建國的好公民。我們是知識分子，應該是社會的領導者，並且負有改革和促進進步的使命；怎麼可以碰到一點挫折和困難，就想到外國的月亮比較圓比較大？」

她擎起玻璃杯呷了一口橙汁，下意識地撫弄著杯的邊緣，冷然地：「你覺得我是在逃避現實？」

「我不敢這麼武斷地批評一個人。」我移開視線迴避她瞠視的目光：「如果大家團結合作，就有更大的力量；為什麼非到外國編織『異鄉夢』不可呢？」

「我不以為這樣做有什麼不對。」湘湘頭一擺，認真地：「許多喝過洋水的人，多喜歡到外國紮根。我也喜歡到處為家，繼續編織理想的夢……」

「任何夢想，都必須配以實際的勞動和努力，才有兌現的一天。」

「在現實環境裡，我理想的夢也是平庸的，然而卻不容易實現。」她面孔沒有半絲笑容地說。

「妳跟許多知識分子一樣，面對茫茫的前途的時候，幾乎便失去了目標而感到絕望。」我說得也相當空茫：「我始終覺得：我們必須有『不能為而為』的精神，個人應該盡力為人性尊嚴和生存而奮鬥，人間終歸仍有希望和愛的存在……」

「你說的也有道理，不過，我的心幾乎沒有著落。」她撅起嘴道：「我忽然又懷念倫敦那兩層的舊式排屋，那赭磚牆、黑屋瓦，和電視天線桿排成行的屋頂。哦，現在我也很懷念那成千成萬的雪花。你也許無法想像，英國的冬天，細而柔的雪花飄揚，漫天飛舞，就像一座大大的潔白的水晶世界，呈現在我們眼前。還有，我也曾在英國唐人街，見過華人舞獅採青。那兒的華人不多，但舞獅卻到處受歡迎。」

「不過，聽說在英國，他們也不太歡迎有色人種的移民。」我正色地接口道。

她沉吟一會道：「據我所知，近年來英國的衛生部門，在很大的程度上，要依靠外來的移民，因為根據估計，每一位外來的醫生，英國政府省了二萬八千鎊的培養費用。在一九六五年，從英聯邦各國遷移過來的醫生、護士、教師和其他專業人材，超過六千人；這一政策，替英國節省了數以千百萬鎊的訓練培養費用。」

「這是發展中國家最大的損失。」我話鋒一轉，繼道：「既然是一名專業人材，為什麼要到外國受人歧視呢？」

「你猜想有色人種，奪取了英國人的就業機會，所以受到英國人的歧視；我並不以為這是正確的說法。」湘湘深邃的眼神內漸漸露出一股柔和的光芒，平和地說下去：「以我過去的觀察，英國人對有色移民的種種成見和歧視，並不是固有的，而是被灌輸的，那批年輕人，往往把對社會上的不滿，和不健全的種種的因素，找來了代罪羔羊，轉移了人們的視線。這麼一來，有些有色人種的移民，就不大受歡迎了。」

我凝注她，又說：「知識分子是社會的領導者，尤其是專業人士，更負有改革和促進社會進步的使命。希望妳不要只為了個人打算——」

「也應該為你打算是不是？」她慧黠地一笑。

「那當然嘍。」我坦率地：「我一直希望妳留下來——我在妳左右！」

頓時，方湘湘的嬌靨飛滿了紅霞，瞬間乖巧地：「要不是我愛飛的話，你對我是適合的；可惜你不能為了我，一同到外國去。」

我沉吟半晌，暗忖：像她這樣一直想飛的姑娘，可有多少個日子與她聚首！——頃刻間，我混沌的心境竟澄明清澈起來——恍然悟到她幾個月來對我若即若離的底蘊。

午後二時，藍天如波，白雲舒卷。我驅車到渣甸碼頭，買了票，我們便乘升降機直上纜車大廈頂層纜車場去；兩人坐在輕微搖擺中的吊車廂，它在海港上空向南移動。湘湘從玻璃窗外望，眼珠明亮。

我昂然地：「湘，我們飛吧！飛到同一個地方去……」

「好哇！」她綻唇一笑：「我們不是去澳洲，就是去加拿大，你陪著我，我照料你；你做個留學生，我找事做，盡可能資助你……」

當我們走向珊瑚館的路上，我又暗忖：湘湘在這個時期對人生感覺最困惑，我也將迷失嗎？於是，我又開腔了：

「湘，原諒我不能跟妳一同飛！」我低沉地：「我反對妳出國。」

她笑容突斂，冷漠地：「早知你沒有誠意，我才不會跟你說知心話呢！」

「請別生氣！」我輕輕拍著她的肩膀：「誰都有權力編織美夢，絕不容許別人來干涉，妳放心！」

她目中閃漾其幽怨的神色：「你小心點！有那麼一天，到時，你別怪我不理你了。」

我苦笑一下：「我再提醒妳：異鄉夢會比現實來得教人嚮往；夢之所以美好，是因為它在想像中；現實的醜惡和冷酷，卻由自身體驗到了。」

她沉下面孔：「不要跟我談太多大道理吧！既然我們是來遊玩，就痛痛快快地玩吧！以後的事，到時才安排。」

但願是候鳥

週末，我與方湘湘到電影院看盧桂蘭和張克環主演的影片《女跳水隊員》。

走出戲院，我說：「這一部用跳水為題材的故事片，給觀眾展現了一個女跳水運動員，在技術上和風格上的成長過程。一個出色的運動員，除了具備良好的身體素質外，還得有不屈的毅力、頑強的決心，再加上客觀條件的培養，才能夠獲得成功。」

湘湘卻有自己的觀感，悠慢地說：「這是一部十五年前的舊影片，很有教育意義；可是在娛樂性方面，就顯得弱一點，說理場面太多，情節缺少波瀾，所以削弱了影片的感染力……」

「星期天，我們去游泳好不好？」

「我不反對。」她爽快地。

在游泳池，湘湘穿著泳衣的身段更是健美，披肩的秀髮益散發著濃豔的青春氣息。

我們在泳池嬉水，撥水互擊之後，又互相追逐；玩了足足兩個鐘頭，才盡興上岸。換過衣服，我們到餐廳吃點心，不料卻遇見老詹！我介紹他與湘湘認識。

翌晨，我一到辦事處，老詹便率領其他兩位同事跟我握手道賀，還問我幾時請喝喜酒。

我不由得有些發窘：「方小姐跟我合得來，不過，我們的關係只是普通朋友。」

我把湘湘的一些事告訴老詹，他凝神靜思了好一會才說：「你不要太古板，應該洋化一點！方湘湘放過洋，多少有外國人的作風。你應該勇敢地愛她，熱烈地追求她；要是她心有所屬，自然會嫁給你，這麼一來，她就不會幻想做移民了。」

我平靜地說：「我對於愛情的得失，一向看得很淡；大概是禪的精神使我保持冷靜。我總是相信一切都是緣分，該來的就來了，不該來的永遠不會來；而且來了之後的樂趣，未必比得上等它來的時刻那麼有味。」

「別說這種空虛話吧！」老詹肥短的右手一揮，吊高嗓門：「美國詩人惠特曼在《大路之歌》這首詩歌裡頭寫道：『走呀！已經認定了目標不能再改換。走呀！大路展開來在我們的面前了……』——你呢？追吧！已經找到女友不能再失掉。追吧！猛烈向方湘湘進攻吶！」

我笑了笑，又說：「湘湘曾經邀我跟她去澳洲或加拿大，她找事做，供我膳宿用，而我可以考取學院、攻讀大學。她還說，每個月我有馬幣四百元就夠了。」

老詹忽地眼睛一亮，拍一下手叫道：「噢，你不是有一幢兩層樓的店屋嗎？我幫你打空頭賣出去；你可以追湘湘，追到澳洲或加拿大去，不怕沒旅費！」

我站起來，恨恨地嚷道：「你又在為自己著想了，鼓吹我賣祖業，你可以賺佣金！為什麼人總是這麼自私？任何舉止行動，都以個人利益為出發點……」

老詹瞬間溜出後門走了，時間在他就是金錢，他自然不願跟我評論一些社會問題。令人更痛惜的是，我的言論也打動不了湘湘；在她堂哥的協助下，她終於決定移居澳洲了。我隨同楊先生一家到機場送行，心裡晃蕩著。

雨絲陣陣灑落著，卻宛似小箭刺傷我的心。過去，我的腦筋倒很能轉幾個彎，然而現時，我卻抓不住重點，愣在那裡。

輕輕擁別，揮一揮手，祝福她：鵬程萬里，一路平安。

湘湘：妳終於又飛啦！但願妳是一隻候鳥，因為候鳥是有一定的歸期的。我會為妳等待幾年！

我留不住妳，現在只好希望個人盡力為生活與尊嚴做點事。為了真正確立內心的理想，我們不能不接觸到低沉的現實問題。我始終堅信：月是故鄉明！……

一九七九年六月十八日

選自小說集《浮生三部曲》（一九九一年一月）

19 海鬥

心馳漁鎮

他思索了許久，自以為真個靈心妙思；此刻，又暗喜地忖道：「我要到漁鎮去體驗生活；生活在海邊，我可以任意遊玩，怡情適性。到了那邊，我要使沈海安來個驚喜……」

他決定到漁鎮來任職。這個有點髒亂混雜的市鎮，他過去曾到過，而且在一位同學的家裡逗留過一夜。他與那位同學在一間獨立中學同班三年，彼此都是住宿生，坦誠相待，頗為投契，他就是沈海安。在印象中，幽靜的漁村，處處可聞得到濃郁的鄉土氣息。漁民是好客的，在他們好客的背後，並不存在目的；在談笑間不含著計謀詭譎，全然真摯坦誠。這即是一般漁民的特性吧。他想。

他申請得到的這份工作，是擔任漁業合作社書記。當初，他沒想到自己申請這份工作會這麼順利；他是讀報後去信應徵的。

面試那天，原想順便去兩公里外的郊區探訪老同學；然而天不作美，一場豪雨的影響使他打消了念頭。當下他暗忖：

「要是漁業合作社肯錄用我的話，往後還怕沒有機會會晤敘談嗎？再說，海安是好動的，他不一定會留在家裡，我還是改次專程拜訪他吧……」

離家前夕，父親淡淡地說：「阿助要去漁村做事，我看不出有什麼好；一個月兩百二十元的書記工作，吃不飽餓不死，倒不如去建屋場當建築工人，每天有十六元的薪水，吃住在家裡，方便得多……」

母親也頗有同感似地附和：「是嘛，每個月賺人家兩百二，而且要離鄉背井——到一百二十公里的小地方去做工。那份薪水，只夠養活你自己，將來老婆本哪裡去找！……」

他微微一笑，裝作很自在地：「我希望爸爸和媽媽給我鼓勵！——我知道做書記待遇低，不過卻比做建築工人好聽一些，不必弄到腳黑手粗的。」

父親直瞅著兒子，朗聲地：「你還是有一種錯誤的觀念——不喜歡藍領的工作。當然，你有選擇工作的自由權，我和你媽也不反對你。」

母親藹然一笑：「年輕人應該勤勞一點，多儲蓄幾個錢最要緊。你年紀也不小了，好像幾個月前才中學畢業，現在卻二十二歲了。媽是希望你早點交女朋友，最慢兩三年後『交姻』（結婚）……你別忘記，我們溫家是三代單丁的；你不急，我和你爸可要急呢！」

他心頭一動，旋即腦際映現一個少女的倩影，她是個甜姐兒，膚色略黑，大眼亮閃閃的，口齒伶俐……她是朋友的堂妹，今年約二十歲了吧？

那天，有點事跟朋友去她家，介紹之後，自己竟然有點失態。是她太迷人吧。告辭出來之後，他悵然若有所失，朋友瞟了他一眼，取笑他：「明助，你看上我堂妹啦！」

「哦，瑞音的樣子是秀色可餐呀！」

「這麼說，你午餐不用吃了？」

「呵，我看得還不夠，秀色也餐得太少；改天去她家作客，我們要坐久一點！」

「哇，你要我做『電火泡』。」

「好朋友嘛，幫幫忙、拉線拉線一下，我會報答你的。」溫明助的情緒頓時轉變為奮激昂揚了。

朋友莊容地接著說：「說真的，看上我堂妹的人多的是，常常有人寫信給她。你也要參加角逐的話，必定要花相當大的功夫……」

「要是我也想追求你堂妹的話，我一定走堂哥的『路線』，請你多多照應、特別關照！」

「這宗事，我看我也幫不了忙。」朋友和氣地接下腔：「感情的發展，是自然的，而且要有緣分……」

為人們服務

年輕人都有激情。溫明助畢業離校時，曾經在同學面前發過豪語：「我決意走向膠林，走向礦場，走向稻田，走向芭場，走向漁村，也走向工廠……到處體驗生活，為人們服務，為社會帶來溫暖……」

如今有機會到了一個新環境，過去的萬丈豪情卻打了折扣，因為離校後的一段日子親自接觸現實情況，使他瞭解到：生活是艱苦的歷練。

他準備了幾句話，將伺機在老同學面前炫耀：「海安，你看我多麼有辦法！我來你家鄉附近做事，完全不依賴別人；等我的工作上了軌道，我才來看你……」

展現在眼前的是錯綜狹隘，不成格局的街道；天朗氣清，惠風和暢，卻頻送來著濃厚的魚腥味。漁業合作社的辦事處，就設在河口附近的一間水屋裡；河口甚寬，可容納數十隻拖網漁船。凝望那泊在河口一帶的漁船，和退潮時半裸露的爛泥，他倒覺得這裡是安詳寧靜的。

合作社的主席金路寬，年約五十一二歲，他指示新書記幹他分內的工作，然後又詳述設立不久的漁業銷售公司所服務的事項。主席也分配了一輛舊腳車，供他使用——方便他收月捐和分發傳單時可代步。

他勤勉好學，忠於職守；他想：工作賺錢固然重要，但更重要的是執行任務，服務人群，忠厚待人。他細心觀察，覺得這裡的民情淳樸，漁民多過著勤苦節儉的生活。一般來說，漁民捕魚謀生不易，婦女得飼養豬隻或家禽以補貼家用；有的婦孺尚得到鄰近蝦肉加工廠去做剝蝦殼等工作，多賺取一些外快。故此，漁民多有副業，而飼養豬隻和家禽成為他們分不開的行業。

晌午時分，溫明助騎著鐵馬到郵政局寄一封掛號信，不料在郵政局前面巧遇那位「秀色可餐」的少女。

他的情緒激越了，膽氣一壯，興奮地叫道：「瑞音！妳好——」

「哦，你——」她停步直視著對方那張英氣勃勃的面孔。

「呃，忘記了吧？我是海安的朋友……」

這位活潑而又純直的少女立時脫口道：「喔，是你——明助哥！」

「還好，漂亮姑娘還會記得我！」他開玩笑地。

「嘻嘻……」沈瑞音噗嗤一笑道：「我記得有一位中學畢業生，曾經到我們這裡來上幼稚班的課，他學的課程，是普通魚類的名稱。」

「這個學生很笨，對漁村一切一無所知；上次所唸的課程也全都忘了。」溫明助目光炯炯地打量她，含笑地：「今天，他又準備來報名上課，不知道那位女教師肯收他做學生嗎？」

「要是有心學的話，收一個遲鈍的學生是沒有問題的，不過，總得繳交一點學費，人家教了才比較划算。」她也幽默地回著。

「學費不成問題，妳放心地教下去；幾時正式上課？」他佯裝一本正經地。

「要做我的學生，你得先報名，經過預考，一切沒問題之後才能正式上課。」她把腦袋一偏道。

「哇，要拜名師，接受教導，可真不容易呀！」

跟著兩人都發出清朗的笑聲。

沈瑞音目光一擡，正容地問：「你幾時到這裡來玩？」

「我來這裡打工，前天才報到。」

「你沒找過我堂哥？」她俏眼珠一轉。

「我打聽過他，聽說他很忙，最近才去參加一個訓練班，還沒回來。」

「是呀，我堂哥很忙。他跟我說過，他現在是為群眾服務，因公而忘私；有時候，他幾天都不回家。」她一掠頭髮，緩緩地。

「我知道，他為人熱情。」

「我堂哥知道你來這裡做事嗎？」

「他不知道。」溫明助平和地：「改天，我會登門再去探望他，請他多多指教！」

「你們是老同學，別客氣！」她皺皺鼻子。

他直瞅著她，使她有點不自在。他欣賞她：短短頭髮，瓜子口臉，直鼻子，櫻桃小嘴，丹鳳眼；文靜秀氣，未開口說話先眉眼下巴都笑了；聲音清甜，舉止合度，不過分緊張害臊，也不自大目中無人……

這當子，他又燦然一笑：「見到妳堂哥，請替我問候一聲；——謝謝！」

「那當然嘍。」她回腔。

溫明助晚膳後，正在漁業合作社休息；夜間，他就在這裡打帆布床住宿。這當子，他突然得到通報：有一個青年正在「清安茶室」等他，口訊是水富伯轉來的。

他好生狐疑，暗忖：是誰呢？要找我，為什麼不直接到合作社來？

他邊想邊疾行而前。抵達「清安茶室」之際，那青年人已站在店門口迎接他；他心下一樂：嗐，是沈海安！

他與沈海安那結實滿是粗繭的手相握時，海安那微沉的唇角上只浮著淡淡的笑容：「你來這裡做事，為什麼不先通知一聲？」

「我聽說你有事出門，所以還沒去拜訪你，請原諒！」溫明助神色一正，誠摯地：「我還想等我適應了環境，才去找你，給你一個驚喜。」

「我不信你的理由是這麼的簡單！」他收斂了笑容，目光冷厲地，那眼光像鐵釘入木板似的，使溫明助有幾分不快，雙眉一揚，冷靜地：

「海安，你好像很不滿我，也許你誤解了我？」

沈海安默忖一會，濃眉下那雙明亮的眼睛，閃爍著狡黠的光芒，那眼神中充滿了嘲弄意味，彷彿這世上沒一件事能逃得過他入微的觀察。此刻，他又審問似地：

「你這份工作是誰介紹的？」

「我沒通過任何人的介紹；看了報紙的徵聘啟事，我寫信申請而被錄用的。」

「要是你事先問過我，我一定反對你應徵這份工作！」

「我幹這份書記工作，有什麼不好？」溫明助雙眼睜得滾圓。

「你是不懂呢，還是在裝糊塗？」沈海安斜起眼，透著冷漠的口氣：「你替合作社做事，就是明明跟我們勢不兩立！」他的雙腮鼓得很大。

溫明助立時坐直身體，心弦一震：「有這等事？我在跟你作對？我也是你們的對頭人？」

沈海安又啜了一口咖啡，繼而徐緩地：「也許你對漁民捕魚的事還很幼稚；你不妨想想看：我們是缺乏資金的貧苦漁民，只能在淺海區用大小型菱網等器具捕魚。生活苦得要命！而你們的老闆——合作社的會員們，都擁有拖網漁船，他們所作所為，都是在摧殘海產資源，使魚類絕種，讓我們的生活受到嚴重的威脅……我的好朋友去替他們做事，你想我會贊同嗎？」

他細心聆聽，覺得老同學的話值得深思，有必要玩味一番。這當兒，他雙眉微皺，低沉地：「我真的是幼稚無知，你是淺海漁民，跟拖網漁民的恩怨和利害衝突，我完全忽略了。哦，雖然我是個受薪職員，不過我會站在中立的立場，你放心！」

沈海安比一個手勢，晃著頭道：「不，你不可能完全中立的。站在你的工作崗位上，比如你擬訂計劃，大力鼓勵漁民合作投資發展拖網漁業，這對我們淺海漁民就不利了。」

溫明助及時插嘴道：「這沒有錯嘛！鼓勵漁民合作投資發展漁業，並且給予各種必要的資助和保護，因為現代經濟，必須集中資本發展大型企業才能跟人家一爭長短；要不然，只有遭受淘汰，或者自取滅亡……」

「在理論上，你的說法也沒錯。」沈海安目光一閃，又接下腔：「你站在什麼立場就說什麼話。你幫他們說話，這點我是可以理解的。拖網捕魚是一種進步的捕魚方法，我同意這個看法；人都應該有點良心，能夠為別人著想，遵守已劃分的捕魚地區作業——拖網漁船，只能允許在距離海岸十二海浬以外的水域捕魚。要是又偷偷到淺水的地方捕捉魚蝦，甚至在兩三海浬內的淺海地帶，非法拖大網，侵犯了淺海漁民的地盤，那麼衝突的事件，比如燒船、打人或殺人的命案，很可能又會再發生的。」

溫明助一摸後腦勺說道：「拖網與淺海漁民的糾紛，我以前在報上有讀過；不過，為了協助雙方漁民解決困難，不是早已組織了漁民親善委員會？這個組織，不是可以幫助解決問題嗎？」

「是的，幾年前在這裡，就成立了漁民親善委員會；可是，有人覺得它已失去了效用，本地的淺海漁民，在去年底，便宣布退出漁民親善委員會了。」沈海安眨眨眼吊高嗓門道。

溫明助陡地感慨地：「哎，大家為什麼不能以親善和平的態度，來共同解決所面對的難題呢？」

沈海安厭煩地掉掉頭，冷冷地：「因為絕大部分的人是自私的；有點資產的人，發了點小財之後，就想發大財，不管他人的死活，以為大海是屬於他們幾個人的。而我們為了生存，也不能不自私，自私令人發生糾紛，也導致命案。最近，他們又要求漁業部，給予同情通融六個月，讓他們採用原有的纖維質漁網進行筐腳雙拖網捕魚。當然，他們的這項要求，是很難獲得批准的。」

他默忖片刻，輕咳了一聲道：「這是我始料不及的。我希望，我不至於被捲入是非圈裡！」

「你乾脆辭職不幹吧！我幫你找工作。」

在沈海安炯炯雙眸逼視之下，溫明助答道：「讓我試做一個時期吧，因為人浮於事，否則，我也不會流浪到你們的漁鄉來……」

沈海安心想：明助是個方正的人，我不能過分地強人所難。

溫明助暗忖：過去，海安的性格爽直，是屬於急性子一類；如今，他變得老成練達。我跟他的立場不盡相同，我們還能同聲同氣嗎？

漁民兩面話

同窗的那一席話，溫明助必須詳加思慮；為此，他的心緒紛亂複雜了。

夜深了，從窗眼望見矗立在河口中的高約數十尺的燈塔。此刻塔上的燈光又指引著漁船夜航的方向。水富伯告訴過他，雄偉的燈塔自戰後便聳立在海岸旁，數十年來，不知經歷了多少狂風巨浪的衝擊，然而，它卻始終沒有改變它每晚所發出閃閃的亮光，永遠傲視著那無邊的黑暗和喜怒無常的海。……我心海的燈塔建立了嗎？它又指引我朝向哪一方呢？他思忖著。

在海邊彳亍，他的思潮又起波動了：大海兒女，原本都是屬於那悲苦的一群，既要面對大自然的挑戰，還得在海上操作時面臨人為的危險，他們的頑強鬥志與堅毅果敢的精神，是值得敬佩而學習的。遺憾的是，他們還不能放大胸懷，抑制私慾和貪婪之念，多為他人設想，同時寬容別人……他凝思著。

在平淡和公式化的工作中，他不免感到枯燥乏味。他不再騎著鐵馬到處奔跑；聽了沈海安那一席話之後，他不由地敏感了，心想：「這裡的淺海漁民也有不少，他們都知道我替漁業合作社做事，必然也遷怒到我，甚至敵視我……」於是，他困惑地品味出一種不安的預感。

思念轉移著，有時他突然有了信心，再次提醒自己：我必須像漁民擁有那股大無畏的精神，準備克服一切。既然已投身到生活煉爐裡，我就應該以鋼一般的意志，挑起責任……在枯燥而拘謹的生活中，他是矛盾的，心靈極少有寬恕的時刻。

在海岸慢慢踱步，他又得到新的啟示：大海是涵博而深沉、豪放而熱情、粗獷而狂放、溫柔而沉靜的……既然愛上了博大雄偉的海，它一定會使我的心胸遼闊吧。再說，我要體驗生活，親自看看拖網漁船操作的情形。

於是，他乘坐水富伯二兒子——江白哥的拖網漁船出海了。凜寒的凌晨，時間大約是四時許；仍是黑乎乎的海面，只有那零星的漁火在隱約閃爍著。

這是一艘小型的拖網漁船，由兩人操作，那是船主江白哥和助手桑里。江白哥短小精悍，個頭兒壯，身勁兒還真不小。馬來工友桑里，有著一付挺拔結實的身材，沉靜勤勞。

坐在船上，他細心地觀察，加上舵公江白哥的講解，他很快就領會到：拖網捕魚法，純粹是「物理動作」，並沒有特別的祕訣。它下網和起網，也有機器輔助，人力大省，工作既方便又快速。

漁船經過約莫一個多鐘頭的航程，才抵達深海水域。江白哥確定了一個放網的理想地點之後，便與桑里一齊動手，以極熟練敏捷的身手將置放在船尾的拖網投入大海中，讓它沉下後，漁船便徐徐地向前拖著長網行駛。

下網後，他倆比較清閒了，溫明助又跟舵公攀談起來。江白哥回答：每次拖網只需兩三個鐘頭，便可以起網一次。通常每艘漁船每天放網三四次。他特別強調：拖網漁船必須在天黑之前趕回漁村，大清早四五點便駕船出海了，因為政府規定拖網漁船不准夜間捕魚的緣故。

桑里也插嘴，他說明在拖網前端的繩子上綁住的兩塊木板，它是為了使整張網有效地向左右分開成為橢圓形，以便捕進更多海底的魚群。捕魚的多寡，關鍵全在網口那兩塊木板；若是木板裝置得法，投入海中網口就能張開，反之，網口無法張開或者張開的程度有限，那就徒勞無功了。

是收網的時候了，他倆迅速地把沉入海裡的漁網收攏到船舷。溫明助在甲板上張大眼珠打量著，然而失望得很，裝滿在網裡的不是魚蝦，卻是成堆的水母，等到把水母弄掉後，網裡所剩的只有一些小魚，和一兩斤蝦罷了。

江白哥並未顯露失望的神情，卻淡笑地：「捕魚除了要有本領之外，還需要靠運氣。要是運氣太差，有時來回拖網好多個鐘頭，結果收網的時候，也只不過是得到三兩斤魚蝦而已……」

溫明助同情他們，暗忖道：「漁民為了生活，為了妻兒，終年飽受浪潮颶風的打擊，船隻往往會被風浪打翻，生命更可能被大海吞沒，然而，他們還是勇敢地跟大自然搏鬥……」

回到船艙休息的時刻，溫明助忽然提出一個問題：「江白哥，你拖網有好幾年了，曾經跟淺海漁民吵過架沒有？」

江白哥摸摸脖子，沉吟一會才答腔：「沒有。我很尊重他們，絕不為了個人的利益而侵犯了淺海漁民的地盤，把許多的海產拖走，影響到魚類的繁殖；害他們捉不到魚，那是缺德的。」

桑里驀然吊高嗓門：「有一回，我們碰到海盜。那一天，有好多漁船在公海下網。當我們正在揪網的時候，忽然聽到附近的朋友大聲嚷道：『海盜追來了，快逃吧！』……我連忙抬頭四望，果然在西方的海面上，出現了一艘水艇。同個時候，在水艇的左右旁邊，各出現一艘快艇，飛快地向我們這些漁民包圍過來。阿江（江白哥）叫我割網，我連忙將漁網割斷，開動摩哆走為上策。一時海上，數十艘漁船爭先恐後地逃駛著；偶爾，我還聽到由水艇所傳來的槍聲……」

「結果，你們是安然無事？」溫明助發問。

「嗯，我們僥倖逃回來。」桑里把腦袋向左偏下：「後來，報紙有刊登這個新聞，才知道那天共有四艘船和八個漁民被捉去，每個漁民的贖金要二千元。海盜欺人太甚了，去公海綁架手無寸鐵的漁民，居然每名贖金要二千元；那些人被贖回來之後，多負了債，不知一家生活怎樣過？」

江白哥搖搖頭，透了一口氣：「呵，漁人的生活是風裡來雨裡去；漁人的家庭是淒涼的；漁人的新希望只是自欺欺人的夢幻罷了……」

「你不該這麼說。」溫明助腦際靈光一閃，他想起沈海安的話便說道：「其實嘛，拖網漁民的生活比淺海漁民好得多。」

「這也不見得。」江白哥平和地：「我們是本錢大，開銷大，收入比較可觀；事實上，經過七除八扣之後，實得的也沒有多少錢。」

跟著，他又向溫明助解釋他們購買漁船的辦法：「呃，我們是先向漁商借了一筆錢購買船隻，然後，當他在收購漁產時，從中慢慢扣回去。通常，我們所購買的，都是一些二手漁船，要修理，也得花不少的錢……」

「你們每天的收入是可觀的。」溫明助又補上一句。

「我是說實話，要維持一艘拖網漁船也不容易。」江白哥略作一頓，神色一正又說：「每天拖網，都需要幾十牙的柴油，來推動柴油機；現在柴油又漲了價。要是一天捉魚賣不到一二十元，弄得血本無歸哩！」

「唔，一行不知一行苦；家家都有一本難唸的經。」溫明助又瞟了這位載他出海巡禮的舵公一眼。跟著，他把視線投在蒼茫的大海上。

跑腿與漁家女

經過兩次的探訪，溫明助知道了；沈瑞音在一家裁縫店車衣，論件計酬，每月約有一百七十元的收入。除了見過五次面，他按地址寄了兩封信給她。她也體會到他熱情如火。

她只回過他一封信，強調「我們這個小地方，還是相當保守，男女來往，閒話最多，希望你不要常來看我。」讀著那封短信，他眼睛閃動著興奮的光彩，不覺又深思冥索了。

昨天下午，沈海安撥電話給他，請他報告合作社和會友的動態，他不願意透露有關的事情，引起了沈海安的不快，在電話中粗聲地申斥他不夠朋友，是合作社的一條軟骨蟲。他儘量抑制自己，鎮靜地回答：

「海安，請你原諒我！我不能沒有職業道德。我只是個受薪小書記，不便提供所謂情報給你……」

「朋友！」沈海安又冷哼地：「騎牆是不行的，這裡是沒有第三條路的！」

這天早上，他收到海安託人轉來的一張「簡訊」，上面寫著：

「最近一星期來，又有人用小型拖網和太空網，在淺海非法拖網；有的還偷取淺海漁民的漁網。」

「我親眼見到兩艘漁船，在三海浬內的水域進行偷網，破壞淺水漁民放置的網門和繩索。」

「我們已據情報警，巡邏艇也採取掃蕩的行動，凡非法拖網漁船在淺海水域操作而被捕者，一旦被當局提控於法庭，將被罰不超過一千元，或監禁不止一年期限，或兩者兼施。」

「那些沒有執照的拖網漁船，最為渾蛋！要是被我們遇見了，絕不放過他們。過去他們群中，已有被人活活打死的記錄。」……………

他從水富伯的講述中，聽到了一個悲慘的命案故事：三年前有兩個兄弟，擁有一艘沒有執照的拖網漁船，他們不接受別人的勸告，竟然還跑到淺海水域，尤其是常在兩三海浬內的淺海地帶下網捕魚。有一個凌晨，他倆又在淺海三浬內作業，結果弟弟被人當場打死，哥哥躍海逃生，最後也變成跛子了。

靜坐冥思，他的心緒怔忡不安，許多事情都得由他自行應付，因此，他的精神負擔極重。好友沈海安不能諒解他，使他覺得自己的處境像是夾心餅乾，身心疲乏不堪。

在他極力邀請之下，沈瑞音帶了一位八歲的妹妹，一同陪他到鄰近的一家獨立中學去參觀遊藝會，兩人融洽地談著話；他高興得不得了！這是他初戀的情懷。

日落了，天空有雲霧。

這當口，一位魁梧的青年登門找溫明助，他開門見山地：

「哼，聽說你死命地追求沈瑞音，你真敢死！」

「喔，任何人都有權力去追求未婚的異性；這跟敢死不敢死無關。」溫明助打量了對方一眼，然後替自己辯駁。

來者大眼睛、大嘴巴，虬筋栗肉，擺出來就有點粗獷，而且一臉冷肅煞氣。他又冷哼道：「追求沈瑞音的青年可不少，我們不反對你去追她，不過，只有屬於淺海漁民的人才夠資格，因為他父親也是淺海漁民。你呢？你不夠資格！我們堅決反對沈瑞音跟拖網漁民的跑腿做朋友，除非你改行……」

「這是我的事，這是我的自由，你管不著！沈瑞音也不會受你們約束的。」溫明助嚴正地透著淡漠的口氣。

「我是警告你！我不喜歡看見一個跑腿的，跟一個漂亮的少女跑在一起。你不聽話，我們會給你好看的！」來人朝他擠擠眼，一付蠻橫的模樣。他說罷，不容溫明助再行分說就走了。

他很細心地琢磨著：我要防著他，我無意替自己樹敵招忌，何況，我是個異鄉人。

臭蛋的力量

漁業部的官員又在漁鎮的民眾會堂，召集漁民代表，舉行聯合座談會，出席者有四十餘位。漁業合作社的主席金路寬，是重要人物之一，他叫溫明助撰寫演講稿，當天又出席旁聽記錄——聆聽雙方漁民代表對筐腳雙拖網捕魚執照所持有的意見。

金路寬發言道：「隨著時代的變遞，捕魚方法也在不斷的改良中，經過了實驗之後，已證明筐腳雙拖網是目前最適合在淺海領域的一種捕魚方法。這種捕魚法不僅可以增加收穫，另一方面將可以提高漁民的生活水準。……」

沈海安則是港口的淺海漁民代表之一，他發表談話時一直堅決反對漁業部批准發出筐腳雙拖網執照予當地漁民。他提出的理由是：筐腳雙拖網根本與拖網船沒有兩樣，乃採用拖網船的漁網質，同時網腳也綁有重量的鉛塊或鐵鍊，又利用兩艘漁船向前拖拉，對海床及魚蝦繁殖都具有高度的破壞性；一旦這項捕魚法令被批准實施後，將對漁民生活產生一種重大的打擊和影響。

經過大家研究後，主持人下結論：除非本地漁民能將目前所採用的纖維質漁網改用尼龍網，否則筐腳雙拖網執照問題將不受考慮。漁業部同時也規定，筐腳雙拖網的漁網長度須在六十噚以上而網目不小過六分闊。——今日雙方漁民所提供的意見仍將轉達上峰，以便作深一層的研究。

勝利的一方，暫時是屬於以沈海安為代表的漁民。

金路寬兀自搖頭。溫明助卻神色不動地離開會場。

他又送了三本新書借給沈瑞音閱讀；騎著鐵馬離開那間裁縫店不到一百碼，驀然，有兩位十二三歲的少年追跑上來，於是兩粒臭雞蛋擊濺在他背部和肩膀上，臭味難聞！

他停住了鐵馬，只眼望著兩個少年疾步消失在橫巷口，這彷彿是他意料中的事，他顯得出奇的平靜。他揣想得到：那兩個少年是被人買通的，好彩（幸好）這種「暗算」並未傷人，只是臭氣沖天罷了。他聯想到自私的力量是恐怖的；他們是徹頭徹尾自私的人！……

縱使金路寬要召開會議提升他的薪金，他也堅決地回拒——呈送上辭職書，他就在翌晨靜悄悄地走了。

賦閒在家，死的寂靜幾乎已侵蝕他的靈魂；他不住地反省：「我是逃避現實，直不起腰桿子嗎？」沈海安和沈瑞音先後來信了，使他稍微感到一陣子的快慰，他默念著瑞音的句子：「……不要遺憾你所失去的，卻要珍惜你所擁有的；跳出了那個圈子，你我的友情將持續著，也在躍進中……我堂哥不是也在祝福你嗎？……」

一九八〇年五月二十六日

選自小說集《靜靜的文律河》（一九八六年一月）

20 紫浪血花濺

愁雲在騰著、飄著，終於化成另一種風雲。

這片風雲，不論是在早晚陰晴，總是飄駐在西海岸的一個漁村的天空和海面。那厚甸甸的鬱雲彷彿就壓下來了——直似是壓在漁人的心頭，要把他們活活地壓個半死似的。

自從「虎頭網」（拖網）出現在淺海水域裡，其他的方法就顯得落後、難以生存了；淺海漁產銳減，今昔相比，真的不堪說了。有的漁民，甚至跌落到飢餓線上。

老漁夫潘邑叔，是個見過風浪、飽受艱苦的老者，他是淺海漁民聯合會的代表之一。近來，他老的心境不覺現諸形色了。

早在他九歲那年，潘邑叔就曾跟他父親，在潮汕竹洞溪捕捉鳳尾魚和銀魚；二十歲南來本邦之後，他仍然以捕魚為業，什麼樣的風險都見過了，大半生都充滿驚濤駭浪；也曾被海盜逮去關禁了兩個月，才以三千元的贖金換回自由——釋放歸來。有關潘邑叔的口碑，一向來都很好，漁民都敬重他。他為人熱誠樸實，敢做敢為；為了大家，他處處寧肯吃虧。

然而，他為了拖網漁船飛躍地增加的事，目下竟然大不自在了。

以往，「適宜茶室」是大家常聚集的咖啡店，在那裡，他們翻閱報紙，啜咖啡烏，說大話，發表意見，胡扯報上一知半解的國際新聞，閒談昨夜討海的收穫，傳言漁村裡的大小事兒……通常都洋溢著一片歡笑聲。

可是最近，「適宜茶室」所傳出來的聲音已經大有變化啦。——你聽，此刻他們又在發牢騷了：「呃，當今是七八月，比較沒有什麼風浪，往年，這時期比較多魚。達比（但）這幾晚，我連油屎錢都虧本咧！」

「我也是嘛！——夜晚出海，完全看不到『水花』（探測魚群的蹤跡，有魚群時，海面顯出銀白的閃光），怎麼能夠撒網？」

「甫某的虎頭網，害我們賺食難！這次『流頭』（巡航）七八個晚上，我也捉不到一百塊錢。」

「你不想想：拖拉虎頭網多可怕——拖網捕魚，漁網沉到海床上面，所拖過的地方，海床翻轉，就跟軍事上的『地氈式轟炸』一樣，凡是拖網漁船經過的水域，幾乎把小魚小蝦都撈光。整個海床都被搞得翻天覆地，而且，他們常常偷偷地在三浬內，進行非法拖網捕魚，甚至還破壞我們（淺海漁民）放置的網門和繩索……」

「呸，他們欺人太甚吶！」

今年五十六歲，瘦高個子，雙眉聳出頗高，滿面於思，但精神矍鑠的潘邑叔，這當口正一正顏色說道：

「我們的對頭人，是拖網漁民——不，多半是拖網商！鑼不打不響，話不說不明，港芭尾的賴本強，是個王八蛋，在這裡拖拉虎頭網，他是發起人；憑著他有錢，自己弄了虎頭網還不夠，又鼓勵他外地的朋友來這裡搞，他們這麼做，對我們是致命的打擊，大家要抗議！」

「賴本強為什麼偏要跟我們淺海漁民過不去？」

「拖網有利可圖嘛，誰管窮人的死活！」

青年人都一肚子氣了，有人咬牙切齒地：

「賴本強太可恨了！那伙人比什麼海盜『海王』更冷酷，『海王』只是打劫船隻，敲詐勒索，被欺負的人不過是我們，可是，拖網漁人卻要打破我們的飯碗，餓死我們的妻兒……」

「嗄，除了趕走他們之外，沒有什麼更好的教訓方法！」

「急什麼？你一下子就要揍人家。」潘邑叔橫了十幾位友伴一眼，徐緩地：「我想，淺海漁民與拖網漁民首先要放棄成見，大家先做做朋友，坐下來談談，聯絡感情，然後坦誠地交換意見，討論彼此間所面對的難題。我們必須強調，要真正地發展漁業，資本雄厚的漁商應該製造或改造較大馬力的拖網漁船，以便向深海發展，開拓新的海域，才是正確的途徑。」

「是呀，邑叔說得對！這才是和平相處的永久的辦法。」有人立時贊同。

從咖啡店出來，大家分散後，他老陸地為賴本強泛起了無邊的空茫之感，聯想到早年在竹洞溪打魚的情景，姓賴的憑著雄厚的家產，竟然連他的女友阿蓮也撈去了。……不料到了聯邦，三個人又碰頭啦。

這當子，他屈指叩額，他的腦筋絕非單線發展的，幾番思索，他相信火拼是不容易倖免的。我們要等待最好的機會，而且不留痕跡……他想。

三四月，又是大吹東南風的季節，風大、浪高，大多數的漁民不敢冒險出海。

潘邑叔與梁如鱔各自發動了引擎，把著舵，在黑夜裡，駕漁船在浪大水又濁的漁場布了網，上端用「波耶」繫住，浮在海面上讓網身垂入海中。稍後，梁如鱔把自己的漁船跟潘邑叔的漁船靠在一起，藉以抵消風浪的打擊。

梁如鱔是個二十來歲的漁民，勇猛剽悍。他的先父是潘邑叔的老朋友，兩人合股建立「蝦籠」。梁如鱔小學畢業後就開始討海，潘邑叔等於是他的師傅。

不幸的是合股的「蝦籠」，在一場暴風雨中倒塌了，彼此各自放綾網為生。他父親病故後，他討海時總喜歡與潘邑叔結伴。

凜寒的凌晨，除了天上幾點疏星和海面零星的漁火之外，海天是黝暗的一片，颯颯颼颼的海風，砭入肌骨。

梁如鱔吊高嗓門：「邑叔，要是我們有一艘拖網漁船，白天幹活，晚上不用做，入息又多，那就爽啦。」

潘邑叔神色一正，不客氣地：「你這種想法太自私，只為自己著想，沒有想到淺海漁民的悲哀。」

他急忙接口：「請你原諒！因為我整天在想錢。——細花的媽，幾次催我訂婚和結婚，我儲蓄不到錢。要是我跟平列一樣，駕自己的拖網漁船去追魚，一本萬利，不到兩個月就有『老婆本』哪！」

「平列是賴本強的兒子是不是？」

「是嘛。平列的人還不錯。」

「你不應該跟那種人在一起！」

「為什麼？」梁如鱔詫異地注視潘邑叔。

潘邑叔撇了一下嘴唇，冷冷地：「因為他是我們的公敵！」

梁如鱔陪上窘笑：「邑叔，不瞞你說，細花的堂哥是拖網漁夫，我去過他們的拖網漁船，學了幾天；他們還答應一有空位，就請我去幫手，每天最少有十多塊錢好賺。」

潘邑叔斜他一眼，冷哼道：「你自己作主吧！不過，你一旦過去那邊做工，就不用跟我來往了。我的人是恩怨分明，絕不向惡勢力低頭！」

梁如鱔沉吟了一會，喟然興嘆：

「哎！為了多賺幾個錢，我不知如何是好？細花鼓勵我去做，我想我去拖網，絕對會遵守條例，不侵犯別人！而且，我會把淺海漁民的困苦告訴他們……」

潘邑叔心中暗暗嘀咕，沉吟了好一會，忽地回心一轉：「算了吧，何必做得太絕！也許今後有利用到他的地方也說不定。」

五天後，梁如鱔正式成為拖網漁船的新工友了。

賴本強又花了兩萬餘元，買了一艘吃水二十噸的二手漁船，採用新式漁具，抱著嘗試的心理去操作，接連幾天都是滿載而歸。他與兒子平列都笑咧了嘴。

於是，有更多的漁民視此為「一本萬利」的事業，相繼放棄原有的傳統的舊式捕魚法，改用拖網。每天下午四五時，拖網漁船回航，停泊在海港局碼頭，艙面上堆滿魚蝦，大的小的、吃得的吃不得的，橫七豎八，猶如小丘。後邊還有臭魚堆——那是養雞鴨或專供烘製魚粉和魚粗。仔細一看，這臭魚堆裡參雜著數不清的如一兩角銀幣大小的白鯧和黑鯧，以及許許多多幼細宛似牙籤的小蝦。

老闆見到豐盛的收穫，更是笑得見口不見眼；拖網漁船上的「舵公」與工友們，還有旁觀者，有的拿蘇東（墨魚）來煮，有的取螃蟹和蝦蛄來烘蒸，笑聲四起。然後，是有吃有笑，加上工友春冰的聲響，熱鬧嘈雜。

梁如鱔站在一旁，瞟望儼然成為「英雄人物」的舵公，暗暗喟嘆著：中小型拖網船隻拖著網追魚，大小通吃；誠如潘邑叔所說的「殺傷力」極大，連魚苗蝦仔也一網打盡，又破壞了海床，只怕拖上三五年，魚蝦都要絕種啦！向淺海找生活，是處在劣勢，而且已是趨向末路了……拖網捕魚教淺海漁民活活地氣煞，我加入這一邊找事做，許多好朋友都變成陌路啦，我得到什麼，又失去了哪些？

淺海漁民遭到這等打擊，早已怨言載道。最近還聽說有的拖網漁船，有意無意在淺海區域作業，甚至偷取淺海漁民的漁網。蝦價比魚價好，蝦多在沿岸線淺海水域繁殖，有些拖網船便違例地侵入別人的水域捕捉肥蝦。

每年農曆二、三、四、五幾個月，是傳統的甘望魚「大春」（魚汛）季節。過去這段時期，捕魚量最多，然而今年卻歉收了。

潘邑叔到漁村各處巡禮，採訪使用傳統的舊式捕魚法的各族漁友。

海馬哥的脾氣頂大，他虬鬚亂髮，訴說漁產銳減，但通貨膨脹，柴油、機械零件和漁船上用的各種捕魚用具騰漲得實在驚人，不能「打漢」（承受）了。

此刻，海馬哥又冷哼一聲，舉起虬起的手臂，嚷道：「啐，別逼我走投無路！我這個人看不順眼的東西賠命我都要把他『做』了！」

「急什麼呀？」潘邑叔蠕動著嘴唇，低沉地：「要教訓人家，也要耐心地等機會，不能硬硬來。」他老目光閃爍，神態又詭異了。

海馬哥摸一摸自己的腦袋，淡然一笑：「是麼？」

跟著，潘邑叔去看勒曼和蘇郭，他們是採用竹柵排圍蝦的古老方式作業的。

勒曼「哦」了一聲，幽微地喟嘆：「哦，捕魚捉蝦是死路一條嘍！我們不找些零碎工來做，不餓死才怪！」

蘇郭皺著眉宇，叨了一根紙菸在口中；此刻，他開口了：「我每天出海，跟頭家對分，很少分到三塊錢。魚蝦好像都死光啦！」

潘邑叔想了一下，目光一注道：「這些人太自私自利了，他們死命地拖網，還侵犯我們的水域，小魚小蝦都沒有長大，他們這樣的撲捉，要絕種啦，我們只好喝西北風啫！」

「我們應該團結起來！」勒曼徐徐地坐直了，又以緩和與正經的口氣說：「除了派代表談判之外，還要隨時巡視，他們又『沙拉』（非法違例）的話，馬上要報警！」

他們的「牧場」，正面臨天然與人為的災害，大家多能瞭解到自己所處的惡劣環境，發揮關照與合作的精神。

此刻，蘇郭擦了擦額頭的汗，把聲調放平靜：「漁民發生糾紛，常造成人命和財產的損失。我看，漁民親善理事會也許會幫我們處理和解決一些漁民的糾紛。」

「你們可以試試看。」潘邑叔略停一下，又說：「一個又一個的壓力，真使我們招架不住了。當然，我們希望雙方的漁民，能夠以親善和平的態度，好好地共同解決難題。」

住在橋尾路的賀沙央，也認為彼此間應當表現出應有的風度，拋棄成見，坐下來共同磋商，切實遵守條例，以避免發生各種事端和摩擦。於是，賀沙央和蘇郭代表淺海漁民，與漁業合作社董事長賴本強作一次禮貌上的訪問。

賴本強矮墩墩的，臉圓豐滿，有著興腮鬍鬚。他搬椅倒茶，很客氣地接見賀沙央和蘇郭。

賀沙央謹慎地表露：由於淺海漁產大幅度減少，漁民生活愈形困苦，許多人都遷怒拖網漁民。為了避免摧殘海產資源和魚蝦群絕跡的危機，為了防止淺海與深海漁民發生衝突，懇望拖網漁民更加檢點，取締以不合法的方法在淺海捕魚……

賴本強稍作沉吟，淡然一笑：「拖網捕魚是公認一種科學的先進捕魚方法，可是卻遭受淺海漁民的反對。我們認為，時代正不斷地進步，現在的生活技能也應當配合時代的需求，逐漸地改良，才能生存。我們試看一下，目前許多先進漁業國家，早已經完全採用科學方法，去進行遠洋捕魚，而不是只局限於沿海區域。——拖網捕魚的技術是比較進步的，要是叫拖網漁民放棄現代化的捕魚器材，而恢復以前的老方法捕魚，這豈不是跟時代開倒車，漁民收入將大減，生活水準一定猛跌。」

賴本強還想說下去，蘇郭岔開他的話頭：「我們並沒有過分的要求，擁有『禮申』（執照）的拖網漁船，遵守一切規定的法律和條文，在深海水域操作，大家一定可以相安無事。我們要指責的，是那些沒有『禮申』的拖網漁船，他們在淺海邊緣偷偷的作業——用小型拖網或太空網非法拖網，有時還破壞淺海漁民的網門和繩索，像這一類的漁民最渾蛋！」

「呵呵……」賴本強笑出聲來，然後揚聲地：「其實，沒有『禮申』的拖網漁船，也是我們拖網漁船的敵人，都是他們在淺海內搞鬼，害我們被誤會；海上的糾紛，常常是因為他們而釀成的。」

賀沙央目光一注，和聲地：「強叔，你能保證有『禮申』的拖網漁船，一定不越界捕魚嗎？」

賴本強沉默一瞬才答腔：「哦，這個誰也不敢保證。你們每天出海，知道得更清楚，在白茫茫的大海中，很難正確地分辨出界線，有時候因為天氣壞的關係，也會誤進淺海界線，這是可以原諒的。——我經常勸一些拖網漁民，應該珍惜自己的拖網『禮申』，和尊重淺海漁民的權益，絕不違反拖網的條例。」

蘇郭緊抿著嘴唇道：「強叔，你總算知道我們的困難吶。」

賴本強挺眉一笑：「魚藏並不是屬於任何一個集團或者個人的。你們剛才提到海產越來越少，我相信是因為目前漁船增加的緣故，並不完全是拖虎頭網造成的。據我所知，那些捉『七星網』（俗稱『蝦排』）和『大網』的，也跟拖虎頭網的一樣，不論魚蝦大小都通吃，照單全收，不過你們不必太擔憂，因為魚蝦跟金銀礦和石油不同，它們有繁殖力，只要漁民適當地撈捕，絕不會在這一二十年間把魚蝦捉光的。」他這番話真是振振有詞。

賀沙央聳了一下眉毛，提高嗓子：「所有的淺海漁民，都是貧窮的一群；當然大部分拖網漁民也不見得富有，大家應該為對方設想，平心靜氣地自己解決自己本身的問題。在這方面，我總覺得拖網漁民，必須守紀律，做到井水不犯河水的地步。」

賴本強的眼珠子四下一轉，神色又一正：「要是有必要，我們可以發起成立一個監察委員會，來處理一些投訴的問題。我要特別強調的是，『樹大有枯枝，族大有乞兒』。要是遇到那些害群之馬，請記下船隻號碼，除了報警之外，也希望你報告我們，千萬不要靠武力來解決！在法治的國家，一切事情法律自有公斷……」

與賴本強告辭之後，海風吹來，仍無法吹散賀沙央和蘇郭心中的積悒。馳行的漁船後面，始終拉著一條沒有盡頭的白色波紋，正宛似漁人的愁思不絕。

他倆把賴本強的話語帶回來，大家聽了，並不表示歡迎與興奮。

潘邑叔首先發言：「我猜得到，他會這樣告訴你們，話是說得冠冕堂皇，可是一點也不實用。」

海馬哥恨恨地：「有幾個錢的人，總喜歡講鳥話！我們不必費唇舌找他們磋商；『牙羅』（糾紛）的問題，早已經在本地存在吶！容忍有時候卻是弱者的表現。」

青年漁人水番仔也插嘴說了幾句：「他們是『五時花，六時變』，講的是一套，幹的是另一套。上個月，烏腳叔的綾船，是被拖網船攔腰撞沉的，找人作證去交涉，由賴笨奸（本強）主持公道，結果只賠償到兩百五塊錢。哼，他會為窮人著想！」

柴船哥「哼」了一聲，嘴唇微撇，遲滯地：

「呃，他叫我們記下越界的拖網漁船的號碼，哪——哪有這麼容易！他們常把船的號碼，用麻袋掩起來。有一回，我駕船追上去，要跟拖網漁夫交涉，他們馬上抓住一條長水喉管，阻止我的船靠近，而且還恐嚇我，說要殺掉我，葬身海底。一句話，他們說什麼時時打開大門，歡迎淺海漁民來洽商，都是騙人的漂亮話罷了！」

捕魚作業，原本已有不少的災害與意外，比如狂風巨浪，輪船撞沉小漁舟和海盜劫掠傷人等，漁民生活早已十分缺乏保障；這屬於悲苦的一群，如今還得面對人為的『迫害』。此刻的感受，使他們自然而然地浮起一種想法——該給對方的破壞分子一個沉重的教訓。為此，潘邑叔著實費煞心機。

曙光初透，三四艘拖網漁船正繼程前進之際，海面的小魚被驚動得直飛竄。

倏然，海面出現九艘快艇，疾速地朝這拖網漁船的方向飛馳而至，旋即展開包圍。每一艘快艇上有四五個蒙面人，手揮長矛利器，來勢洶洶；兀地，有的人開始把磚塊和石塊猛擲過來，而且齊聲喊叫：「殺！殺！殺！」

拖網漁民心下不由一凜，有的竟驚慌失措。對方還使用快艇攔腰猛撞拖網漁船。只有兩艘拖網漁船開足馬力，及時逃遁了。有三個漁民躲藏在漁船裡，後來船被撞翻了，另一艘船上的兩個漁民，跳下海中逃命。

不到十分鐘，突襲得手的快艇便分散幾條水路飛馳而去。逃歸回港的拖網漁民，立即向警方報案，並且組織船隊出海打撈和找尋失蹤者。

這宗海上血案，第二天在報上披露：

今日清晨約七時，×××與××海域交界附近，發生一宗兩艘拖網漁船遭到另九艘快艇圍攻的事件，使到其中一艘被撞沉造成漁民一死一失蹤，和三個受傷入院。這宗漁民衝突事件中，死者為賴平列，才結婚五個多月。他的屍體在今日下午三時許，由漁民以漁船拖網撈獲，頭部受創傷。……死者的五十五歲母親盧荷蓮，下午被通知其次子不幸身亡事件後，雖然悲痛不已，但她老人家籲請漁民應該停止衝突事件，不該再有漁民無謂地犧牲。死者嬌妻，當場哭昏了……

潘邑叔讀了新聞報導，死者的姓名似乎使他心頭之恨卸除了，但旋即心忖：他們出手太重，把事情搞砸了，教訓竟然演成謀殺呀！

梁如鱔獨自來看潘邑叔，帶來一身的蕭索冷意。

他毫不客氣地表露：「邑叔，我是你看著長大的，所以我尊重你；可是，你也有冷酷的一面。那是教人遺憾的！」

潘邑叔截斷他的話，冷然道：「呃，你是兩頭蛇——鑽到拖網那邊去了，你沒資格跟我講什麼道義！」

「邑叔，我絕不打漁了，明天就離開這裡。請原諒我批評你幾句！」梁如鱔把聲調放平靜些：「我比誰都瞭解你，以你在漁村裡的威望和地位，只要你肯出面阻止，或者勸說幾句，海上的血案是不會發生的。你想過嗎？動用暴力並不能解決問題，卻是破壞和平的舉動。如今，悲劇發生了，有人決定尋仇報復，冤冤相報何時了？」

潘邑叔瞪著眼看對方，提高嗓門：「海上出事那天，我根本沒出海。漁民衝突是『瓜牽藤，藤連瓜』，永遠糾纏不清的事，你不要誤會我！」

「我不能不懷疑你，而且真人不露相。」梁如鱔沉吟著，緩緩地：「我說開了，請別見怪！——你和賴本強的恩怨，還有盧荷蓮的故事，我死去的父親都告訴過我；是他們對不起你，跟下一代無關。呃，那幾個死傷的拖網漁民一向都奉公守法，他們是冤枉的！……平列的人，比他父親好得多……」

一個意念，閃電掠過潘邑叔的心頭，三十多年前的那一段事，陡地使他充滿了飛騰跳躍的幻覺。但一轉念，又使他內疚於神明了。

飄忽的過去，使他心情更沉重了。那往昔的一段關係，那湮逝的愛與恨，都是空虛的，像紫浪一翻而失；而血花卻是恆久愧疚的標誌，時間的浪沖洗得了麼？他想。

海灘冷落得有如一座古墓，毫無生氣；瞟望海浪，潘邑叔旋又低下頭，一股淒清的感覺猛襲過來。

一九七七年十二月十六日

選自小說集《浮生三部曲》（一九九一年一月）

21 張開黑傘

幻成的陰影

「病魔太可惡、太刁難了！跟他搏鬥，我有多少的能耐呢？」——當病情發作的時刻，周史敦又這麼地思忖著。

四個月前，周史敦身子不適，鼻孔閉塞，還常咳嗽；他以為是感冒，看過醫生，打了針吃了藥，病略有起色，但一直沒把咳嗽治好。後來到了中央醫院照了X光，又經醫生剜鼻肉化驗一番。

跟著，醫生用電機輻射，身體並無痛苦的感覺，電療部位也不變。可是，他精神渙散，聲音嘶啞，聽覺不靈，咳嗽未癒。起始的時候，他感到整個人崩潰啦！

才滿二十二歲，正是錦繡年華的周史敦，卻得跟病魔搏鬥了。

他忍痛辭去那份書記的工作，回到老家休養。

故鄉是一個人口不上二千的靠海漁村。養病的生活是寂寞枯燥的；他攜帶著身體的疲憊和心神的創痛，難免徬徨無依。疾病把他一切高遠的理想統統拖垮了；他試圖正視殘酷的現實。他心裡曾有過一種悲憤的情緒：「為什麼這樣惡待我？我是個年輕人呀！」

如今，蟄居在這個寧靜的地方，一任時光悄悄地流逝，他底心情逐漸穩定下來了。每天，當豔麗的朝暾緩緩地綻開在地平線上之際，他到海邊打了一個轉——沐浴著暖濕的晨霧，在長長的海堤上彳亍。

放眼過去，是一片浩瀚的大海和遼闊的天空，浪花朵朵，飛濺在岩岸的四周，漩渦處處，回捲著滑石白沙。面對著滾滾的波濤，他想：人生是一場無休止的戰鬥；還是漁人最果敢，他們的生活最沒保障，等於是腳踏著翻滾的巨浪，頭頂著藍天，不論晴晦陰雨，都必須承受著痛苦與無情的風浪進行搏鬥，否則，一家溫飽便沒著落……

這麼一設想，他便舒泰了，甚而有點像杜甫那種「飄飄何所似？天地一沙鷗」的孤高襟懷。有時，他以一種自以為然的觀感聊作自慰，進而把個人的際遇看作平庸而漠然。

散步歸來，吃點早餐，然後喝了半碗公公親手用日本長春草加紅棗和排骨燉熬八小時的藥茶。上午十點後，報紙派來了；他買了兩份日報。

讀報是愉快的；生命的緊湊是報紙帶來的。

驀地，一個標題吸引住他：「地球上每日一百萬人死亡」。心念一動，他細心地閱讀下去；「醫學家遺憾地說，地球上每日有一百萬人死亡，除了老弱、意外、絕症等沒有辦法挽救之外，另有不少人本來是可免一死的，但因缺乏國際間的聯繫，加上風俗、迷信、偏見以及毫無必要的恐懼，遂使很多可以挽救的人，在無可奈何之下結束生命。醫學界估計，每日至少有三萬人危在旦夕，只是局部生理組織的惡化，只要把這一部分器官割除，換上正常健康的器官，病人很快便轉危為安，很有可能再活幾十年。然而，由於沒有人肯捐出有用的器官，任由可救而不能救的人死去。另一方面，有人肯捐而無濟於事，因為彼此缺乏聯絡，未能及時把所需器官傳送予急於應用的人身上，故而在醫學界來說，這三萬人是死得實在太冤枉……」

他擱下報紙，瞟了窗口一眼，窗簾正隨風輕輕地飄著，遠處傳來海浪拍岸，嘈雜不休的微聲。他繼而暗忖：有生就有死，正如潮滿之後即退潮一般，這是自然現象。生與死，不過隔了一層薄薄的表皮罷了。……本來嘛，人一生下來就朝死亡之途走去，因此，我們不必等到最後才著重生存的意義。

翻閱另一份報紙，他讀著一篇精彩的特寫：「沒有陽光孕育的花朵」，獲悉一九七八年世界糧食理事會發出警告：全世界三分之一至二分之一的兒童，正因飢餓和疾病而面臨死亡的厄運。營養不良和傳染病，每天奪走全球三萬五千名兒童的生命……在中東和非洲的女童，不但被迫出賣勞力，甚且還得出賣肉體，供特權階級洩慾。聯合國保護兒童工作小組最近接獲一項投訴，指中東某產油國一個集團以僱傭女童工為名，僱請了十萬名由十歲至十四歲的女童，其中有少數被迫去當雛妓，日夜供男人洩慾；另外一半被認為條件不夠，被迫在工廠裡拼命幹活，工作了十二小時之後，還經常被迫令去接客……在生理未成熟前就飽受蹂躪，不勝負擔，而且身罹性病，不到十七八歲就已衰竭萎縮，大部分活不到二十歲，就在痛苦折磨下慘死……

他陡地有一陣悲忿的情緒，忖道：「地獄人間，不幸的兒童！他們非人的生活，卻是特權階級的血腥之手造成的；人類，竟然有這麼慘無人道的敗行！……」

他躺在靠椅上，乾咳幾聲，倏然覺得左邊頭部麻痺。閉目養神了良久，依然不能凝神祛慮；此刻，他又想到：「還有千千萬萬的人，比我更不幸哩！」

現實是殘酷的，家裡早就有了一份淒清。他想：我們這個支離破碎的家，不是也有許多繁雜錯綜的問題麼？

他是由公公和婆婆含辛茹苦地撫養長大的；十三年前，婆婆去世了，他一直是跟公公同甘共苦，到外埠念中學和謀事的幾年裡，才終於過慣了獨立生活。目下，他又給六十八歲的公公添他這麼個累贅，弄得他老人家兩頭忙。

板房裡的當眼處懸掛著父親的遺照。這當口，他橫了那遺像一眼，左手在頭上輕拍著，依稀記得父親永離他那年，他只有四歲。

他突地聯想到母親——已經好幾年不想那個騷貨啦。在印象中，她彷彿犯了彌天大罪；婆婆醜詆她，公公鄙視她，指摘她不盡母親的責任，跑去外埠跟一個男人同居，使周家顏面無光！那年，他約莫五歲。

想到這裡，他聯想到二舅父；二舅父曾經到周家來要求，雖然那是祕密性的磋商，可是後來公公大發雷霆，喝令二舅父滾出去。事後，婆婆告訴他一些，原來母親託她二哥來求情，準備把他接過去撫養；公公直覺得這不是體面事，大罵二舅父多事，安排他母親嫁了人，還要把他騙過去……

許是深受公婆的影響，此後他也恨透了母親和舅父；唸初中二那年，他在一篇老師出題〈我的一家〉的作文裡寫道：「有一天，媽媽乘二舅父的汽車出門，結果發生車禍：汽車被一輛羅里撞成一堆毀鐵，兩人歸天了……」

此時想起母親，不禁有點懷念，心想闊別了十七年，不知她變成什麼樣兒了？我是個不幸者；她會永遠幸福嗎？一般的哲人都勸世人：今生最要緊的，是培養一種深厚的愛心去愛別人。縱使母親有錯，這麼多年了，為什麼還不能寬懷坦蕩呢？他自問著。

他嘆了一口氣，覺得精神疲乏，立時把幻思收斂——要花他心思的問題太多了。跟著，他有點反胃和嘔吐的感覺。也許我的人生，行將了結；這病痛太古怪了。他想。於是，死亡的威脅彷彿又逼過來，幻成了一個大陰影，它如同一把大黑傘，緊緊地籠罩著他底心靈。

半晌，精神安穩了些。他又暗忖：我這一生過得渾渾沌沌的，好像沒做過一件足以稱道的事情，生命太平凡，也太空白了。他記起了，海克特（美國著名的精神病醫生）說過，求生的意志是挺有效的藥物，它時常能決定一個垂危的病人，是繼續活下去，而不想死；充滿希望和強烈的求生意志，可以激發或加強人體的抗禦疾病的能力……

他做了一個深呼吸，翻身坐起來，又抱著一縷新希望。

生之信念

屋外有腳車鈴的響聲，江湧泉又來探望周史敦。

他倆是同鄉人，小學和初中時代是同班生，早已成為相知甚深的老友。江湧泉有機會多深造幾年，加上他刻苦勵學，如今成為合格的教師，被調派到距離這裡約六十公里外的一間中學任教。上個星期六，他來探病，發現一慣睡床板的周史敦，形容憔悴，嘴唇沒有血色，眼皮浮腫，頭髮脫落，便立刻到家私店，買了一張有彈性的床墊加在床板上，讓史敦躺臥得舒服一點。

這當口，湧泉朗朗一笑：「這幾天，你身體好了一點吧？」

「哦，也好不了多少。」史敦微微一笑：「我到中央醫院，接受腫瘤放射線治療。雖然醫生不告訴我病源，我也猜得到是嚴重的病症——大概是什麼惡性瘤；而惡性瘤，是癌症的一種。我恐怕是患了癌症吧？」

「別亂猜！」湧泉注視他，安慰他：「在醫生還沒有診斷之前，不要胡思亂想！要是萬一患上癌症，也不用害怕；誰都知道，癌症已經不是什麼絕症哪！」

「但願如此！」

湧泉溫和地：「在醫學記錄上，有些人患了癌症，還沒有進行治療，癌症便自然消失了。這種具體的例子，我們常常可以從報刊裡讀到。再說，目前已經有許多新的儀器和方法，可以檢查和治療癌症。」

「患癌症能夠自動痊癒，一定是病患者體內的抵抗力特別強的緣故。」史敦的嗓子沙啞著。

「你本身要先沉住氣，準備跟病魔搏鬥！」湧泉又笑著說：「新馬的醫學都很昌明，就拿吉隆坡的治療腫瘤的醫藥儀器來說吧，那些電子感應加速器都是新產品，放射力很強，對治療腫瘤具有特效力。有一位專科醫生說過，本邦有五十巴仙治好癌症的成績；要是病人提早醫治，早期的癌症是可以治好的。」

湧泉有見地，說話得體，是史敦促膝傾談的好對象；不一會，他便被湧泉那開朗的說笑聲以及輕鬆的神情所感染，心情也漸漸舒坦了。他又乾咳兩聲，吞了一口涎沫，臉上浮著笑絲，徐緩地：

「在多難的時代，誰不是要吃苦掙扎才能生存？死亡，已經不是最可怕的事情啦。特別是我，生何有歡？死何有憾？只不過是，我不願意死得太虧本，死得太平凡。」

「你又悲觀了？」湧泉沉聲地。

「不，我不是『睇唔化』（看不開）。」史敦彎有信心似地：「記得美國已故總統肯尼迪，在一次演講中說過：『我們都是將死的人。』而我呢，在失眠的深夜裡，我更有這種感觸。不過，我決不怨天尤人，自怨自艾，我只想利用我生命中最後的光輝，做一點有意義的事。」

「你有些想法，不很正常。」湧泉站起來踱了兩步，然後扭轉身子直視老同學：「請記得，人可以被毀滅，可是不可以被擊敗！」

史敦突然豁達地：「患上了這種怪病，我心裡有數。其實，癌症也不是最可怕的死神；多少人不是在更恐怖的情況下，死得不明不白嗎？」他頓了一下，又激昂地接下腔：「癌症已成為世界上第一號劊子手，它是大眾病，地球上每年有三百餘萬人，死於癌症。在大馬，每年約有一萬五千人，不幸患上了癌症；在德國，每年有十萬人因為生癌死掉……要是我真的患了絕症，只有一年半載或三五個月的生命的話，我不信天也得認命吶！既然死是人生必然的過程，我犯不著在垂死之前，還來憂愁沮喪……」

「你這麼堅強，真教人佩服！」湧泉由衷地：「意志會戰勝死亡，這種例子是常見的。」

「呵呵，我們這種人家，只有努力、苦幹和奮鬥，才能活下去；而病魔又來跟我們過不去的時候，我們只好面對現實，跟死神搏鬥一場！」史敦乾咳一下，奮揚地說著。

湧泉的神色肅穆起來，平和地：「聽說，用『精神控制』也可以醫治癌症。有一個故事是這樣的：在美國德薩斯州有一間餐館的主人，叫做威廉．巫勒，經過醫生詳細的檢驗後，照實跟威廉說，他的癌症細胞已經從胃部蔓延到他的肝和肺部去了。雖然還沒有全部發作，不過充其量，也只有三個月的生命。因為生癌部分的範圍已經擴大，無法施行手術或放射線電療，醫生除了安慰和表示同情之外，對他愛莫能助。威廉知道了自己所患的絕症，不過他很樂觀，他想，反正自己已活到五十九歲了，人生的路已將到盡頭，既然命裡該生癌而死，就由它來好了。他從醫院出來，回到家後收拾了行李，然後單獨一個人，乘飛機到墨西哥和夏威夷去玩個痛快。在旅途上，他聽人家說『精神控制』的方法已逐漸普遍了，便找一個地方靜下來休養，學習用這種方法來醫病。所謂『精神控制』，是說一個人的精神若可以受到控制，就能夠使一個人完全入定，好像和尚一樣地打坐，心靜如止水，把精神卻單單集中在某種逍遙愉快的輕鬆意境裡，摒除一切煩惱，因為煩惱多是禍根；讓腦波的頻率暫時緩慢下來，直到好像進入睡眠的狀態中。這種方法學習成功之後，不但可以使人的記憶力增強，而且治好某些病症。」

史敦凝神聆聽，湧泉喝了一口茶又接下腔：「那個叫威廉的病人，在三個月過後，回到德薩斯州見那位醫生，使醫生不由大吃一驚──他預算威廉只有三個月的生命，卻怎會料到威廉到這個時候，還是好好地不像個垂死的人。醫生重新檢查他的身體，居然發現他胃部、肝部的癌細胞完全消失啦。這簡直是個奇蹟，許多看過威廉的病情記錄和X光底片的醫生，也表示無法相信這個事實。於是，那位醫生把威廉癌症自癒的故事，報告給美國癌症研究協會。」

「我應該向威廉學習！」史敦急著說，眼裡炯炯散發著熱熾的生命火花。「最近，我利用空閒的時間，多看了一些書報，也接觸了幾本以前看不懂的現代小說。我想，堅強的意志來自書本，看書可以激勵我們的精神。而報紙上某一些新聞，也使我很感動──那是報導一個中國空軍飛行員，他叫王德明，三十四歲，有十分頑強的鬥志，克服了死神的威脅；雖然目前他只有一邊腎、一個受損壞的肺，和一個被移植過的心臟。他是個癌症病人，右邊的腎臟因為生癌而被割除了，但他仍然積極地執行任務──復元後獲准重新加入空軍，恢復飛行。」

湧泉正色地：「不平凡而鬥志極強的病人太多了。我們有旺盛的生命力，更應當保持開朗的心情，做自己要做的事情。」

史敦把上身移正了些，右手抓了一個枕頭按在腹部，又直視老同學，徐緩地：「我曾經想過好多問題；——難得你來，我再說一些：要是我實在無藥可醫的話，我倒願意在醫生面前立下遺囑，把自己的某些器官，好像眼膜、腎臟等等，捐給需要用到的人，好過白白地浪費掉。呵呵（乾咳）……許多人都是自私而固執的，其實，每個人的生理構造完全一樣，有些器官移植到任何人身上去，都會發揮相同的作用；所以一個已經無法挽救的人，跟仍有生命力的器官一同埋進黃土裡，不是白白的浪費是什麼？」

湧泉瞭解這位同鄉，他是一位聰敏過人、勇敢勤快，具有獻身精神和優良表現的青年，雖然他有點剛愎自負，然而到了決斷大事的時候，卻是半點不含糊，一絲一毫也不失男人大丈夫的本色。

他點點頭：「唔，你的想法都很對。記得蒙田說過：『哲學就是學死』。有一位現代作家說『絕望是罪』，而『死亡只不過是一陣黑煙，生命之火正在下面燃燒』……我也是這樣想：一個人死後變成一具臭皮囊，拿去火化成灰也一無所知；願意捨己為人——在身後捐出自己的器官，去救別人的人，是比做任何好事更加偉大、莊嚴的善舉！」

「是嗎？」史敦彷彿獲得了安慰。

「請你多多保重身體！」湧泉輕拍著史敦的肩膀：「改天，我再來！」

好友正跨出門口之際，史敦吊高嗓門：「你帶書來借給我——謝謝！」「別客氣！」湧泉揚聲地回答著。

愛的茫然

史敦輕輕地翻動著湧泉帶來的八本文藝書，腦子裡卻回憶著湧泉的對話和自己的「豪語」；他舒了一口氣，忖道：「其實嘛，不幸與災難對於我不是陌生的；當一個人想到『生命』這個大問題時，很多放不開的事，反而不存在了。話說回來，我始終不會放棄求生的鬥志，同時也信賴醫生對我的診治。」

稍微留意手中翻動的書，立時有幾行文句跳入瞳孔裡：「……吳爾夫是悲觀到家了，人生是愛情與名譽，名譽與愛情都有了，依然是茫然。在她的《無家可回》中說：永遠不變的是街頭的無根行客，永遠不息的是人世的飛矢時光。迷失了的人群在這迷失了的時代？……海明威是在這種氣氛中，成長起來。他沒有辦法來傳達他強烈的感情，所以他用符號與工具，都是極端的……死亡在他的筆下與這種茫然不知所以的情緒比較起來，也顯得平平淡淡了……」讀到這裡，他旋即翻回封面：《在春風裡》，陳之藩著。

擱下手中的一疊書，他尋思：人家有了名譽與愛情，還這麼茫然；我呢？在貧弱的生命中，我何曾有過一次稍見豐盈的青春？我的人生不是更空幻嗎？……

他緬懷往昔，勉強由思網所捕捉到的，是高中最後一年，那個每隔兩天就來他們租房跑一趟的少女——叫賀英珠的，她的倩影曾一度盤踞他的心園裡。

房東阿姆介紹他們同房四個人的衣服給賀嬸清洗，英珠就是賀嬸的大女兒，由她到他們的住所收送衣服。瞬間，英珠的影子，飄然而來，在記憶裡竟是如此清晰。有次，他把兩紙袋的髒衣服交過去，屋外的細雨倏然變成豪雨了，他和房東阿姆留英珠坐一會。

大約有十六歲略為高瘦的英珠，舉止言談總帶著六分的羞意。三位同房都去看電影了。他很自然地找話題跟她聊聊。

「這些衣服收回去，都是妳洗的嗎？」

「嗯。」她垂下眼簾，輕聲地：「我媽媽忙，多半由我洗。」

「洗那麼多衣，一定很不容易。」

「洗慣了，也沒什麼。」她突地抬起頭，露著甜津津的笑容：「你們的衣服，我和媽媽差不多都能認得出，哪一件是你們四人中哪一個人的；我媽媽說，你穿的衣服最清潔，不必怎麼洗就行了。」

他聳一聳肩，笑著說：「也許是我比較少去打球，而且在衣領頸項地方塞著手巾的緣故，有汗臭的背心通常我都在沖涼時順便洗了曬乾。」

「我媽知道了，一定說你最好心。」她眼珠兒在轉。

以後雙方見面的時刻，都顯得更加和氣；他總是露出和善的笑容。

「英珠，妳家裡還有什麼人？他們是做哪一行的？」第二回對話，他首先問。

從她的回話裡頭，他知道了她共有五個兄弟姐妹，父親是雜貨店的送貨工人；母親理家，也收些衣服來洗，還弄些舊報紙來黏摺紙袋，賺點錢補貼家用。

「你們一家人，都十分勤勞。」

「不勤勞，可就沒飯吃。」

「妳讀過幾年書？」

「我唸完小學六年級。」英珠又擡了擡頭，嗓音大了些：「我讀書的成績還算不錯，每年都在十名以內，可惜家庭不允許，只好失學了。」

「社會就是一間大學。妳不用灰心，求學可以靠自修。」史敦熱心地說下去：「妳喜歡看什麼書，我可以借給妳！」

「謝謝你。」她回著：「我好久沒看書了，每天好像都有很多工作做不完。看朋友們升中學，我好羨慕！」

後來，他借了幾本文藝小說給英珠，這件事很快就瞞不住同房的同學，最長舌而又最喜歡調侃人家的丁立通，到處傳言史敦在追英珠，連房東阿姆也耳聞了這件事。同房的小蘇滿面笑容地：

「英珠中等身材，五官端正；那一份文靜，那一份女性的溫柔，誰不喜歡？——史敦的眼光是不錯的！」

端午節的前一天，她送了十多個粽子給史敦，請他分送給同房朋友吃；她漫聲地：「粽子是我學做的，不好吃，請別見笑！」

美好的歷程總是短暫的；一個半月後，英珠不來了，收送衣服的工作便由她弟弟瓜代了。借給她的書和一張字條，由她弟弟轉交，她寫道：

「……我爸爸安排我進紡織廠學工。謝謝你鼓勵我看書！有時間的話，歡迎你到我們家來坐坐……」

史敦不曾回信，當然沒跟英珠再會面。據房東阿姆說，不多久，英珠一家遷居了，去處不明。此刻，他忖道：「我從未跟異性有過交往，充其量也只有在高中時代把英珠暗戀了一陣。我最瞭解自己，我心的底層是自卑的。」而改嫁的母親使他心靈蒙上一層陰影，教他對女性多少有些顧忌。在謀職的幾年間，他始終沒有占有女孩子芳心的企圖；他想，等我的事業有了基礎，才成家還不遲！於是，他心甘情願做個奉獻的弱者，認定「愛是犧牲，不是占有」，不成功的戀愛倒可讓自己的生命力更加強韌……

須臾，他感到蕩然而又鬆快，心想：還好我沒有家室，沒牽沒挂；萬一變成「先走的人」，不會留下另一半及兒女在受苦……一忽兒，他聯想到江湧泉的未婚妻——辜修律，一對相愛極深的青年，竟然訣別了！一雙兩好，兒女情長，結果卻以天長恨為結束。老天是無情的！他想。

許多人都不容易淡忘，一九七七年十二月四日晚上，馬航波音七三七客機在新山丹絨古邦發生的大空難；湧泉的未婚妻是不幸的罹難者之一。一百名罹難者的碎屍洗淨後分裝在七具棺木裡，於九日早上集體安葬在新山古文茶路一段不屬於任何宗教地段的一個巨大墓穴內。

這是一項突破國籍、種族和宗教信仰，舉世矚目的國際性悲壯的集體葬禮，執紼者有六萬人左右。清晨七時二十分，史敦就陪著湧泉到中央醫院驗屍房瞻仰與祭拜罹難者的亡魂。

他們跟到公葬的地點，棺柩入土之後，由宗教師灑聖水和鮮花在墓上，這當兒，罹難者的家屬都趨前燒香祭拜與禱告。湧泉神情黯然，當公共工程部的一架鏟泥車正推土掩棺之際，他再也忍不住捧著面孔飲泣了。

悲壯淒切的情景，使史敦心酸難過！他跟辜修律有幾面之緣，幾乎不相信這個事實——一百條人命在威力奇猛的客機爆炸聲中，剎那間就化成幾袋碎屍吶！

在茶室裡喝水時，大家保持深不見底的沉默。分手之際，湧泉沉聲地：「人生是荒謬的，現代人最可憐。我們要怎樣在人生的困境中孤獨地掙扎著？我幾乎無法從人生的荒謬情境裡頭找到人生的意義！上帝死了無所謂，失去了辜修律，我的愛完了，我的存在價值也完了麼？……」

無情的時光唯一的可愛，是它會沖淡人們的悲哀；一段時期溜逝了，他高興地看到湧泉又掛上原有的那副笑容了。「人是有意義的。」他肅容地告訴史敦：「每個人都有存在價值；我們否定某些舊價值之後，必須肯定新價值——尤其是肯定自己的價值；在破壞自我的桎梏之後，重建理性的自由生活。任何人的人生都是有意義的。即使在痛苦中，也有他痛苦的意義。……」

「唔，我只覺得你是堅強的。」史敦由衷地讚許：「真難得。」

「我們要深入生活，體驗生活，面對現實。」湧泉微微一笑，兩手伸前一攤：「同時，多讀幾本有思想性的書，很自然地，人生的一些憂患和不幸，便會看破了、看化了，積極的戰鬥精神才不會受影響……」

「是麼？」史敦漫應著。

舊事重憶，腦際映現好友硬朗的微笑，此刻，周史敦的心情也鬆快了。黑煙飄逝了，那黑傘下的陰影也消失了；他又向生活微笑！

一九七九年六月二十八日

選自小說集《浮生三部曲》（一九九一年一月）

22 終曲悠揚

親娘來訪

晨光熹微，遠海近樹霧迷離，輕霧飄忽游移。史敦在屋後的幾株果樹下踱步，兩隻喜鵲在芒果樹「喈喈」鳴叫，使鄉村情調增添幾分樂韻而熱鬧了些。

他心頭一動：「喜鵲報訊，有什麼喜訊呢？」

不到八點，公公照例又到菜園幹活了；他原是個經驗豐富的漁夫，但如今年事已高，精力衰退，目力昏眊，所以一條八馬力的小漁船租給烏竹哥打魚，自己改行到一公里外的一塊荒地務農。

他又翻閱早報，令他愁悶的新聞每天都多的是；此刻，那則礦工遭活埋的報導文字，又使他喟嘆。

他輕聲唸道：「××錫礦公司，於昨日發生的礦工遭崩塌沙壁活埋事件，死者藍有司屍體掘出土後，今日發引還山。其孀妻家屬痛不欲生，場面愁雲密布，好不淒涼，令憑弔者不禁掬下一把同情之淚！死者遺孀唐小桃出殯前因柔腸寸斷，悲痛欲絕，以頭額撞向其夫靈柩，試圖自盡，左額皮破血流；幸得親友一再勸阻，才不致於釀成悲劇。……死者老母七十一歲，也因悲痛獨生子英年早逝，而在棺木前嚎啕慟哭，一片白頭人送黑頭人的悲慘情景，聞者無不心酸！……死者五名待哺孤雛，面色一片茫然，有的尚不曉得其父親已永遠棄他們而去！……不幸遭活埋的藍氏，生前入息有限，僅夠維持一家八口生計，現因猝然撒手人寰，家庭頓陷入拮据窘況，亟待社會仁人義士慷慨接濟，以解決目下所面臨的斷炊之虞！」

將近十點三十分，驀然，兩位被他在作文裡寫過已在車禍中喪亡的親人「復活」出現了，還有一位十五六歲的短髮少女隨他們到訪。史敦立時受到極大的衝撞與震撼：噢，那是親生娘和二舅父！他正視他們一下，不禁有恍如隔世之感。

跟他們睽隔得太久了，然而依稀記得那是誰！當下，在一旁的二舅父開口了：「阿敦，還記得嗎？我是你二舅，她是你母親。」

史敦心下登時打起鼓來，腦裡一陣暈痛，左耳嗡嗡作響，平時也有這種現象，但此時更劇烈些。他垂下頭，力持鎮靜。二舅父又說：

「她叫巫水清，是你的妹妹。」

他斜睨巫水清，她眸光閃閃，露出整潔的貝齒，一雙眼睛兀自在他面上打轉，和氣地：「哥哥——你好！」

「請坐！」他的聲調毫無感情。旋即心想：她是母親跟巫姓的男人所生的女兒吧。

母親陪上一臉歉疚的笑容，低沉地：「阿敦，媽媽想得你好苦，你好吧？」

二舅父插嘴：「你公公不歡迎我們，所以，很久沒有來看你。」

「我還好。」史敦冷冷地。

「聽說你有病，我們忍不住來看你！」二舅父沉聲地：「打聽到你公公不在家，我們才敢直接進門來。」

「我公公是好人，別怪他老人家！」他揚聲地。

母親臉都掙紅了，嘴唇在抖動：「阿敦，你大了，許多事情你都明白了，希望你不會永遠恨媽媽！」她的聲音有些兒蒼涼，柔和而又遙遠，聽來有些迷惘而又傷感。

他腦裡又輕輕昏暈了一陣，好一會，神色略定，居然一改笑容道：「我不恨任何人！有些事，我只有當作是命運的安排……」

「阿敦——」母親懇切地：「媽媽最大的抱歉，是沒有照顧你！……」她不由啜泣了。

他猛地把面孔埋在掌心裡，迸出哭泣聲來了。這是十多年來，他第一次在別人面前放聲一哭。他自認是堅強者，然而忽然之間的特別感觸，使他在親生娘面前忍不住悲傷了！

母親悲悲切切的，舅父目睹也心酸地移開了視線。

那少女走過來，按著史敦的臂膀，潸然欲泣——哽咽地：「哥哥，你不要傷心！重逢是喜事嘛，大家應該高高興興地談談……」

跟著，雙方摸出手帕來抹眼淚。母親開始探問史敦的病情，他眼簾低垂，簡短地回答了幾句；他聲嘶、嗆咳，鼻孔有閉塞的感覺，不想多說話。

「阿敦，只要你不怨恨媽媽，媽媽就太高興咯！」母親祈望著，又道出了心聲。

「媽，別提啦！」史敦神色整肅起來，那瘦削臉上的孤傲神色發著光彩：「今天的我，誰也不會惹我生恨的。我們活著已經是這麼地不幸，為什麼還要去怨恨別人呢？」

「不是別人，她是你的親媽媽！」舅父又插了一句。

「親人或者是別人，在我都是一樣的。」史敦用淡然的口氣回著：「我一直都有被人拋棄的感覺；大概不久之後，這個人間也要拋棄我了……」

「不要這麼說！」舅父急迫地：「你這麼年輕，一點病痛，不要放在心裡！你要樂觀，你要放大胸懷——」

史敦立即把話頭接回去：「我很敏感，我會知道自己的情形；我已經做了最壞的準備，不過，我是不求人的！」

母親注視他，誠懇地：「要是你願意，我想徵求公公答應——讓我帶你到新加坡看專科醫生！」

「不必吶！」他搖搖頭：「我有固定的醫生替我醫治。下禮拜三，我又要出埠去給他檢查。」

二舅父的嘴巴又動了：「聽說仙人糕，可以醫治很多病，你不妨試試看！」

史敦咽了一口涎沫道：「我公公弄給我喝過了，也是沒效用。」他的嗓子沙啞了。客人知道病人該休息了，便沉默半晌。

大家總算敘過契闊，母親囑咐他不要太勞心，然後留下兩百元給他作醫藥費；他婉拒一番，母親求他收下，不便太拂逆她的好意，只好勉強接收。

「請你替我向公公請安！」她說著走出門外。史敦送到路口，母親三步一回頭地瞧著他，依依難捨。巫水清頻頻向哥哥揮手。

親人走了，他回到床上躺下來，繼而泛起了無邊的空茫思緒，心忖：以前，我常想，生不知所從來，死不知何處去？生我的母親，在人為上，曾經變成陌生人，懷胎十月，她還養我到五歲，現在又費了一番心思才見到我……由此一端，母親始終是愛護與關心兒子的。公公和婆婆醜毀她，是過分一點吧；幾十年的陳年事了，還不看化麼？雖然她在我心靈上面造成難以彌補的創痕，可是，我不該恨她；再說，她的容貌也消瘦憂鬱的……

午覺醒來，史敦又想了一些人事，須臾矍然起，寫了一封信給報社，以「巫太太」的名字獻捐二百元給那位藍有司遺屬，接濟那五個孤雛。

他跟鄰居借了一輛腳車騎到郵政局去，用郵政匯票把款項匯出去；回家時，心情舒泰了些。

救難民登岸

雲淡風輕，午後的時刻；史敦又踅到海灘。海是湛藍的，天也是湛藍的；眺望遠處，煙波浩淼，天水一色；海風挾著腥味，拂送過來，熟悉的氣味並不難聞。

驕陽熱情地照射著南中國海。漫步一會，他心胸無法展開。來到小碼頭，他瞥見幾艘柴油機小漁船，嗅到了從碼頭長板上傳來的魚腥臭；長板上，空蕩蕩地沒個人影。

海是誘人的；他的血液忽地宛如海浪一般澎湃起來，忖道：「我真的是沒用了麼？我跟人家學打過魚，我會開船，為什麼不到海上去？吃吃風，呼吸呼吸新鮮空氣……」

心念一動之後，他決定找烏竹哥借船；船是公公租給烏竹哥的，他不出海，跟他借用準沒問題吧？史敦尋思著。

在街上的咖啡店找到了烏竹哥；他聽了史敦的要求後，凝視著對方，又思忖了一會，才徐緩地：

「我陪你去。」

「油屎由我買。」史敦微笑地：「船由我駕駛。」

「我不反對。」烏竹哥咧嘴一笑。

由史敦開動的八馬力的小漁船，長約四點三公尺，寬不到一點二公尺，它一離開了碼頭，便疾快地朝向大海飛馳；不一會，那碼頭，那漁村，那陸地……便漸漸模糊了。他往前頭望去，但見波光雲影，水天相接。

他開足馬力，船後拖著一條長長的白波紋，海面的小魚被驚動得直飛竄；海水逐漸改變了顏色——由深藍變綠了。起始時，面對形式如萬馬奔騰的波濤，他心情有點緊張；此刻，他心情篤定了。

海風吹散了他心中的積鬱。在白茫茫的大海中，一個接一個的浪頭湧向船隻，它在顛簸動盪中挺進。

坐在前頭的烏竹哥嚷道：「我們不要跑得太遠！」

「你沒有見過海浪嗎？怕什麼！」

「沒有目標地亂駕，有什麼好玩？」

「吃風嘛——我要到羅漢島去！」

烏竹哥不出聲了，心裡倒不免嘀咕：「阿敦脾氣變了，掉魂落魄地。他有病，更不該這麼固執！」

而史敦卻找了快樂。他忽地聯想到拍《攤牌》的男演員洛赫遜，五六年前，他曾經想獨個兒駕救生艇下哥羅烈多州的急流。洛赫遜向銀記說：「為何我要這樣做呢？也許是我想跟死神挑戰；也許是因為我發現一切事情都太容易，我必須證明自己，像心理學家說的。我對心理學似乎知道不多，我只知道我要去，將來，我是會去的。」他回憶那個演員的言行，又瞧烏竹哥木然沉思的神態，心想：「烏竹哥好像不高興了；我為何要在海上奔馳呢？是因為我要活得痛快一點，將來死得浪漫一點？……」

小船繼續前進。驀然，史敦發現了什麼，神色一動，揚聲地：

「你看！前面好像有一條小船！」

烏竹哥站起來極目一看，也好奇起來；一會兒，他叫道：「是呀，有一條小船，有人在搖紅布，在呼喊……」

「我們去看看！」史敦把漁船開過去，那隻小船在波濤間顛簸，隨波逐流，活像一隻小搖籃在綠浪間盪動。

「請救命！請——請救命！」小船上有三幾個人正嘈雜著。

史敦放慢馬力，讓漁船挨近那小船；對方立時把一捆繩索拋給立著的烏竹哥，他身手敏捷地接住了。通過繩索的拖曳，兩船之間的距離縮小了，很快地，有一位中年人爬過這艘小漁船來了。

來者面色瘦削而灰褐色，著短褲，上衣破裂濕透；他口操華語，自稱是從越南逃出來的，三十二個人共乘一艘舊船，經過了十三天，舊船的機件失靈，被大風浪打沉了。他是船長，又擅長游泳，便跟一位機械人員和另一位女友，利用舊船上的一隻小舟逃生，已經三天沒飲食了；四馬力的柴油機用盡了燃油，小舟便在汪洋中漂流……他自我介紹，姓名叫李復琛，四十三歲；他的同伴叫徐海意和鄭越菊，三人同聲哀求他倆救他們一命，否則性命難保……

呵，又是一齣越南難民冒險求生的慘劇！史敦打心底同情這一群不幸者。

關於越南難民，史敦和烏竹哥已從報刊上知道一些，這是越南最殘暴的一種行為，使人權遭受了惡毒的摧殘，已被公認是一項國際性問題，形成一股巨大的壓力，對亞細安各國最為不利。最近一年多，河內政府更加殘暴了——為了把自己的經濟負擔移禍給別國，消滅不可靠的國民，以及榨取金錢還（蘇聯）債，河內當局便執行種族絕滅的政策，幹起販賣人口的勾當，為越南贏得「當代人口販子」、「當代希特勒」、「亞洲古巴」和「亞洲南非」等綽號。大量輸出難民，便有無數的「船民」航向鬼門關，據一項非正式的統計，從越南逃出來的「船民」中，有三十至五十巴仙的人在冒險橫渡南中國海時葬身魚腹，而自一九七五年以來，從越南、寮國和柬埔寨逃出來的難民超過一百萬人。目前共有七萬六千「船民」湧入馬來西亞，受影響國家不僅帶來經濟的負荷，還構成了社會和保安的威脅……

「你們做做好心，把我送上岸吧！」那位叫徐海意的青年大聲地請求。

這邊廂的烏竹哥不予答覆，因為他知道阻止新難民登陸的禁令已實行，所以有意違反海上救人的長期傳統美德，以免惹麻煩上身。史敦略一考慮，審度情形之後，便決定基於人道主義精神，救他們登陸。他堅決地：

「人命關天，救人是天下第一件好事。他們都快要沒命了，我們不用顧慮太多！要是救人也是犯法的話，我一個人負責認罪就是！」他的眉梢又聳動了一下。

烏竹哥抱著一種無可奈何的心情，協助另外兩名難民攀跨上漁船來；那位叫鄭越菊的三十餘歲女人，隨即軟癱地躺在船板上。史敦抖擻著精神，把那隻小舟繫在漁船的尾部拖回去。

烏竹哥踉蹌地走過來，沉聲道：「你疲倦了，由我撐舵吧！」於是，史敦小心翼翼地坐在船的前面來。已坐在他身邊的徐海意，跟史敦握了握手。他們三人喜慶逢生，心裡感到一陣快慰，暫時忘卻了與破船共沉的二十九位同伴和茫茫的前途。船長李復琛發現了史敦帶來的大瓶白開水，立時不客氣地喝了兩口，然後交給鄭越菊，扶她起來喝了好幾口，最後留下的一些才轉交給徐海意。

看樣子，徐海意的身體較壯，精神還好；他開始跟臨近的史敦傾訴他們的遭遇。他抹了一下嘴巴，低沉地：

「我們那個家鄉，已經變成地獄人間；大家計劃了好久，終於一船三十二人，每個人向登記部繳交五條黃金，每條重一點一安士，當作是移民註冊費，然後保安官員才准許我們乘坐木船，漂向南中國海。在航行後的第三天，泰國海盜登上我們的船，搶走了我們值錢的東西，還強姦了幾位婦女。到了第六天，我們來到東海岸一帶，遭到兵士的拒絕，根本不可能登陸。有幾位衝動的同伴，便蓄意把木船破壞，準備使用苦肉計，博取他們的同情。船長大力阻止，才沒把木船弄沉，結果，我們殘破的木船，被拖出公海，漂流在茫茫大海中。這時候，木船大量地漏水，船上的引擎也時好時壞，航行速度更慢了。由於受盡風寒日曬，加上缺少糧食，同伴中有七八個人病死和餓死了；人一死，便拋入大海裡。在第十個晚上，遇上暴風雨，浪大如山，我和船長及鄭越菊三人，偷偷地解下了這條小舟，把它繫在船尾，又在小舟裡縛上幾個救生圈。我們知道大難臨頭了，經過一番搶救，船頭仍直往下沉，而海水已淹沒三分之一的船身了。人類到了最危急的時候，誰不自私！船長帶我們兩個人，在風雨中，用一把小電筒照著，又偷偷地往船尾走去。我們一跨上小舟，有兩個人也奔過來，船長立刻叫我把繫緊的繩索割斷。緊跟著，在一陣呼天搶地的哭喊聲中，木船逐漸沉沒了。小舟頂多也只能載我們三人，有人在海裡泅水掙扎，我們也無能為力……我們見死不救，良心上是很過不去的。第二天大清早，風平浪靜了，我開動引擎，把四馬力推行的小舟往四處找尋，但木船經已失蹤，全船三十二人，大概只剩下我們三人生存了。接著三天，我們一點食物都沒有，除了喝幾口海水充飢外，簡直無法可施——因為我們缺乏地圖、指南針，後來連柴油也用完了，我們的小舟，幾乎變成一副浮動的棺木啦！……上天保佑，我們遇見了你們兩人，真是謝天謝地！」他訴說著，眼眶盈淚，但已重燃了死灰般的心。

史敦凝神地聆聽，等對方講完，他陡然覺得左耳嗡嗡作響，頭部和後頸隱隱作痛；他閉上眼簾，深呼吸一下，才張眼注視徐海意，恨恨地：

「全世界的人都知道，在本世紀所發生的兩宗大暴行，其一是希特勒屠殺猶太人；另一宗就是越南人被河內當權者屠殺——讓幾十萬船民，在茫茫大海中溺死了！」

徐海意吞一下口水，視線投向遠方的海面：「呃，越南本身的暴政，配合種族滅絕政策，製造了本世紀的難民狂潮，已經是罪證如山了。越南的臭名，早已舉世聞名吶！」

他說罷，直按著腹部，露著苦笑。史敦知道他們已餓得發慌。

「不久，就可以上岸了！」史敦吊高嗓子。「這幾天，報紙有登：第三國已經保證收容難民數目，由十二萬五千人增加到二十六萬人，包括越南、柬埔寨和寮國的難民。許多國家也答應增加捐款，而美國、意大利等國，更派船艦到南中國海援救難民，救起的便由自己的國家收容……」

「在世界上，好人畢竟還是有的，而正義也還存在！」徐海意感動地仰望蒼穹。

送他們三人上岸，烏竹哥趕忙去找車子，史敦也急著買了幾瓶汽水，還有麵包和餅乾，讓三位異鄉客暫時充飢一下。

汽車送他們到警察局，警方立刻扣留他們。史敦和烏竹哥被審問了好多問題，臨走之際，史敦很不放心他們的安危，貿然問道：

「因仄（先生），他們這樣登陸，會得到怎樣的處理？」

對方淡然地回腔：「我們要把那條小船載來檢查，他們三人，我們會移交給難民營；死不了的，你們放心！——你們留下地址，簽了名，任何時候，我們還要找你們問話！」

史敦心下的涼意，頓時化作暖意了。他雖然心力交瘁，心裡卻分外愉快；他想：「我有病，我有不幸，然而，跟那逾百萬飽經痛苦考驗的難民比較起來，我的是多麼微不足道呀！」

與劍鯊搏鬥

史敦遵照醫生規定的日期，又出坡去看醫生。

這是第二回電療。照過鈷六十，史敦從鼻咽到喉頭，有輕微灼痛的感覺，嗓子沙啞，不容易吞嚥固體食物。從鏡子裡，他看見自己的頭髮有些焦黃，兩頰透著照過鈷六十後特有的棗紅色。他立刻把鏡子移開，暗忖：「我這副尊容，還有微笑贈與他人嗎？」

還鄉後，他的體力尚未恢復，懶洋洋地食慾不振，還會頭暈，咳嗽也一直醫不好。公公更沉默了，灰髮蓬蓬，眉頭打了結，照常早晚拈香默禱。他費神照料孫子，使得史敦心裡很不安！

成天在家裡，他的胸懷無法開朗；他鬱鬱地尋思：「對於死亡，我早已沒有恐懼了。人生不免一死，惟智者能對它坦然。——我是智者嗎？我倒要學富蘭克林說一句：『我是生下來就不快樂的。』……生活不如意的人，較易接受和忍受悲劇的命運，而快樂的人留戀較多，總捨不得放棄美好的現實。我呢？這麼多痛苦在內心煎熬的時候，我似乎絕望了，一切都無法改變這個殘酷的事實吧？G.W.Allport說：『生存即是痛苦，繼續生存即是在痛苦中找出生存的意義。』我會掙扎求生，同時也建立心理上的準備；此外，便是希望有什麼奇蹟出現吶！……」

踏著落日的餘暉，史敦在沙灘上徜徉，聆聽著海風的低嘯和悠揚的潮聲。夕陽的殘照，將海面映成紫紅色；他漫步在潮溼的沙灘上，回望一雙模糊而孤獨的腳印，陡然間想起孩提時無拘無束地在這裡奔馳、追逐……中學時代一顆年輕的活潑的心，邀三五同學到此間玩樂；生命是活躍的，他愛做海市蜃樓的憧憬……

海風帶來清清爽爽的感覺，他底心情突地好轉了。他人瘦了，但精神並不萎靡。方才吃了半碗稀飯；又服用了公公以白花蛇舌草熬燉的藥茶，現時腳步比較輕鬆了。

他又想，目下是七八月，比較沒有大風浪，通常是漁民的收穫比較多的季節。——噢，今天是烏竹哥的堂弟結婚的大喜之日，公公也將出席晚上七時的宴會。他猛然心念一動：「我趁機到碼頭旁的漁行裡，找到烏竹哥的漁船引擎，跟負責人巧言幾句，借到他的綾網，我不是可以出海打漁嗎？」他有了一串不安分的心思。

繼而一想，他又遲疑了：「我這副身體，還行嗎？誰看了，都要阻止我出海的。」他想著，漠然地笑了笑——在他那莫測高深的笑容裡，令人很難去領會他的心境，很難去瞭解他的想法與行徑。

終於，他決定了：「我回去準備一下，我要利用這個機會，瞞著公公；烏竹哥正忙著幫忙理事，也許等我從海上歸來，他們還不知道有這回事呢……」

他處理得很周密；夜晚八時許，他便在碼頭最沉寂的時刻，上了烏竹哥租來而屬於公公的那條小漁船，發動了引擎，把著舵，朝大海航行。天色是黑黝黝的，除了天上幾點星兒和漁火兩三點之外，他幾乎見不到光明的影子。

一片黑茫茫給他一份壓迫感，他忽地自責這樣的海上夜遊是貿然的；然而一瞬間，他又忖道：「這場病使我領悟：人生沒有多大的意思，而人是多麼脆弱的，他真的不堪一擊麼？呃，我記得尼采對善惡發表的新的界說，他說：『凡是增強我們力量感的東西（包括力量意志和力量本身），都是善，而凡是來自柔弱的東西，就是惡。』尼采所指的推動力，也就是受外在力量所壓抑，而產生的抵抗力。……我要做強者，我要做善者；我寧願死，也不願活著受罪……」

這時刻，還不是滿潮的時候，他停止引擎，傾靠著身子閉目養神。海浪不算大，但小漁船在海上仍是搖盪不定的。休息好一會，他把背脊挺直了些，環顧四周，海面上起了一層薄霧，風刮著，使他有點瑟縮。

海潮漲滿了，史敦開始將綾網撒入海中，準備圍捕魚蝦。等了一個多鐘頭，退潮的水流開始緩慢了，他才拉起綾網。驀地，他覺得綾網出奇的重，而且自已有被對方牽動而去的感覺；他用盡平生氣力，還是不能動它分毫。

他定了定神，趕忙停止引擎，又使勁地拉動；這當子，他隱約瞥見一大巨物浮出水面，登時心下一喜：「哇，一定是大鯊魚！我要收拾牠，因為牠是海裡的惡客……」他失去了時間和空間的考慮，但猶記得過去的捕魚夥伴說過；讓網中的大魚盡力衝撞，不要跟牠鬥力；等了一些時候，當牠筋疲力盡之際，用繩捆繫起來，就很容易拖回碼頭了。

正想著這裡，巨物又死命地拉動了；他打了一個寒噤，雙手酸軟了，便蹲下來，立時船身向右邊傾斜過去。他趕忙用一條繩索把一部分綾網緊縛在船尾引擎附近，希望牠不致於把整副綾網拖下水去。嘩，那巨物的力道太大了，猛然間，牠又強勁地把綾網拖向船尾去；史敦一時站不住腳，瘦弱不堪的身子竟翻滾進大海。

他會泅水，在昏茫中掙扎著游向他的小漁船，但卻遭到急流擊退。他又竭盡所能地泅著，心裡篤定了些，暗想：我真正面臨災禍了，但我不甘闖進鬼門關。就在這一刻，他又吞了兩口海水，手腳更難於受指揮了，然而他不願被「擊敗」，於是，他又浮出水面，辨認了方向，咬緊牙根朝小船泅過去。

他終於抓住船舷，攀爬到船裡；他匍匐地到了船尾，摸到一隻小洋刀，心想：把綾網割斷，就沒有危險了。——剎那間，他又改變了主意：「不，我只是一條爛命；我寧可被毀滅，絕不宣告失敗！」故此，他又緊抓住綾網不放。小漁船又被巨物拖著搖晃傾斜而震動……

猛然間，好像有層灰霧罩了下來，史敦覺得身子漂浮起來，跟著輕飄飄地飛了起來，什麼阻力都沒有。忽地，他看到一道呈粉紅色的強光，霞光萬丈，那道光就帶他回到了老家；猛回頭，他瞥見公公跟母親站在一起，還有江湧泉、巫水清、賀英珠、徐海意……等正向他揮手。遙遠的另一邊，婆婆和父親正伸手迎接他過去……

莊嚴的黑煙

公公一夜沒合眼。曙光初透，這衰老的蒼頭便召集了船隊出海找尋他失蹤的孫子——史敦。

在海浪洶湧的大海中，他們終於找到了那艘小漁船。史敦伏在船板上，雙手仍攀附住綾網不放，然而早已返魂乏術；他死狀安詳，那一絲淡笑並不寂寞。被捲繫在網裡的，是一條巨型劍鯊，還活生生的，但已乏力不拼命了。

眾口紛紜；烏竹哥說：劍鯊極凶惡，牠的劍威力無比，連大白鯊也怕牠三分。水興叔聲稱：劍鯊的肉滋補，吃了有益。

白髮蕭蕭的公公，連連深呼吸；他出奇的冷靜，只沉聲地說了兩句：「住在這裡五十一年，我第一次看到這樣大的劍鯊！」

烏竹哥立即帶頭把史敦的遺體運回漁村，另外兩條漁船聯合把捆繫住的劍鯊拖回碼頭。他們測量巨劍鯊，牠長達七點三公尺，重逾千斤，身體呈血紅色；那把劍嘴長約一百二十七公分。

回到漁村的漁夫，廣為相告，很快地，整個村子籠罩著一層愁雲殘霧。幾乎每一戶各取一塊鯊魚肉回去烹煮，大家的心情沉甸甸地，負責宰殺劍鯊的水興叔將那把巨劍嘴送到喪家，交到公公手裡。

遺體由醫院的太平間運回來了，下棺時，公公把劍嘴繫上一小塊紅布，然後擱在棺木里陪葬。

公公的另一個主意，也教人感到意外——他居然託人去通知史敦的親生娘。她接到噩耗，帶了四個兒女從數十哩外趕來，一下車，就跌跌撞撞地衝到靈柩前面，當場哭暈了。巫水清在一旁扶住她、照料她，自己也啜泣著。四個弟妹都依次上香鞠躬、默哀……

江湧泉及時趕到，在靈柩前致敬之際，他感到一種暴風雨後的寧靜，虔誠地默念道：「史敦：你譜寫的這一支終曲，悠揚動聽！我已經見到莊嚴的黑煙，它昇華啦……」

一九七九年七月二十四日完稿

選自小說集《浮生三部曲》（一九九一年一月）

【年表】

【得獎年表】

先後榮獲九次的小說組出版基金獎。
一九八五年五月十六日榮獲柔佛州各民族教師活躍寫作獎。
二〇〇四年十月三十日榮獲第八屆馬華文學獎。

【著作年表】

小說集《看見風的人》（二人合集），一九六一年十二月峇株京華書店。
中、短篇小說集《長堤》，一九六二年八月香港藝美圖書公司。
小說集《旱風》，一九七二年九月南馬文藝研究會。

民間故事《新馬島嶼的故事》，一九七四年十月新加坡教育出版社。
長篇小說《遲開的檳榔花》，一九七五年七月麻坡今天出版企業公司。
小說集《不碎的海浪》，一九七六年二月北干那那文賦書局。
生活故事《小孩札記》，一九七六年五月今天出版企業公司。
小說集《貝殼之歌》，一九七七年三月馬六甲華商報社。
教育小說《犯罪的孩子》，一九七七年十月新山泰來出版社。
名人傳記《開埠人的故事》，一九七七年十月新山泰來出版社。
旅遊勝地《馬來西亞高原風光》，一九七七年十月新山泰來出版社。
小說集《山鷹》，一九七八年四月新山泰來出版社。
傳記《馬華寫作人剪影》，一九七九年七月新山泰來出版社。
小說集《飛向子午線》，一九八一年九月馬來西亞寫作人協會。
遊記《馬來西亞巡禮》，一九八三年十月新山長青貿易公司。
選集《馬華當代文學選・小說》，一九八四年吉隆坡馬華文化協會。
傳記《新馬華文作家群像》，一九八四年一月新加坡風雲出版社。
教育小說《幸福的孩子》，一九八四年五月新山長青貿易公司。
小說集《黃梨成熟時》，一九八四年八月新加坡七洋出版社。
小說集《靜靜的文律河》，一九八六年一月新加坡七洋出版社。

民間傳說《新馬山巒的故事》，一九八九年四月新加坡勝友書局。
小說集《浮生三部曲》，一九九一年一月新加坡新亞出版社。
散文集《綠化大地》，一九九一年七月新加坡新亞出版社。
傳記《新馬文壇人物掃描》，一九九一年八月新山書輝出版社。
小說集《城鄉迴旋曲》，一九九一年十月新加坡新亞出版社。
中篇小說《小青樹》，一九九三年一月新加坡新亞出版社。
生活故事《到山芭度假》，一九九三年八月新加坡新亞出版社。
小說集《笑傲山野》，一九九四年五月士姑來書輝出版社。
教育小說《好日子會來》，一九九四年五月新加坡新亞出版社。
旅遊故事《新馬島嶼風光和傳說》，一九九四年六月新加坡新亞出版社。
選集《演講故事精選》，一九九四年七月新加坡新亞出版社。
長、中短篇集《馬崙文選》，一九九五年九月廈門鷺江出版社。
小說集《無根的花木》，一九九五年烏魯冷岳興安會館。
生活故事《復活少年心》，一九九六年十一月新加坡新亞出版社。
評論《馬華文學之窗》，一九九七年五月新加坡新亞出版社。
小說集《世間情》，一九九八年五月彩虹出版有限公司。
兒童小說《窗外有藍天》，一九九八年五月新山彩虹出版有限公司。

傳記《新馬華文作者風采》（一八七五～二〇〇〇），二〇〇〇年五月新山彩虹出版有限公司。
選集《馬華文學大系・中長篇小說（一九六五～一九九六）》，二〇〇二年新山彩虹出版有限公司。
評論《馬華文藝脈搏》，二〇〇二年八月吉隆坡嘉陽出版有限公司。
鄉土故事《新馬島嶼的故事》，二〇〇四年新加坡新亞出版社。
鄉土故事《新馬山巒的故事》，二〇〇四年新加坡新亞出版社。
興安文叢《斷了單思線》，二〇〇五年雪隆興安會館與大將出版社聯合出版。
少兒作文論集《少兒作文列車》，二〇〇五年新山書輝出版社。
少兒文學《馬華歷史名人故事》，二〇〇六年士姑來書輝出版社。

馬華文學獎大系9　PG0844

再見村長
——馬崙短篇小說集

作　　者　馬　崙
主　　編　潘碧華、楊宗翰
責任編輯　陳佳怡
圖文排版　張慧雯
封面設計　王嵩賀

出版策劃　釀出版
製作發行　秀威資訊科技股份有限公司
114 臺北市內湖區瑞光路76巷65號1樓
電話：+886-2-2796-3638　傳真：+886-2-2796-1377
服務信箱：service@showwe.com.tw
http://www.showwe.com.tw
郵政劃撥　19563868　戶名：秀威資訊科技股份有限公司
展售門市　國家書店【松江門市】
104 臺北市中山區松江路209號1樓
電話：+886-2-2518-0207　傳真：+886-2-2518-0778
網路訂購　秀威網路書店：http://www.bodbooks.com.tw
國家網路書店：http://www.govbooks.com.tw
法律顧問　毛國樑　律師
總 經 銷　聯合發行股份有限公司
231新北市新店區寶橋路235巷6弄6號4F
電話：+886-2-2917-8022　傳真：+886-2-2915-6275

出版日期　2012年11月　BOD一版
定　　價　430元

Printed in Taiwan

國家圖書館出版品預行編目

再見村長：馬崙短篇小説集 / 馬崙著. -- 一版. -- 臺北
市：釀出版, 2012.11
面； 公分. -- (馬華文學獎大系；PG0844)
BOD版
ISBN 978-986-5976-77-4(平裝)

857.7 101019447

讀者回函卡

感謝您購買本書，為提升服務品質，請填妥以下資料，將讀者回函卡直接寄回或傳真本公司，收到您的寶貴意見後，我們會收藏記錄及檢討，謝謝！如您需要了解本公司最新出版書目、購書優惠或企劃活動，歡迎您上網查詢或下載相關資料：http:// www.showwe.com.tw

您購買的書名：______________________________

出生日期：________年________月________日

學歷：□高中（含）以下　□大專　□研究所（含）以上

職業：□製造業　□金融業　□資訊業　□軍警　□傳播業　□自由業

□服務業　□公務員　□教職　□學生　□家管　□其它______

購書地點：□網路書店　□實體書店　□書展　□郵購　□贈閱　□其他

您從何得知本書的消息？

□網路書店　□實體書店　□網路搜尋　□電子報　□書訊　□雜誌

□傳播媒體　□親友推薦　□網站推薦　□部落格　□其他__________

您對本書的評價：（請填代號　1.非常滿意　2.滿意　3.尚可　4.再改進）

封面設計____　版面編排____　內容____　文／譯筆____　價格____

讀完書後您覺得：

□很有收穫　□有收穫　□收穫不多　□沒收穫

對我們的建議：______________________________

____

____

____

請貼
郵票

11466
台北市內湖區瑞光路 76 巷 65 號 1 樓
秀威資訊科技股份有限公司 收
BOD 數位出版事業部

....

（請沿線對折寄回，謝謝！）

姓　　名：____________________ 年齡：________ 性別：□女　□男

郵遞區號：□□□□□

地　　址：____

聯絡電話：(日) ____________________ (夜) ____________________

E-mail：____